3월의 부활절

3월의 부활절

초판 1쇄 인쇄일 2015년 9월 2일
초판 1쇄 발행일 2015년 9월 8일

지은이 김진균
펴낸이 양옥매
디자인 이윤경
교정 조준경

펴낸곳 도서출판 책과나무
출판등록 제2012-000376
주소 서울특별시 마포구 월드컵북로 44길 37 천지빌딩 3층
대표전화 02.372.1537 팩스 02.372.1538
이메일 booknamu2007@naver.com
홈페이지 www.booknamu.com
ISBN 979-11-5776-081-7(03810)

이 도서의 국립중앙도서관 출판시도서목록(CIP)은 서지정보유통지원 시스템
홈페이지(http://seoji.nl.go.kr)와 국가자료공동목록시스템
(http://www.nl.go.kr/kolisnet)에서 이용하실 수 있습니다.
(CIP제어번호 : CIP2015023734)

이 소설집은 　문화체육관광부와 　　한국문화예술위원회 후원으로 발간되었습니다.

3월의
부활절

김진균 지음

책나무

첫 소설집을 내면서

결국 이렇게 책을 내게 되었습니다.

결과적으로 보면 많이 늦었습니다. 얼마 전까지만 해도 책을 내야한다는 필요성을 갖지 못했지요.

이유의 첫째는 무능과 게으름입니다. 1994년도에 시(詩)로 등단을 한 후 연간 서너 편 정도의 시를 깨작깨작 써 오기는 했습니다. 문력(文力)은 따라주지 않고, 게으름은 무량했습니다. 연간 서너 편이라도 계속 생산했다면 비록 과작(寡作)이긴 해도 20년이 지났으니 쌓인 것이 꽤 될 것입니다. 그런데 그나마 꾸준히 글을 써오지 못했습니다.

신간을 출판한 어떤 작가가, '……언어의 쓰레기가 넘쳐나는 시대에, 내가 또 일조를 하는 것은 아닌지 염려가 된다.'고 말한 인터뷰 글을 읽었기 때문입니다. 그 글로 나는 심각한 내상을 입고 말았지요. 이것이 책을 늦게 내게 된 둘째 이유이기도 합니다.

유명한 작가도 작품에 대해서 겸손한데, 신출내기의 내가 작품을 선보인다는 것이 부끄러웠습니다. 그 사람의 작품이 쓰레기라면 나의 작품은 뭘까? 의욕은 상실되었습니다. 여기에는 특출난 필력을 갖추지 못한 나의 자기 방어적 보호본능이 작동한 것일 수도 있습니다. 미숙한 작품을 선 보여서 욕먹느니, 아예 쓰지도 말자는 것 말입니다.

글쓰기와 멀어진 후 나는 장애인단체의 활동에 빠져 살게 됩니다.

그러다가 문득 돌아보니 오십 줄의 중늙은이가 되어 있습니다. 세월은 거침이 없었고, 난 그 세월의 작디작은 미진이었습니다. 그냥 미진인 채로 흘러가 버리면 편할 텐데 마음 한편이 너무 공허합니다. 허전하고 아쉽습니다. 무엇으로라도 채워야 했습니다.

내게는 오랜 세월 동안 미적거리기만 하다가 아직도 해결을 보지 못한 몇 가지 과제가 있습니다. 그 가운데 하나가 책을 내는 일이었습니다. 다른 과제들은 영원히 이룰 수 없는 것일 수도 있지만, 책을 내는 것은 어느 정도의 노력만으로 충분해서 가장 우선순위로 잡았습니다. 시집을 낼까? 소설집을 낼까? 짧은 망설임 끝에 소설집으로 결정했습니다. 시집은 100여 편의 시가 필요한 반면, 단편소설 10편이면 소설집이 뚝딱 되기에, 이곳저곳 발표했던 것을 긁어모으기만 하면 되는 일이었습니다. 그렇게 결정하고 준비를 하니 하늘도 가상하게 여겼는지 한국문화예술위원회에서 출판비를 지원해 줍니다.

우리 인생에는 단계별로 거쳐야 하는 생애전환기가 있듯이, 한 사람의 문학 성장에도 그런 과정이 있을 것입니다. 등단을 한 후 일정 시기가 지나면 책을 내서 그 시기를 정리하고, 또 일정 시기가 되면 책을 만들어 매듭을 짓고, 그렇게 차근차근 단계를 밟아나가는 성장과정 말입니다.

그런데, 나는 어느 시기도 마무리 지어 보지 못했습니다. 너무

게을렀고 세월이 이렇게나 빨리 갈 줄 몰랐습니다. 그 동안 쓴 작품들이 어디에 처박혀 있는지도 기억하지 못합니다.

모든 작품을 다 찾아내서 정리하고, 재탈고한다는 건 감당이 안 되었습니다. 책을 만들기로 결정을 한 후부터 이상하게도 자꾸만 마음이 조급해져 왔습니다. 이렇게 후다닥 만들지 않으면 언제나처럼 머뭇대기만 하다가 그냥 포기할 것만 같았습니다. 오랫동안 감싸고 있는 칙칙한 허물을 어서 벗어버리고 싶은 마음이었습니다. 무책임하달 수도 있지만 찾기 쉬운 것 딱 열 편으로 책을 만들었습니다.

이제 한 번의 허물을 벗었으니 삶이 조금은 치열해질 것 같습니다. 시들어 버린 열정에 숨결을 넣고 다시 일으켜 세워도 봐야겠습니다. 더 대범하고 거침없는 글쓰기가 될 것도 같습니다. 몇 번의 고통스러운 허물을 벗고 나면 글쓰기의 체계가 잡힐 것입니다. 가야 할 길이 아직 멉니다.

머뭇거리기엔 너무 짧은 인생, 참 오래 머뭇거리기만 했습니다.

2015년 한여름 날
저자 김진균

첫 소설집을 내면서

차 례

첫 소설집을 내면서 · 04

'가슴을 저민다'는 표현이 만들어지기 위해서

얼마나 많은 사람들의 가슴이 저미었을까.

그 표현을 처음 사용한 사람은 또 얼마나 아팠을까.

륜(輪)

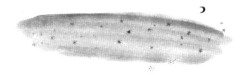

비가 내리고 있다.

아직 겨울이 끝나지 않았는데, 추적추적 내리고 있다. 을씨년스
럽다. 2층에서 내려다본 거리는 무거운 것을 어깨에 멘 노동자의
몸처럼 축 처져 있다. 밖에 내리는 비보다 마음 안에 내리는 비가
더 스산하고 차갑다. 차라리 저 빗속으로 들어가고 싶다. 아래로
내려와서 우산을 펼쳤다. 일층에 있는 마트에서 아내와 아들이 일
하는 게 보인다. 저렇게 일에라도 매달릴 수 있었으면, 쉴 새 없이
마음을 쑤셔대는 송곳이 덜 아프지 않을까.

빗속을 무작정 얼마나 걸었을까. 잠시 쉬고 싶다. 때마침 버스승
강장이 보여서 거기 벤치에 앉았다. 버스를 기다리는 승객이 하나

도 없다. 비가 오는 날의 정오가 가까운 무렵, 혼자만 세상의 끈을 놓은 것 같다. 차들은 쉴 새 없이 지나가는데, 버스는 오지 않고 서지도 않는다. 딱히 어디로 갈 것은 아니었지만 버스도 외면하는 것 같아 더욱 스산하다.

사람의 목소리가 들린 것 같다. 하지만 생각에 빠져 있느라 그 소리를 언어로 받아들이지 못했다. 한참 후에야 그 소리는 이해할 수 있는 언어로 다가왔다. 대강 '온혜로 가십니까?' 이런 말이었을 것이다. 말 가운데 익히 알고 있는 온혜가 없었다면 그냥 잡음으로 흘려버리고 말았을 것이다. 소리 나는 쪽으로 고개를 돌렸다. 눈이 마주친 그는 두 손을 합장하고 고개를 숙인다. 스님이다.

"온혜라 하셨습니까?"

"네. 시주께서 그리 가시지 않으시는지?"

"그냥 길 가다가 쉬는 중입니다. 그런데 여기가 온혜로 갈 수 있는 곳이었군요."

처음으로 찬찬히 승강장 주변을 살펴봤다. 집을 나와서 무작정 걷다가 잠시 쉰 곳이 고향으로 가는 버스승강장이었다니……. 본능은 고향을 그리워하고 있었던가.

그날만 생각하면 아직도 가슴이 저민다. 가슴을 저민다는 말이 언제부터 쓰였는지 모르겠지만 내 아픔을 그렇게 적절하게 표현하는 단어가 또 있을까. 4개월 전에 나는 정말 가슴 저미는 고통에 괴로웠었다. 너무나 아프고 괴로워서 차라리 모든 것에서 벗어나고 싶었다. '가슴을 저민다'는 표현이 만들어지기 위해서 얼마나 많은 사람들의 가슴이 저미었을까. 그 표현을 처음 사용한 사람은 또 얼마나 아팠을까. 내가 그렇게 아파 보니 '가슴 저민다'는 말은 함부로 사용해서는 안 되는 말이었다. 정말로 아파보지 않았으면서도 상투적으로 '가슴 저미는 슬픔이라느니' 하는 표현을 쓰는 것은, 정말로 가슴 저미도록 아픈 사람들에게 예의가 아니었다.

지난 4개월 동안 너덜너덜 누더기가 되도록 저미어졌던 내 가슴에, 이제는 약을 바르고 붕대를 매어줘야 한다. 늦고도 늦었지만 내가 먼저 추슬러야 우리 가족도 추스르고 일어설 것이다. 슬픔으로 인해 우리 가족의 삶이 더 이상 막혀서도 안 된다. 막혀진 슬픔은 슬픔을 무한 번식할 뿐이다. 맨 먼저 아버지를 집으로 모시고 오는 것에서부터 우리 가족의 치유는 시작되어야 한다.

차창가로 스치는 5월의 봄 빛깔은 연초록이다. 열린 창문으로 들어오는 봄 향기는 달콤했고 햇살은 부드러웠다. 봄의 기운으로 누더기가 된 내 가슴에도 생살이 돋는 것 같았다. 봄기운을 가슴 가득히 채워 넣고 운전에 집중했다. 승용차는 내 몸의 일부인 것처럼 작은 몸짓에도 착오 없이 반응해 주었다. 운전을 한 지 20분이 지나자 내 차는 구불구불한 찻길을 따라 펼쳐진 고향마을을 지나고 있었다. 봄날 오후의 나른함에 젖은 고향마을에는 늦은 봄꽃들이 드문드문 피어 있었다. 곧 온천 건물이 보이고, 잠시 후에 절이 나타났다. 오늘의 목적지였다. 나는 절 아래 주차장을 지나 굳이 요사채 바로 옆까지 가서 차를 세웠다.

내 마음은 마치 침략자와 같이 흥분되어 있었다. 스님이 미우니 절도 미웠다. 누구 제지할 사람도 없건만 나는 민첩하게 차에서 내려, 재빠르게 걸어가서 요사채 끝에 있는 방문을 열었다. 아버지가 계시는 방이었다. 근데 아무것도 없이 텅 비어 있다. 그냥 사람만 없는 것이 아니라 사람 사는 흔적이 없었다. 옷걸이에 옷가지가 걸려 있지 않고, 항상 책 몇 권이 놓여 있던 작은 앉은뱅이 탁자도 보이지 않는다. 다만 문 앞에 낯익은 가방 하나가 보였다. 아버지의 가방이었다. 오늘 내가 모시러 온다고 하여, 떠나기 위해서 미리 짐을 싸 놓으신 건가?

그때 뒤쪽에서 인기척이 들렸다. 스님이었다. 돌아보는 내게 스님은 말없이 합장으로 인사를 한다. 그의 웃음 띤 얼굴은 화평스럽기까지 하다. 하지만 먹이를 노리기 위해 위장된 가면 같다. 마치 나를 비웃는 것같이 보이기도 했다.

"박 시주께서는 오늘 아침 공양 후 집으로 돌아가셨습니다. 차로 정류소에 모셔다 드리고 왔지요. 아드님 오시면 그 가방을 전해 드리라고 하더군요."

아침에 떠나셨다면 내가 이곳으로 오기 전에 집에 도착하셔야 시간이 맞는데…….

"집으로 바로 가신다고 하시던가요?"

"몇 군데 들렀다가 가신다고 하시면서 늦을지도 모른다고 하시더군요. 들어오셔서 차라도 한잔 하시지요."

"아닙니다. 가 봐야겠습니다."

그의 말은 마치 유혹을 속삭이듯 달콤했다. 정중하게 거절은 했지만 나는 주먹이 막 나가려는 것을 참았다. 차를 한잔하자는 건 단지 이유일뿐이고 덫을 준비해 놓고 먹이를 기다리는 뱀의 혀였다. 아비가 떠난 것을 모르고 아들놈이 왔으니 아들놈에게서 남아 있는 것까지 우려먹을 속셈처럼 보였다. 어디다가 수작을 걸어? 나쁜 놈. 그래 그렇게 웃는 얼굴로 순진한 아버지한테서 일억 원이나 되는 돈을 우려냈겠지. 나도 그렇게 당할 것으로 본다면 큰 오산이다. 헛꿈 꾸지 마라 이놈아! 정말 한 대 갈기고 싶은 마음이 굴뚝같았지만 나는 그냥 차에 올라탔다. 대신 절 마당을 과속으로 달려서 먼지를 잔뜩 일으키며 나오는 것으로 화풀이를 했다.

순진한 아버지도 밉지만, 세상 물정 모르는 착한 아버지를 이용하는 사람들이 싫었다. 더구나 세상에 소금이 되겠다는 사람들의 이중적인 행태는 정말 구역질이 났다. 앞으로는 선하고 착한 일을 한다고 하면서도 몸과 마음이 아픈 사람들의 그 괴로움을 약점으로 잡아 등쳐 먹는 사람들. 믿음에 대한 배신감은 실망도 더 크게 주었다. 시주(施主)라는 단어도 정말 요상하다. 시주란 절에 물건을 바친다는 뜻이기도 하고, 그 물건을 바치는 사람을 뜻하는 말도 되었다. 그러니까 '시주가 시주했다'는 이상한 문장이 탄생하기도 하는 것이다. 시주가 시주를 한다는 건, 자신을 바친 것이 되니 시주가 갖고 있는 모든 것은 절에 바쳐야 된다는 것인가? 빌어먹을 관셈보살.

아버지를 집으로 모시고 가는 것으로 시작하려던 치유 작업은 처음부터 어긋났다. 아버지는 어디로 가신 것일까? 절에서 집까지는 승용차로 30분 거리. 아침식사 후 절을 나서셨다면 오전 중에 충분히 도착하고도 남았다. 점심식사는 어디서 하시고, 지금 어디에서 무엇을 하고 계시는 것일까? 휴대전화기로 아버지에게 연락해 봤지만, 연결이 되지 않았다. 행선지를 알 수 없어 답답했지만, 어쨌든 절을 떠난 것은 반가운 일이었다.

이번에는 어떻게 해서든지 아버지를 집으로 모셔 가겠다고 절에 오기 전에 단단히 결심을 하고 왔다. 돌아가시기를 거부한다면 물리력을 행사해서라도 모시고 갈 생각이었다. 그동안 아버지가 하시는 일은 무조건 믿고 따랐다. 아버지는 결코 우리 사회에 해가 되는 일은 하지 않을 분이라는 것을 잘 알기 때문이었다. 가족에게 실망시킬 일은 하지 않을 것이란 믿음이 있기 때문이었다.

하지만 이번 일은 아버지가 잘했다고 보지 않는다. 그 정도는 아버지의 능력으로 가능하다고 하더라도. 죽은 손자의 극락왕생을 기원하기 위해서라고 해도, 상식적으로 생각해서 일억 원이 넘는

거액을 절에 바친 것을 수긍할 사람은 별로 없을 것이다. 우리 가족
—어머니도 아내도 수긍을 못할 것이다. 그래서 그들에게 나는 이
사실을 말하지 못했다. 아버지가 절에 계속 있으면 또 얼마나 많은
금액을 바칠지 모를 일이었다. 이번에는 꼭 모시고 나와야 했다.

"어어, 재우야! 그리로 가면 안 된다. 거기 섰거라!"
작은 새는 순식간에 할아버지의 보호막에서 벗어나서 무모한 비
행을 했다. 할아버지는 곧 아이를 부르면서 아이를 잡으려고 달려
갔다. 그런데 그때 기다린 것처럼 커다란 벽이 작은 새를 향해 덮
쳐 왔다.

"아! 안 돼, 안 돼애! 스톱 스토옵!"
할아버지의 절박한 고함 소리가 골목길을 울렸지만 그 커다란 벽
은 작은 새를, 사정없이 들이박았다. 벽에 부딪혀 튀어나가는 공처
럼, 작은 새는 툭! 튕겨져서는 데굴데굴 굴러가다가 멈춰 섰다. 시
커먼 벽도 놀란 듯 멈추어 섰다. 할아버지의 품에 안긴 작은 새는
가쁜 숨을 몰아쉬었다. 작은 새는 자기에게 무슨 일이 닥쳤는지도
모르고 작은 신음소리를 냈다. 병원으로 옮겨진 그 작은 새는 다시
는 날갯짓을 할 수 없었다.

그날만 생각하면 미칠 것만 같았던 기태의 마음도 이제는 평안을
되찾아갔다. 아픔이란 것은 쑤시면 쑤실수록 더욱 상처만 덧나는
것. 모든 것이 인연으로 이루어진 연의 톱니바퀴라고 생각하니 그

의 마음에도 여유가 생기는 것이었다. 그가 마음의 여유를 갖게 되니 뜬구름을 잡는 것 같던 스님의 말씀도 하나하나가 주옥같았고, 그 주옥들은 그의 아픔을 어루만지는 약손이 되었다.

한 방울씩 떨어지는 낙숫물이 집채만 한 바위를 뚫어 없애거나, 선녀의 옷자락에 스쳐서 사방 40리의 바위가 닳아 없어지는 시간을 겁이라고 합니다. 참으로 무량하고 무량한 시간입니다. 그래서 겁이란 특정한 시간의 단위가 아니라 무량한 시간을 은유적으로 표현한 거지요
옷깃을 한번 스치는 인연은 5백겁 쌓인 결과고, 같은 나라에 태어나는 인연은 1천겁이며, 하루 동안 길을 동행하는 길손이 될 인연은 2천겁, 하룻밤을 같은 집에서 자는 인연은 3천겁, 한 민족으로 태어나는 인연은 4천겁, 한 동네에 태어나는 인연은 5천겁 동안의 인연이 쌓이고 쌓인 결과랍니다. 단순히 세월만 흐르는 것이 아니라, 그 세월 동안 만나고 헤어지고, 수백 가지의 사연들이 엮이고 쌓였을 것입니다. 그러니 어떤 인연이라도 귀하게 여길 수밖에 없지요.
시주께서 지금 겪고 있는 것도 앞으로 어떤 인연을 맺기 위한 하나의 과정이랄 수도 있습니다.

봄이 오기 시작하면서 봄눈 녹듯이 기태의 마음에도 아픔이 엷어져 갔고 이제는 집으로 돌아가서 가게 일도 할 수 있을 것 같았다. 그런 마음 한편, 자신의 마음이 평안을 찾은 것이 아직도 아픔

을 되새김질할, 아비나 어미한테 미안해지는 것이었다. 수시로 절에 찾아와서 집으로 돌아가지고 채근하던 아들놈이나, 열 달 뱃속에서 키워 낳은 며느리의 마음은 아직 다 추스르지 못했을 것이다. 하지만 재우 놈은 할배를 이해할 것이다. 할배를 아프게 만든 놈이니 할배가 다시 기운을 차리는 것을 웃으며 좋아할 것이다. 정확하지 않는 말로 하배 하아배 하면서 웃어줄 것이다. 고놈만 생각하면, 생각하면…….

좀 더 아이를 잘 보살폈더라면. 칭얼대더라도 가게에 그냥 두었더라면. 밖이 아니라 살림집으로 데리고 갔더라면. 유모차에 태우고 다녔더라면. 아이의 아비나 어미가 돌보도록 했더라면. 무엇보다도 걸려온 휴대전화를 받지 않았더라면. 아이를 업고 있었더라면. 손을 꽉 잡고 놓지 않았더라면. 더 빨리 달려서 아이를 붙잡았더라면. 나가더라도 5분 뒤에 나갔더라면. 그쪽 길이 아니라 반대 방향으로 갔더라면……. 그랬더라면……. 하였더라면……. 생각하면 할수록 피해갈 수 있는 길은 수없이 많은데……. 왜 그때 그 시간은 피할 수 없었는지.

이미 정해진 운명이 그렇다고, 타고 난 사주팔자가 그렇게 되어 있다고, 허망스러운 말이라도, 재우의 죽음에 조금이라도 실마리를 얻을 수 있다면 답답한 가슴이 뚫릴 것 같았다. 얼마간의 시간이 지났는데도 죄책감과 상실감은 기태를 괴롭혔다. 일손이 잡히지 않았다.

그래서 비 오는 그날, 온혜로 가는 버스승강장에서 만난 스님을 따라 무작정 절로 갔었다.

절에서 나온 나는 고향마을 쪽으로 차를 몰았다. 집에 전화하여 아버지의 귀가를 확인해 보고도 싶었지만 그냥 두었다. 아내의 전화가 없는 것을 보니 아직 집에 도착하지 않는 것 같은데, 굳이 전화를 해서 어머니나 아내가 신경 쓰게 하고 싶지 않았다. 집으로 오신다고 절을 떠났으니 어떡하든 집으로 오실 것이다. 아버지가 절을 떠났다는 사실만으로도 마음의 여유가 생겼다. 고향에 사는 친구의 집으로 차를 돌렸다.

마을 한쪽 가장자리에 사는 초등학교 친구는 집 앞의 과수원에서 적과를 하고 있다. 비슷비슷한 놈들이 올망졸망 붙어있는 것 중에 실한 놈 한 놈만 남기고 나머지는 솎아 버리는, 친구의 적과 솜씨는 능숙했다. 똑같이 사과가 되고자 태어났지만 더 이상 크지 못하고 잘리는 어린 열매에서 문득 재우 얼굴이 겹쳤다. 내가 많이 약해진 것인가.

"춘부장님 만나러 온 거겠네. 가는 중 아니면 만나고 오는 중?"

모셔 가기 위해서 왔는데 먼저 집으로 가신 것 같다고 답을 하자 친구는 뜬금없이 이렇게 말했다.

"네 춘부장님 정말 대단하시더라."

"그게 뭔 말이야?"

"춘부장님이 덕배 도와 준 것 말이다."

"덕배? ……. 그 앞산 밑에 살던 덕배 형? 그 형을 아버지가 도왔다고?"

내가 정말 아무것도 모른다는 것을 알고 친구는 놀라운 표정을 지으면서 그간의 일을 알려주었다.

그 덕배가 석 달 전인가 여기 왔더라. 돈이 급하게 필요해서 예전에 살던 집과 거기에 딸린 텃밭을 살 사람을 찾더라. 온천 경기가 한창 좋을 때도 그쪽은 살 사람이 없었는데 이제 온천 경기마저 다 죽은 때에 누가 그걸 사겠나. 거저 준다면야 채소나 갈아 볼 사람이 있을지. 갑자기 그 땅을 팔려는 이유는 덕배의 아들이 소아암에 걸려서 치료비를 마련하기 위한 것이었지. 그냥 돈을 빌려 달라고는 할 수 없으니 그것이라도 떠맡기는 셈이고. 그가 그래도 비빌 언덕이라는 것이 고향밖에 없지만 고향에도 그를 형제 입장으로 도와 줄 사람은 없잖아. 이 집, 저 집, 친구 집 등을 찾아다니면서 하소연하다가 절에까지 찾아간 모양이야. 거기서 때마침 절에 계시는 춘부장님을 만난 거지. 춘부장님이 치료비를 다 부담하셨대. 소문으로는 한 일억은 충분히 넘는다고 하더라. 이제 보니, 너도 모르는 것 같고……. 그런 일을 가족도 몰래 도와주시다니 정말 대단하시네.

그러면서 친구는 덕배의 아들이 지금 초등학교 4학년이라고 덧붙였다. 그 4학년이라는 말에 나는 순간 얼어붙었다.

매년 서너 번씩 선산에 올 때마다 보아 왔던 절. 그렇지만 별 관심 없이 바라보던 절. 비 오는 날 혜진 스님을 따라 왔던 절은 기태에게는 익숙한 듯 낯설었다.

창건한 지 10년도 안 되는 절은 화장실 같은 편의시설이 현대적으로 되어 있어서 편했다. 무엇보다도 선산이 가까이에 있어서 좋았다. 스님 세 분과 보살 세 분 그리고 어디선가 와서 머물고 있는 손님 한 명과 기태, 이렇게 8명이 상주하는 절에서 기태는 새벽 일찍 일어나서 법당에 들고, 세 끼니 공양은 스님들과 함께 했다. 그리고 오전에는 선산에 올라가서 묘지를 돌아보았다. 작년 추석을 앞두고 벌초를 할 때는 제대로 한 것 같았는데 매일 와서 보니 허술한 곳이 참 많았다. 시간적인 여유가 있으니 안 보이던 것이 보인 것이다. 선조님들의 묘지와 비석과 상석들을 보살피다가 부모님 묘지로 가는 것이 선산 순회의 마무리였다. 아버지나 어머니의 묘지에 등을 대고 눈을 감고 있다가 보면 점점 따뜻해지는 봄 햇살 속에서 자기도 모르게 잠이 들어 버리고는 했다. 그렇게 짧은 오수에 취했다 깨어나면 점심 공양시간이었다.

그날도 짧은 잠에 빠졌는데 꿈에 아버지가 나타났다. 재우 손을 잡고서 어디론가 데려가려고 했다. 그런데 다시 보니 손자 재우가 아니라 아들 정대였다. 기태는 순간적으로 소리쳤다. 아버지 걔는 정대잖아요. 꿈속인데도 정대를 보내면 영영 다시는 볼 수 없을 것 같았다. 정대를 데리고 가시면 안 돼요. 걔는 독자잖아요. 다른 아이는 몰라도 걔는 안돼요. 기태가 소리쳐 울부짖자 아버지는 정대의 손을 놓았다. 뽀르르 달려와 품에 안겨드는 정대를 안고 안도의 숨을 쉬고 있는데, 아버지는 어느새 재우의 손을 잡고 계셨다. 아버지, 아버지! 그런데 더 이상 말이 안 나왔다. 무슨 말인가 해야겠는데, 정대를 돌려받았으니 재우마저 돌려받는다는 건 욕심이란 생각이 드는 것이었다. 그냥 아버지, 아버지란 말만 되풀이했다. 그렇게 해도 아버지는 기태의 마음을 알아주리라 믿었다. 부자지간에 꼭 말을 해야만 알아듣는 건 아니잖은가. 그런데 아버지는 웃고 계셨다. 웃으면서 재우를 번쩍 들어 안았다. 재우도 기태를 보며 그 앙증맞은 손을 흔들며, 하아배 하아배 했다.

짧은 꿈이었다. 그래서 더욱 생생했다. 무슨 뜻인가. 아버지가 아들 정대를 안고 가다가, 정대를 돌려주고 재우를 안고 가는 것이. 처음부터 재우를 안고 가는 것이 아니라 정대였다는 건. 기태는 어떤 실마리를 보는 듯 했지만 정확히 뭔지 형체는 잡히지 않았다. 머릿속으로 하얀 길이 보였으나 그 길을 누가 가야 하는 길인지, 어디로 가는 길인지 알 수가 없었다. 꿈이 주고자 하는 메시지가 무엇인지 골똘히 생각하면서 절 마당으로 들어선 기태는 요사채 툇마루에 혜진 스님과 누가 앉아 있는 걸 보았다. 덕배였다. 사람 사이란 허술한 것 같으면서도 촘촘하게 엮어져 있었다. 기태는 운명의 연을 하나 만난 것이다.

사과 꽃이 드문드문 보이는 나무에 아직은 이를 것 같은 흰나비 한 마리가 날고 있었다. 친구의 아내가 가져 온 음료수를 한 잔 마시고 나는 귀가하기 위해 차의 시동을 걸었다.

석 달 전, 아버지가 돈 5천만 원을 보내 달라고 전화를 했을 때, 어디에 쓰실 거냐고 물어봐도 그냥 쓸 데가 있다고만 했다. 절에서 숙식을 해결하는데 무슨 돈이 그렇게 필요할까? 나는 절의 스님들이 이제 서서히 마각을 드러내는 것이리라고 생각했다. 아버지가 재산이 좀 있다는 걸 알고 거머리처럼 붙어서 피를 빨아 내는 것이라고. 그런데 아버지의 전화를 끊고 난 후 이상한 생각이 들었다. 아버지가 개인적으로 관리하는 돈이 최소한 5천만 원 이상 있다는 것에 생각이 미친 거였다. 한 집에 살고 가게를 같이 운영하는 부자지간이라 서로간의 주머니 사정은 빤했다. 아버지 성격에 돈이 있으면서 더 보내 달라고 하지 않을 것이었다. 그러므로 아버지는 갖고 있는 돈을 다 쓰고, 추가로 5천만 원이 필요하여 내게 부탁을 하는 것이다. 어디에 그 많은 돈을 사용하는 것인가? 절약에 절약을 하고 검소하신 아버지가 손자의 죽음에 정신을 놓은 것인가? 그 가여운 손자의 극락왕생을 위해 아낌없이 돈을 절에 바치는 것일까? 스스로 바치는 것이 아니라 바치게 하는 것이겠지. 그것 말고 달리 돈 쓸 곳이 없었다. 상처 입은 자의 그 상처를 이용해 돈을 버는 치사한 놈들. 그 당시 나는 편향된 시각으로 그렇게 판단을 했었다. 잠시 전에 절 마당에서 만난 스님에게 내가 불손한 행동을

룬(輪)

25

보인 것도 그 연장선이었다. 절에 시주하는 것이라고 지레짐작으로 분통을 터뜨리면서도 나는 아버지께 송금했다. 언제나 존경하고 올바르게 살아오셨던 아버지였기에 무슨 말 못할 사연이 있을 거고, 돈을 허투루 쓰시지 않을 거라는 일말의 기대를 하면서.

20여 년 전 고향에 온천 바람이 불어서 땅값이 천정부지로 올랐을 때 고향 사람들은 두 편으로 갈렸다. 팔고 떠나겠다는 현실주의자와. 온천이 들어서면 더 오를 것이라고 버티는 미래주의자였다. 평당 1만 원이 고작이던 땅을 15만 원이나 준다는데도 눈만 껌벅이며 변화를 두려워하던 농투성이 틈에서 아버지는 가차 없이 논밭을 모조리 팔았다. 한해 농사 지어봤자 다섯 가족이 먹고 살기에는 빠듯하고 평생 일해 보았자 논밭 2천 평의 궁핍한 소작농의 신세를 벗어나기는 어려웠다. 그런데 평생 만져보기 힘든 돈을 준다는데 마다하는 바보가 어디 있을까. 3억 원의 거금으로 아버지는 현재의 가게 터를 사고 100평의 매장을 마련했다. 비록 조립식으로 지은 매장이지만 인근에서 가장 큰 규모의 할인마트였다. 우리 가족의 목표는 돈을 더 벌어 가게의 터에 건물을 올리는 것이었다.

이십 년 넘은 세월 동안 열심히 가게를 운영하며, 위로 누나 둘을 시집보내고 나도 장가를 들어 아들 둘을 가졌다. 별 탈 없이 순조로운 세월이었다. 다만 세월이 흐를수록 주변에 대형마트가 많이 생겨서 매출이 급격히 줄어든 것이 걱정이기는 했다. 그래도 욕심 부리지 않고 최선을 다하자 주민들에게 신뢰를 받는 가게로 선정되었고, 이제 건물을 올리는 정도의 자금은 벌어 놓았다. 어느 정도 규모로 지을 것인가 하는 행복한 고민만 남은 상태였다. 둘째 놈이 덜컥 세상을 떠나지 않았다면 우리는 그 행복 속에 아직도 취해 있을 것이다.

　아들이 오늘 오후에 데리러 온다고 했다. 이번에는 어떻게 해서든 데리고 갈 태세였다. 그렇지 않아도 오늘이나 내일 돌아갈 생각이었던 기태는, 아침 공양을 마치고 선산에 다녀온 후 짐을 꾸렸다. 아들이 오기 전에 먼저 떠나야 했다. 아들의 차로 가면 편할 테지만, 아들과 함께 덕배 아들을 보러 가는 것은 편치 않았다. 덕배 아들의 수술비로 큰 돈 쓴 것을 아직은 가족에게 알리고 싶지 않았다. 나중에 차차 알게 되겠지만, 손자까지 잃은 마당에 돈마저 낭비했다는 가족의 지탄을 받기 싫었다. 아들은 그 돈을 절에 시주한 것으로 알고 절에 올 때마다 툴툴거렸지만 기태는 사실대로 말해주지 않았다. 말을 하면 아들은 이해해 줄 것이다. 허나, 이해하고 못하고를 떠나서, 이제 겨우 아들 잃은 슬픔을 달래가는 정대에게 덕배의 일로 마음의 짐을 안기고 싶지 않았다.

　종합병원에 입원해 있는 덕배의 아들은 아주 건강해 보였다. 얼마 후에는 퇴원할 예정이라고 했다. 수술 전에 보았던 앙상한 몸과는 천양지차였다. 베트남에서 시집 온 덕배의 아내는 그 크고 슬픈 눈으로 연신 고마움을 표시했다. 수술이 잘되고 경과도 좋아서 기태도 기분이 좋았다. 구내식당에서 덕배의 가족과 점심을 먹고 병원을 나서면서 기태는 하늘을 보았다. 봄 하늘이 참 맑고 푸르다. 저렇게 푸른 하늘은 비밀 하나 없어 보이는데 하늘의 이치는 참 알수가 없었다. 이로써 덕배와 우리 가족에 얽힌 연은 풀린 것인가 다시 연결된 것인가.

왠지 모르게 밀려드는 허탈감을 안고 기태는 재우를 떠나보냈던 강가로 갔다. 화장하니 한 공기 밥그릇 정도 밖에 안 되던 뼛가루. 손가락 사이로 잠깐 만에 다 사라져버리던 하얀 가루들이 흩어져 버렸던 강가에, 신록이 참 눈부시다. 기태는 아이가 좋아하던 사탕 몇 개를 강 위로 던져주었다. 이제야 따뜻한 봄인데 그동안 춥지는 않았는지. 살아있다면 이 새봄처럼 너도 한층 푸르게 성장했을 텐데.

재우야, 이제는 할배도 널 가슴에 묻고 잊을 거다. 잊는다고 잊을 수 있는 것이 아니니까, 잊는 척할 거다. 너 때문에 가족 모두가 슬픔에 빠져 헤어나지 못한다면 너도 발걸음이 안 떼어지겠지. 떠나는 너도 차마 아픔을 달래기 힘들 거야. 얼마 전에 꿈을 꾸었는데, 돌아가진 선친이 네 아비를 안고 있더구나. 내 선친은 네게는 증조할배가 되지. 그런데 증조할배가 네 아버지를 가만히 안고 있더니 데리고 가지 않겠니. 나는 안 된다고 마구 손을 저었지. 그런데 내게 손을 흔드는 아이를 보니 네 아비가 아니라 바로 너였어. 증조할배는 바로 이 할배의 아버지란다. 증조할배가 널 데리고 가는 것을 보고 난 이제야 알겠더라. 넌 이 세상에 잠시 다녀가기 위해서, 그냥 얼굴만 보여주기 위해서, 이 할배한테 인사하기 위해서 다녀간 것이란 걸. 증조할배가 널 잠시 우리에게 네 엄마 아빠를 통해서 인사를 시켰던 모양이야. 나보다 더 훌륭하신 증조할배와 같이 있으니 마음이 놓여. 네가 좋은 곳으로 갔을 거라는 것을 알아. 하늘에서 할 일이 많은 사람은 일찍 돌아간다는 말도 있거든. 그래도 이놈아, 할배한테 마지막을 그렇게 흉하게 보이고 가나. 다른 사람도 아니고 가장 아껴 준 날 밟고 가야만 했나? 병이라도 나서 가족 모두의 슬픈 사랑을 안고서 떠날 갈 수도 있지 않았느냐 말이다. 모든 덤터기는 할배한테 지우는 것이냐. 할배가 만날 골목길에 데리고 다니니 그렇게 만만하게 보이더냐. 알아, 알아, 너의 그 마음을. 만만한 것이 아니라 모든 것을 이해하고 용서하고 받아 줄 사람이 나란 것을. 너 같이 영특한 놈이 모를 리가 없지. 그래 할배가 다 받아 줄게.

그래도 그렇게 차에 부딪혀서 세상을 떠나는 것은 정말 잘못된 일이다. 차주와는 또 어떤 인연이 연결되어 있는지는 몰라도. 그 아저씨도 많이 괴로워하다가 이사를 갔단다. 세상은 우리가 알 수 없는 연의 거미줄로 싸여 있겠지만 성실하게 살던 그 아저씨가 마음 아파하는 것을 볼 때, 비록 널 떠나게 한 사람이라 하더라도 할배는 연민을 가졌단다. 그래 아가야, 너의 이별 방법은 너무 잔인했단다. 이 세상의 기준으로 봐서는 말이다. 이 할배도 결국에 이승의 자잘한 기준에 벗어나지 못한 소시민이거든.

기태는 은파들로 출렁이는 강물을 보며, 그렇게 속마음을 털어냈다. 강물 위로 던졌던 사탕들이 흘러가지 않고 물결 따라 오르락내리락했다. 마치, 떠나기 싫어하는 재우가 칭얼거리는 것 같아서 애처로웠다. 순간 참았던 눈물이 기태의 뺨을 타고 흘러내렸다. 빛나는 수정 같았던 재우의 눈망울이 은파 속에서 설핏 보이는 것도 같았다. 짜식이……, 이 할배는 너로 인한 그 어떤 멍에도 질 수 있다. 앞으로도…….

태우는 유치원 수업이 다 끝나서 책가방을 정리하면서 집으로 갈 차를 기다렸다. 오늘 아빠가 할배를 모시러 간다고 했으니 지금은 집에 할배가 와 있을 것 같았다.

할배가 빨리 보고 싶다. 지난 어버이날 아빠와 절에 갔을 때 할배는 스님들과 함께 밭에서 일을 하고 계셨다. 더운 날씨인데도 밭에 일하시는 모습이 슬펐다. 더구나 어버이날인데. 내가 유치원에서 종이로 만든 꽃을 달아드리니 할배는 참 좋아하셨다. 아버지와 셋이서 절 근처에 있는 온천에 들어가서 목욕을 했다. 온천물은 미끌미끌했다. 온천물이 피부에 좋다고 한다. 목욕을 한 후 우리는 온천 옆에 있는 식당에서 불고기로 점심을 먹었다. 할배는 상추로 쌈을 싸서 내게 먹여 주셨다. 그러고는 이것저것 물으셨다.

"유치원 들어갔으니 태우는 이제 학생이야. 내년에 초등학교 들어가기 전에 준비하는 학생이지. 어린이집에 다닐 때랑은 다른 거야. 어린이집에선 아이지만 이제는 학생인 거지. 일찍 자고 일찍 일어나서 원에 가는 준비는 스스로 해야 해. 알았지?"

나를 만나서 즐거우신 것 같았다. 고기도 잘 드시고 소주도 한 잔 하셨다. 절에서는 고기와 술을 먹지 않는다고 하는데 손님은 먹어도 괜찮은 모양이었다. 즐거워하시는 할배와는 달리 아빠는 뭔 불만이 있는지 별로 말을 안 했다. 기분도 안 좋아 보였다. 오랜만에 할배를 만나러 왔으니 일부러라도 웃어 보이면 좋을 텐데. 집에 돌아올 때까지도 아빠는 계속 저기압이었다. 그래서 나는 운전하는 아빠에게 아무 말도 안 걸고 할배가 가면서 먹으라고 준 과자만 먹었다.

그게 다 재우가 죽었기 때문이다. 할배가 집을 떠나 절에 살게 된 것도. 아빠의 기분이 그런 것도. 재우가 그렇게 죽었기 때문이다. 이제 두 살 밖에 안 된 놈이 왜 그렇게 밖에 나가기를 좋아하는지. 뽈뽈뽈 달리는 건 잘도 달렸다. 내가 방에 엎드려서 책을 볼라치면 자꾸 책을 뺏어가려고 하고, 화장실에 들어가면 자꾸 따라오고 내 일을 자꾸 방해해서 귀찮았는데. 그날도 저녁 준비를 하시는 할매가 자기와 안 놀아 주자 책을 읽고 있는 내게로 왔다. 내가 읽고 있는 책을 잡아당기면서 방해를 하기에 화를 냈더니 언제 나갔는지 모르게 가게로 나가 버렸다. 엄마는 할배가 재우를 제대로 돌보지 않아서 사고가 났다고 하지만 재우를 그렇게 귀여워하시는 할배가 한눈팔지는 않았을 것이다. 재우가 조금 조심을 했더라면. 아니 내가 방에서 같이 놀아 주었으면 재우는 죽지 않았을지도 모른다. 아빠와 엄마는 집에 있던 재우 사진과 놀이기구나, 우유병들을 치워버렸지만 우리 넷이 찍은 사진은 치울 수 없었는지 아직 벽에 그대로 붙여두고 있다.

나는 엄마 아빠 마음을 이해할 수 있을 것 같았다. 엄마 아빠의 슬픈 마음을 알기 때문에 나는 이제 어리광도 떼쓰는 짓도 못하겠다. 나만이라도 웃어야지. 연속극을 보다가도 엄마는 병원차가 나오거나, 병원이 나오면 슬그머니 고개를 돌리고, 외면하고, 뉴스에 사고 모습이 보이면 채널을 돌리고 만다. 많이 약해지신 것 같다. 아빠도 안 그런 척하지만 그런 장면에서 재우 기억이 나서 마음 아프실 것 같다. 나는 사람이 죽으면 다시 살아날 수 없는 것을 안다. 그렇게 죽어서 가족 모두에게 아픔을 주는 재우가 밉지만 한편으로는 보고 싶다. 할배도 보고 싶고. 할배라도 있으면 재롱이라도 피울 텐데. 할매도 할배가 없어선지 힘이 없으시다. 이런 때 괜히 혼자 즐거운 척하는 것도 욕먹을 짓이다.

유치원이 끝나면 집에 잠시 갔다가 바둑학원에 가야 한다. 할배가 없으니 바둑학원에 다녀와도 심심하다. 학원에서 배워온 것을 할배와 같이 복습할 때면 여간 재미있지 않았다. 나를 바둑학원에 다니게 한 것도 할배였다. 할배의 유일한 취미가 바둑인데 가게를 보는 짬짬이 인근에 있는 기원으로 갔다. 그럴 때면 나를 데리고 같이 갔다. 날 돌볼 사람이 없어서 그렇기도 했지만 나도 할배 따라서 기원에 가는 것을 좋아했다. 처음에는 그냥 바둑돌을 갖고 노는 것이 재미있었다. 그런데 거기도 나처럼 할배 손에 이끌려서 같이 오는 내 또래 꼬마가 두 명 있었다. 할배들이 바둑을 둘 때 나는 그 애들하고 바둑판에 흑백 돌로 그림이나 글자를 만들면서 놀았다.

"이놈들, 기원에 왔으면 바둑을 둬야지 뭔 장난을 하느냐." 어느 날 한 할배가 그렇게 호통을 치더니 우리를 앞에 불러다 앉히고 바둑을 가르쳐 주었다. 그날 이후부터 우리 꼬마들은 그 할배한테서 바둑을 배워야 했다. 나는 재미가 있는데 다른 아이들은 재미가 없는지 딴짓을 했다. 바둑은 특별한 규칙이 없는 만큼 일단 처음 배우기는 쉬웠다. 상대 돌을 잡는 법과 집을 잘 짓는 것만 잘하면 되었다. 집이 많으면 이기는 게임이었다. 하지만 집을 많이 차지하기 위한 그 방법이라는 것이 너무나 복잡했다. 배우면 배울수록 그 길은 무궁무진했다. 그 무궁무진한 길에 바둑의 묘미가 있는 듯했다. 내가 바둑에 관심을 보이자 할배는 재능이 있다고 판단을 했는지 기원 옆에 있는 바둑학원에 나를 등록시켰다. 그때 나는 다섯 살이었다. 바둑돌로 장난을 치면 더 좋을 나이였다. 나는 1년 만에 5급의 실력이 되었고, 얼마 전에 3급으로 승급했다.

"바둑 많이 늘었어?"

지난번 어버이날, 온천에 목욕을 할 때 대뜸 할배는 이렇게 물으셨다.

"얼마 전에 3급으로 승급했어요."

"야, 정말이야! 이제 할배는 3점을 접고 두어야겠구나."

할배는 내가 직접 만든 카네이션보다도 승급을 한 것이 더 기쁘신 것 같았다. 온천에서 나와 식당에서 고기 먹을 때도 식당에 바둑판이 없나 살폈다.

"집에 가서 두시면 되잖아요. 이제 집으로 가요."

"그래 가야지. 얼마 안 있으면 석탄일이니 봉축법회 참석한 후에 들어 갈게."

그런데 석탄일이 며칠 지나도 할배는 오시지 않았다. 그래서 오늘 아침 아빠가 모시러 간다고 했는데, 아마 지금쯤 모시고 오지 않았을까? 아빠는 이번에는 어떻게 해서든지 모셔 오겠다고 단단히 다짐을 했었다. 어서, 할배가 보고 싶다. 할배하고 바둑을 두면서 옛날로 돌아가고 싶다. 이제 수업이 다 끝났고 차를 타고 집에 가기만 하면 된다. 가방을 다 정리하고 집에 갈 준비를 끝냈는데 선생님께서 할아버지가 오셨다고 한다.

친구 과수원을 떠나서 곧장 집으로 왔지만 아직 아버지는 오시지 않았다. 오후도 한참 지난 시간인데 어딜 다녀오시는지. 어머니와 아내에게는 아버지가 다른 곳에 들렀다가 오신다고 해 두었다. 절에서 갖고 온 아버지의 가방을 살림집에 갖다 놓고 나는 방문턱에 걸터앉아 덕배를 생각했다.

초등학교 4학년의 여름방학 때였다. 한낮의 해가 좀 기울자 나는 동네 친구들과 앞산에 있는 저수지로 갔다. 별로 크지 않는 저수지 주변에는 잠자리나 나비들이 떼를 지어 날아 다녔다. 우리들은 그것들을 잡으면서 돌아다녔다. 놀이거리가 없는 시골의 심심한 꼬마들에게 매미나 잠자리 등의 곤충들을 잡으러 다니는 것만큼 재미있는 게 없었다.

우리가 한참 잠자리채를 마구 휘두르고 있을 때 덕배가 왔다. 덕배는 나보다 네 살이나 많았지만 집안이 가난하여 중학교에 들어가지 못했다. 앞산 밑에 딱 한 채 있는 오막살이가 덕배가 사는 집이었다. 마음이 좋고 유순해서 우리 또래들은 그를 좋아했다. 그리고 손재주가 좋아서 뭐든 잘 만들었다. 우리가 장난감 칼이나 총을 만들어 달라고 재료를 가지고 가면 그는 언제나 거절하지 않고 즐겁게 만들어 주었다. 그래서 인기가 있었다. 지금 생각하면 늙은 아비와 둘이 살아 외로운 그의 세상살이 방법의 하나였다. 그렇게 해서 자기의 존재감을 인정받으려는 것 말이다.

잠자리채를 들고 천방지축 뛰어다니는 우리들 주변에서 덕배는 맨손으로 잠자리를 잡았다. 그는 맨손으로도 신기하게 잠자리를 잘 잡았다. 잠자리라고 하면 보통 사람들은 고추잠자리 정도만 생각하겠지만 잠자리도 여러 종류가 있었다. 그날 나는 왕잠자리를 잡는 게 목표였다. 잘 잡히지 않는 왕잠자리를 한참 쫓아다니는데 갑자기 발목이 뭔가에 물린 듯 따끔했다. 순간 아래를 보니 뱀이 기어가고 있다. "뱀이다!" 하고 소리치며 나는 풀썩 주저앉았는데, 정말 바람 같이 덕배가 다가와서는 내 잠자리채로 뱀을 생포해서 꼼짝 못하게 단속했다. 그러고는 내 발목을 살폈다. 이빨 자국이 삼각형으로 나 있었다. 독사에 물린 거였다. 그걸 본 덕배는 내 친구 하나에게 우리 집에 가서 알리라고 하고, 또 한 친구에게는 정미소에 가서 차가 있는지 알아보고 있으면 여기로 오게 하라고 지시를 했다. 당시에 우리 동네 차는 정미소의 트럭이 유일했다. 저수지에서 마을까지는 뛰어서 5분 거리였다. 지시를 끝낸 덕배는 자기 주머니에서 끝이 뾰족한 칼과 라이터를 꺼냈다. 라이터로 칼 끝부분을 소독한 그는 거침없이 내 발목을 찔러 그었다. 그리고 주저 없이 입으로 빨아냈다. 뱀에게 물리면 물린 곳을 십자로 찢은 후 입으로 독을 빨아내야 한다는 것은 학교에서 배운 것이라 나는 참았다. 빨리 처치하지 않으면 독이 온몸이 퍼져 생명이 위험하기에 나는 엄청난 고통에도 이를 악물고 참았다. 그렇게 한참을 빨아내던 덕배는 내 운동화 끈을 풀어서 종아리부분을 살짝 묶었다. 그리고 나무 가지를 발목에 대고 발이 움직이지 않게 고정을 했다. 내가 흥분할까봐 걱정하지 말라고 이 까짓것 별것 아니라고 진정을 시키면서 교과서에서 배운 대로 빈틈없고 민첩하게 처치해 나갔다. 지금은 그런 방식대로 하지 않는 것이 좋다고 하지만 당시에는 국민 모두가 그렇게 하는 것을 불문율처럼 알던 때였다.

그렇게 응급처치를 하는 중에 할아버지를 비롯한 동네 어른들이 달려왔다. 운 좋게도 마을에서 하나밖에 없는 정미소 트럭이 저수지 아래까지 들어와 대기 중이었다. 덕배의 민첩한 처리와 지시로 인해 물린 지 한 시간도 안된 시간에 병원에 도착했다. 의사는 초기 응급처치가 잘 되어서 독이 많이 번지지 않았다며, 이틀 정도만 입원하면 걸어 다닐 수도 있을 것이라 했다.

그런데 사달은 다른 곳에 터졌다. 내가 그렇게 차를 타고 병원으로 떠난 후 덕배가 쓰러진 거였다. 아이들이 다시 놀라서 어른들을 부르고 택시를 부르고 해서, 덕배는 내가 입원해 있는 병원으로 실려 왔다. 입안에 상처가 있는데도 독을 빨아내서 독이 혈관을 타고 전신에 퍼진 것이었다. 입으로 넘긴 것보다 혈관을 타고 퍼진 것은 치명적이었다. 덕배는 바로 중환자실에서 응급처치를 받게 되었다. 응급실에 있던 닷새 동안 그의 곁에는 나의 할아버지가 있었다. 일하러 나가야 하는 나의 아버지와 그의 아버지 대신 할아버지는 3대 독자인 나를 살린 그를 정성을 다해 돌보았다. 덕배가 퇴원한 후에도 할아버지의 애정은 변함이 없었다. 우리가 온천 바람으로 땅값이 오른 틈을 타고 재산을 정리해서 도시로 나온 얼마 후, 덕배네 부자도 시골에서는 밥벌이하기 힘들다고 큰 도시로 떠났는데, 그렇게 헤어지기 전까지, 덕배는 할아버지의 또 다른 손자였다. 그러고 보니 그렇게 헤어진 후 한 번도 다시 만나지 못했다는 생각이 들었다. 할아버지도 살아생전에 그들을 궁금해 했지만 다시 못보고 세상을 떠났다.

아버지가 덕배의 아들 수술비로 거액을 쓴 것이 그때의 그 일에 대한 보상의 하나였던가? 아버지에게도 그 일이 큰 빚으로 남아 있었던가? 채무자도 채권자도 권리를 주장할 수 없는 채권에, 아버지 스스로 채무자가 되어야 할 만큼. 사실 덕배가 그런 조치를 하지 않았더라도 조금 더 고생을 했겠지만 나는 죽을 정도가 아니었다. 할아버지나 아버지가 덕배를 마치 생명의 은인처럼 대하는 것은 어폐가 있었고, 솔직히 내게는 부담스러웠다. 이십 년의 세월을 지나서 다시 덕배와 얽힐 줄은 꿈에도 몰랐다. 사람의 운명이란 참……

생각에 빠졌던 내가 다시 가게로 가니, 아내는 무표정한 얼굴로 계산대를 보고, 어머니 또한 무표정하게 진열대를 정리하고 있다. 저네들의 얼굴에 다시 밝은 모습을 찾아 주고 싶다. 그건 내가 할 몫이었다. 가게 뒤편에 내놓은 물건들을 정리하려고 나가는데 이면도로가에 아주머니들 몇이 서성이는 것이 보였다. 시계를 보니 태우가 올 시간이다. 아주머니들도 아이들을 기다리는 중이었다. 학원이나 유치원에서 아이들이 오는 시간은 대부분 엇비슷했다. 아내 쪽을 보니 아직도 계산대에서 계산을 하고 있다. 태우가 올 시간이면 누구보다 더 민감하게 시간을 지키던 아내였는데 재우가 떠난 후부터는 모르는 건지 아니면 알면서도 그러는 건지 올 시간이 되어도 나가기는커녕 내게도 암말 안 했다. 뒤편의 이면도로에 나가는 것 자체가 그녀에게는 고역인지 몰랐다.

곧 낯익은 노란색 유치원 버스가 도착했다. 태우를 데리러 차로 갔다. 그런데 태우가 안 보였다. 버스에서 아이들을 하나씩 내려다 엄마에게 인계하는 유치원 선생에게 물었다.

"태우가 없네요?"

"태우는 할아버지께서 데리고 가셨어요."

"할아버지가요?"

"네, 미리 오셔서 기다리고 계시다가 데리고 가셨어요."

아버지가 정말 돌아오시기는 했구나. 그런데 태우를 데리고 어딜 가신 거지? 문득 머리에 스치는 것이 있다. 나는 뛰다시피 하면서 길 건너편 건물의 2층으로 올라갔다. 기원이다. 숨이 차서 열린 문 앞에서 숨을 고르며 안쪽을 바라보았다. 기원 안쪽에 아버지와 태우가 바둑을 두고 있었다. 그 주변에 노인 몇이 서서 대국을 구경하고 있었다. 조용히 다가갔다. 아버지가 약세였다. 백을 쥔 태우는 세력도 두터웠고 집도 많았다. 그러면서도 서로의 돌이 크게 잡히거나 위험해 보이는 것은 없다. 조손간이 흥정과 타협을 통해서 어울리고 있다. 바둑은 죽고 사는 혈투를 벌이지 않고서도 승패는 나게 되어 있었다. 그리고 승패를 떠나서 어울리는 바둑도 있을 것이다. 이 바둑이 그랬다. 평화롭고 아름다웠다.

그 돌 틈 사이에서 문득 재우가 보였다. 개구쟁이처럼 뿔뿔뿔 백돌에서 흑돌로, 흑돌에서 백돌로 돌아다닌다. 아내는 한 귀퉁이에 집을 차지하고 앉아 있고 어머니는 언제나처럼 변두리에서 중앙을 향해 바라보고 있다. 때려주고 싶었던 윤기 좌르륵 나던 스님도 고향 친구도 덕배도 함께 어울리고 있다. 한 알 한 알이 삶이었다. 인연이었고 빛이었다. 그 빛들은 이어진 것 같으면서도 끊어졌지만, 끊어진 것처럼 보여도 다 연결이 되어 있었다. 그들이 행복해진다면 나는 기꺼이 사석(死石)이 되어서라도 한자리 끼어들고 싶다. 머뭇거릴 필요가 없었다.

〈 미발표 신작〉

저 새는 여기 사람이 오면 꼭 찾아와서

저렇게 구구구 울고는 다시 날아가요.

마치 집주인이 손님맞이 하듯이.

가사도우미

길 위로 다시 나섰을 때 비는 계속 내리고 있었다. 슈퍼마켓에서 소주 두 병과 참치 캔 두 개를 산 나는 집으로 걸어갔다. 오른손에는 소주와 캔이 든 검정 비닐봉지를, 왼손에는 우산을 들고서. 종아리가 다 드러난 반바지 차림에 슬리퍼를 신은 나에게 빗물은 부드럽게 안겨 들었다. 종아리를 쓰다듬기도 하고 발바닥 밑으로 스며들어서는 발자국을 옮길 때마다 뽀드득뽀드득 웃음소리를 내었다. 우산에 부딪혀 오는 빗줄기도 자진모리장단으로 후드득후드득거렸다. 모든 소리는 장단과 가락을 갖고 있지만 그것이 소음이 아닌 음악이 되기 위해서는 받아들이는 사람의 기분이 좋은 때일 것이다. 그럼 현재의 내 기분은 좋은가? 직장인들이 퇴근하는 초저녁에 처음으로 외출을 하여 검은 비닐봉지에 소주를 사 오는 내가 즐거운가? 결코 아닐 것이다. 모든 재산을 투자하고 정열을 바쳐 매달렸던 사업이 망하여, 다시 뭔가 하기는 기력이 텅 비어 버린 내 삶이 즐겁다고 한다면 전혀 말이 되지 않을 것이다. 그러므로 지금 모든 소리가 음악으로 들리는 것은 내 기분과는 상관이 없는 것이었다. 단지 내게는 어릴 때부터 아주 가끔 모든 소리가 음악처럼 들리는 경우가 있었다. 그런 때면 그 이후에 반드시 좋은 일이 생겼다.

어떤 좋은 일이 생길까? 지금 가장 바라는 좋은 일이라면 사업 정리를 맡은 인규에게서 잘 마무리되었다는 연락이 오는 것이었다. 그 결과 얼마의 돈이 내 손에 쥐어지겠지만 돈보다 그 사업에 아직 붙들려 있는 내 영혼을 되돌려 놓고 싶은 마음이 더 절실했다. 하던 일이 깨끗하게 마무리가 되지 못하면 새로이 다른 일을 시작하지 못하는 것이 내 성격이었다. 어서 그 일에서 벗어나고 싶었다. 두 달이 넘어가고 석 달째 접어들면서 나는 한계 상황에 부딪쳤다. 무엇보다도 경제 사정이 바닥이었다. 다음 달치 원룸 월세를 마련하지 못하면 백기 투항으로 부모님 집에 들어갈 수밖에 없었다. 그것은 나를 부정하는 것이며 굴욕이었다. 잘 다니던 직장을 팽개치고 모아 놓은 돈을 몽땅 들고 인규가 하는 사업에 동참하려고 했을 때 가족들의 결사반대에도 나는 얼마나 당당했던가. 투자한 돈의 몇 배를 벌지 못하면 집에 들어오지 않겠다고 얼마나 큰소리를 쳤던가. 아쉽게도 큰소리쳤던 것과는 반대의 결과가 나타났지만 나는 결코 후회하지 않았다. 성패란 결과만으로 판단되어서는 안 될 것이다. 모든 것을 잊고 오직 기술개발만을 위해 매달렸던 그 순수한 과정은 너무나 소중했다. 나에게 있어서는 오히려 결과보다도 더 큰 가치를 지녔다. 사업의 실패에 무기력해졌지만 후회는 하지 않는 이유였다.

슈퍼마켓에서 5분도 안 되는 거리에 있는 원룸으로 가는 동안 잘박거리는 슬리퍼 소리를 스텝댄스 음악으로 들으면서, 무슨 좋은 일이 생길까? 오늘 쯤 인규에게서 전화가 올지도 모른다고 생각을 했다. 가벼운 발걸음으로 3층에 있는 원룸에 올라가니 복도 중간 쯤, 내 원룸이 있는 곳에 한 여자가 서 있었다. 모르는 여자였다.

"이기석 선생님이시지요?"

문을 열고 들어가려는데 여자의 목소리가 내 뒷머리를 잡았다.

"네, 맞는데요. 누구시죠?"

다시 봐도 처음 보는 여자였다.

"가사도우미를 부탁 받고 왔습니다."

가사도우미라면 파출부 아닌가.

"전 신청한 적이 없는데요?"

"아! 그럼 다른 분이 선생님을 도와주려고 신청했을 수도 있겠네요. 비용은 선불로 결제된 걸로 알고 있습니다."

나는 비용이 선불로 결제되었다는 말에 여자를 집안으로 들어오게 했다.

가사도우미는 미리 장을 봐온 모양이었다. 어깨에 멘 가방의 크기도 작지 않았는데, 들고 있는 장바구니에는 무엇인가가 가득 들어 있었다. 그것들을 식탁 위에 올려놓고는 작은 소리로 휴우 한숨을 쉰다. 사온 소주와 참치 캔을 냉장고에 넣고 물병을 꺼내다가 나는 그 소리를 들었다. 설핏 보니 그녀의 얼굴에 땀방울이 맺혀 있다. 밖에 비가 오고 있기는 했지만 아직은 무더운 8월 하순이었다. 무거운 장바구니를 들고 계단을 밟아 3층까지 올라 왔으니 무척 힘들었을 것이다. 찬장에 있는 잔을 꺼내 물을 따라 그녀에게 주었다. 잔을 받아 든 그녀는 아주 달게 물을 마셨다. 가볍게 웃는 치아가 가지런하고 인상도 맑았다.

새삼 눈여겨보니 그녀는 가사도우미를 할 나이도 모습도 아니었다. 우선 너무 젊었다. 20대 후반? 많으면 30대 초반으로밖에 보이지 않았다. 미인에 가까운 얼굴은, 많이 배운 사람들 특유의 야무진 인상이었다. 몸짓에서도 전체적인 스타일에서도 제대로 신경 써서 가꾼 흔적이 보였다. 일하기 편하게 헐렁한 옷을 입고 있었지만 그런 것은 숨긴다고 해서 숨겨지는 것이 아니었다.

누굴까……, 나를 위해 가사도우미를 보내 준 사람이? 의문부호에 가장 먼저 걸리는 것이 엄마였다. 근데 엄마는 이런 아이디어를 낼 정도는 아니었다. 엄마와 누나의 작당? 일단 두 사람이 가장 가능성이 많았다. 직장 생활할 때 파견근무 차 지방에 일 년간 내려간 적이 있었는데, 엄마는 한 달에 한번 이상을 와서 밑반찬을 챙기거나 세탁을 하는 등 뒷바라지를 해주었다. 외동아들이 제대로 영양을 섭취하는지 섭생은 원활한지 헤아려 돌보려는 노파심에서였다. 어엿한 젊은 직장인인데도 엄마에게는 그냥 귀여운 아들일 뿐이었다.

아들의 주변을 헬리콥터처럼 비행하던 부모님의 영향권에서 벗어나게 된 결정적인 것이 직장을 그만 두고 친구들과 동업을 한 일이었다. 내가 다니던 곳은 신도 부러워한다는 공기업이었다. 앞날이 보장된 자리를 그만두고 미래가 불확실한 친구들의 사업에 동참한다고 했을 때 가족들의 반대는 거의 결사항쟁이었다. 너무도 강력한 반대라 처음에는 망설이기도 했으나, 결국 그 반대를 무릅쓰고 친구들과 합류를 했다. 보기도 싫으니 집을 나가라는 부모님의 말씀에 가방 두 개를 들고 나오면서 이렇게까지 해야 하나 하는 후회가 밀려들기도 했다. 집 대문을 열고 밖에 나가 몇 발자국 옮겼을 때, 내 몸에 박혀서 영양을 공급해 주던 수많은 링거의 줄이 일시에 제거되어 버린 듯했다. 이제 내 스스로 내 먹이를 마련해야하는 전쟁터에 발을 내딛은 것이었다.

내가 떠나던 날 전송해 주지 않았던 가족들은 이 원룸에 아무도 찾아오지 않았다. 거의 의절 상태였다. 제사를 지내거나 아주 긴요한 일이 있을 때만 집으로 불렀다. 이제 화도 좀 풀린 것인가. 그래서 이렇게 가사도우미를 보내 주었는가? 전화를 해 보려다가 난 그만 두었다. 전화를 하더라도 가사도우미가 간 후, 평가를 함께 전하는 것이 나을 것이다.

"아직 저녁식사 안 했지요? 좀 기다리시면 저녁을 마련하겠습니다."

"그냥 라면만 끓여서 밥 말아 먹으면 되니, 많이 준비하지 않아도 됩니다."

여자의 말에 그렇게 말을 받았다. 빈말이 아니라 그 정도면 저녁으로 충분했다.

TV가 있는 곳으로 가서 맞은편 벽에 등을 기대고 TV를 켰다. 그런데 애써 생각하지 않으려고 하면 할수록 생각은 그녀를 향하면서, 여러 의문들이 머리를 복잡하게 했다. 집에서 누군가가 보냈다면 내게 사전에 연락을 했을 텐데 아무 연락이 없는 것도 그렇고, 방문한 시간도 너무 늦은 시간이었다. 낮 시간에 방문하여 집안일을 해 주고 저녁에 돌아가는 것이 내가 알고 있는 가사도우미의 일과였다. 비밀을 담기에는 너무나도 가벼운 여동생의 입을 통해서 내가 백수라는 사실은 이미 누나와 엄마도 들어 알고 있었다. 그런데도 굳이 저녁 무렵에 보낼 필요가 있는 것인가. 남자 혼자 사는 집에 여자가 밤에 온다는 것은 다른 의미도 함께 가진 것이 아닐까 하는 의혹이 들었다. 갈증이 나서 냉장고에서 물을 꺼내 마시면서 보니 그녀는 앞치마를 입은 채 식탁의자에 앉아 핑크빛 고무장갑을 끼고 감자를 깎고 있었다. 앞치마와 고무장갑도 처음 보는 것이었다.

혹시 자연스러운 맞선? 일주일 전에 매제의 생일초대를 받고 여동생 집에 들렀을 때 매제가 했던 말이 떠올랐다. 형님도 이제 결혼을 하셔야지요. 예의상 빈번하게 하던 말이 새삼 다른 의미로 다가왔다. 그렇다고 여동생 부부가 이런 일을 저지르기에는 부담이 있을 텐데…… 손위 처남인 나를 어려워하는 매제가 아무런 귀띔 없이 결행할 일은 아니었다. 그런 인물도 못됐다. 만에 하나 내 생각처럼 가사도우미가 자연스러운 맞선이라는 목적으로 온 것이라면 나는 쌍수를 들고 환영할 것이다. 그녀는 내가 좋아할 수밖에 없는 것을 두루두루 갖추고 있었다. 우선 맑고 밝은 얼굴, 혼자 사는 남자 집에 왔으면서도 조금도 주눅 들지 않은 자연스런 행동. 많이 배운 듯한 지적인 분위기. 잘 빠진 몸매…….

그런 생각에 빠져 있으면서도 나는 압력밥솥에서 밥이 끓고 프라이팬에서 생선이 튀겨지는 요란한 소리를 듣고 있었다. 뿐만 아니라 후각을 자극하는 각종 음식 냄새를 음미하고 있는 중이었다. 강력한 외부 공격에 시달리고 있는 후각과 청각으로 인해 내 시각은 TV에 집중할 수가 없었다. 얼마 동안을 그렇게 시달렸을까. 그녀가 식사하세요! 하며 저녁준비가 다 된 것을 선언했다.

저녁상은 정말 푸짐했다. 흰쌀밥과 미역국, 갈치튀김, 감자볶음, 계란프라이, 매제의 생일 때 여동생 집에서 가지고 와서는 개봉도 안한 채 냉장고에 넣어 둔 마늘종장아찌 등 밑반찬들도 다 나와 있었다. 식탁 위가 그야말로 진수성찬이었다. 내 생일은 겨울이니 생일 때문에 미역국이 올라 온 것은 아니었다. 간장 맛이 약간 진하게 느껴지는 미역국은 입에 맞았다. 미역국에 든 소고기도 연하고 부드러웠다. 노릇노릇 튀겨진 갈치도 알맞게 익어 있었고, 생각보다 만들기가 싫지 않다는 감자볶음도 으깨어진 것이 별로 없이 단정하게 흰색을 유지하면서 간도 잘 배어 있었다. 식탁에 마주 앉아서 같이 밥을 먹으면서 그녀는 내가 잘 먹자 안심이 된 듯한 표정을 지었다. 입맛에 맞는지 간이 맞는지 하는 형식적인 질문은 하지 않았다.

"맛있게 잘 먹었습니다."

"드시다가 숟가락을 내려놓으시지는 않을까 걱정했는데, 고맙습니다."

"고맙다는 인사는 제가 해야지요."

모처럼 음식다운 음식으로 포식하여 기분이 좋았다. 내 인사는 결코 빈말이 아니었다. 입에 맞는 음식을 먹는다는 것이 이처럼 기분 좋은 일인지 처음 알았다. 아까 슈퍼마켓에서 돌아올 때 주변의 소리들이 음악소리같이 들린 이유가 이런 행복을 주기 전의 암시였던 모양이었다.

식사를 끝낸 나는 다시 TV 맞은편의 벽에 붙박이처럼 등짝을 붙이고 앉았다. 그녀가 오지 않았으면 라면으로 저녁을 때운 후 좀 더 편안한 자세로 TV를 보았을 것이다. 드물지만 깜빡 잠이 드는 것을 대비하여 휴대폰의 알람을 축구경기 시간에 맞춰 놓고 최대한 무신경한 모습으로 TV를 볼 것이다. 남은 것이 시간이고 다음 목표를 정하기 위해 풀어질 대로 풀어진 내 삶에 TV는 꼭 필요한 자극제였다. 인터넷요금이 밀려서 이용정지가 되지 않았다면 노트북으로 온라인게임을 하는 것이 더 즐거운 일이기는 했다. 하지만 사업을 접기 전에 이미 인터넷은 이용정지 되었었고, 내 분신 같았던 노트북도 지난달 팔아야 했다. 지금 쓰고 있는 생활비가 그 노트북을 판 값이었다. 생활비가 다 떨어지면 패잔병 모습으로 부모님 집에 들어갈 수밖에 없었다. 그런 최악의 상황에 도달하지 않기 위해서는 인규가 어서 빨리 사후 처리를 끝내고 내 손에 돈을 조금이라도 나누어 주는 것뿐이었다. 내가 동업으로 참여한 사업이 자금 부족으로 중지되고 인규에게 모든 사후 처리를 일임한 것이 어느새 두 달이 넘어갔다. 그 일로 어제 또 재수에게서 전화가 왔었다.

인규를 믿고 무작정 기다릴 것이 아니라 우리도 무슨 대책을 세우자고. 그동안 재수한테서 연락이 온 것은 몇 차례나 더 되었다. 전화 올 때마다 난 인규를 믿는다고만 했다. 그 말밖에는 할 말이 없기도 했다. IT사업을 인규가 자금 투자와 기술력을 아울러 갖춘 몇몇 친구들과 창업했을 때, 얼마 후 나도 투자를 했었다. 그때 인규는 투자금에 대해서 그냥 버린다는 생각으로 투자하라고 말했다. 나중에 원금이나 이익금을 돌려주는 것을 보장할 수 없으니 계약서도 없이 그냥 투자하려면 하고 아니면 관두라고. 내가 그런 조건에도 아낌없이 투자를 한 것은 인규에 대한 믿음이었다. 더하여 같이 일하는 친구들과 오래 이어온 신뢰 때문이기도 했다. 시큼한 묵은지 같은 우정이 나를 신도 부러워한다는 공기업마저 그만 두고 의식주만 해결할 정도의 월급만 받는 엔지니어로 참가시켰다. 망해도 좋다는 생각으로 덤벼든 그들에게 기묘한 끌림으로 가슴이 뜨거워진 까닭이기도 했다. 아직 젊다는 이유가 가장 컸을 것이다. 그리고 내 가슴에서 한번도 분출하지 않았던 에너지가 어느 정도나 되는지 확인해 보고도 싶었다. 이제 더 늦기 전에 청춘을 폭발시켜 보고 싶었던 것이다.

악전고투 끝에 우리가 처음 목표한 대로 제품 개발을 완료해 내었으나, 선뜻 제품을 인수하여 상품화하겠다는 기업은 없었다. 시제품(Prototype)을 본 기업들은 아이디어와 기술력은 좋지만 소비자에게 먹히기는 힘들 것이라고 고개를 저었다. 우리는 그 정도면 될 것이라고 판단했지만 그들은 어떻게든 이익을 남겨야 하는 입장이었다. 꿈과 현실의 차이였다. 이제 대박을 터뜨리는 일만 남았다고 환호작약했던 우리들은 그 막막한 벽 앞에서 허탈했다. 싼값에라도 처분을 하느냐 아니면 더 투자하여 업체들이 원하는 식으로 수정하여 개발하느냐의 기로에 섰다. 싼값에 넘기기에는 투자비가 너무 아까웠다. 결국은 소비자에게 어필할 수 있는 제품으로 수정하기로 의견을 모았다. 그러나 자금이 달렸다. 문제였다. 그때 재수가 찾아 온 거였다. 그는 우리가 제품 개발을 완료하여 시제품을 가지고 대기업을 찾아다니는 것을 알고 있었다. 동창 사이에 곧 대박을 터뜨릴 것으로 소문이 나 있었다. 그도 투자를 하고 싶다면서, 대신 일정 지분을 요구했다. 투자금의 상환에 대한 보장은 없더라도 지분을 정해 두어야만 잘되었을 때 이익에 대한 분란을 방지할 수 있다는 논리였다. 하지만 그도 결국은 어떠한 지분도 이익 보장도 정하지 않는 우리 방식에 따라 투자를 했다.

재수와 또 한 사람 더 투자를 받아들이는 것으로 급한 불을 끄고, 각자 개별적으로 자금을 최대한 마련한 후 제품 업그레이드를 추진해 나갔다. 하지만 판단 착오였다. 말이 업그레이드지 IT제품 특성상 처음부터 다시 하는 것과 마찬가지였다. 차라리 우리가 직접 시제품을 상품으로 만들어 소비자와 부딪혀 보는 것이 나았다. 그렇게 했다면 망했어도 후회는 덜 했을 것이다. 더 이상 사업을 해나갈 수 없게 되었을 때 우리는 모든 사후 처리를 인규에게 일임하고 손을 털었다. 개발하던 제품의 특허권과 사용권을 팔면 적지 않는 금액을 받을 수가 있었다. 인규는 최대한 많이 받아서 우리에게 골고루 나눠 준다고 했다. 마음같이 해결이 되지 않는지 어느새 두 달이 지나갔는데도 연락이 없었다. 우리의 피땀이 어린 것이라서 인규는 어떻게든 더 많은 값을 받으려고 발품을 팔고 있을 것이다. 그런데 인규가 너무 시간을 끌자 그 틈을 비집고 재수의 이간질이 시작되었다. 인규가 시간을 끄는 것에는 다른 속셈이 있을 수도 있다면서, 만약 친구들이 자신에게 권한을 일임해 주면 당장이라도 적지 않은 투자금을 회수해 주겠다고. 어제 재수가 전화로 비열하게 속삭였다. 그 말에 나는 돈 얼마에 친구를 팔게 만드느냐면서 다시는 그런 전화하지 말라고 경고를 했다. 그렇게 해놓고 다른 친구들이 혹 재수와 같이 행동하면 나만 손해 보는 것이 아닌가 하는 치사한 갈등이 드는 거였다.

커피 드시겠어요? 생각에 빠져 있던 나는 처음엔 이 말을 TV소리로 짐작하고 무시했다가, 문득 식탁 쪽으로 고개를 돌렸다. 그녀와 눈이 마주쳤다. 아, 커피요? 주세요! 말해 놓고 보니 집에 커피가 없다는 생각이 났다. 불면증 때문에 요즘은 커피를 전혀 먹지 않고 있었다. 그런데 그녀의 말에서 커피가 있다는 말맛을 느꼈다.

식탁으로 날 부르면 될 것을 그녀는 쟁반 하나와 접시 하나를 들고 굳이 내가 있는 곳으로 왔다. 작은 쟁반에는 커피 잔 두 개와 작은 플라스틱 통 세 개가 놓여 있었고 접시에는 예쁘게 깎인 참외가 이쑤시개 두 개를 등에 꽂은 채 놓여 있었다. 커피는 어느 정도 넣어야 할지……. 그녀는 티스푼을 들고 그렇게 물었다. 하나면 됩니다. 설탕도 크리머도. 내 말에 그녀는 쟁반 위에 놓여 있는 원형의 투명 플라스틱 통을 열어 뜨거운 물이 담긴 잔에 커피를 넣고 잘 저은 다음, 설탕과 크리머를 넣고 또 젓는다. 그렇게 만든 첫잔을 내게 주고 그녀는 자기 잔에도 커피를 탔다.

커피와 설탕, 크리머가 든 작은 통은 내 원룸에는 존재하지 않는 것들이었다. 물론 참외도. 이런 것도 다 준비해온 것에 나는 어느새 조금씩 친근감을 느꼈다. 한 모금 먹어 보니 티스푼으로 두 개 이상 커피를 넣어 마시던 내 입맛에는 역시 연했다. 괜찮네요. 그래도 그렇게 말해 주면서 몇 모금 더 마셔 보았다. 싱거운 듯한 것이……. 그래서 그런지 부드러웠다. 연하기 때문에 부드러웠고, 부드럽기 때문에 편안했다.

"가사도우미 일 오래 하셨나요?"

"아니요. 이제 3개월 정도 되어 가요."

"음식이 맛있던데요."

"제가 잘하는 음식들이라서 그런가 봐요. 그 정도는 제 나이쯤이면 다 하는 거구요."

"아까 보니 앞치마와 고무장갑에 주방 칼까지 가져 오셨던데, 본래 다 그렇게 준비해 오시는 건가요? 이렇게 커피세트도?"

"가사도우미를 이용하는 집에 음식을 하러 가보면 이상하게도 주방 칼이 잘 안 드는 곳이 많더군요. 또 손에 익숙하지 않아서 불편도 하고. 그래서 쓰는 걸로 갖고 다니지요. 커피는 내가 마시려고 가지고 다니는 거구요."

일류 요리사들이 자기만의 칼을 중요시하는 것과 같은 이치일 것이다. 하지만 요리사가 아니지 않은가. 좀 유별나다는 생각마저 들었다.

"그런데 가사도우미들은 이렇게 늦은 시간에도 활동을 하시나요?"

"이용하시는 분의 사정이 급하거나 특별한 경우라면 간혹 합니다."

"그럼 내 경우에는, 사정이 급한 것이 아니니까 특별한 경우에 들겠네요."

"그렇다고 봐야겠지요. 처음인데도 음식장도 보아 왔으니까."

그녀는 내 날카로운 질문을 피하지 않고 가볍게 받아 넘겼다. 그것도 웃으면서.

그때 TV에서 일기예보가 나왔다. 내일도 전국적으로 흐린 날씨에 비가 많이 오겠다고 했다. 모레는 가끔 구름이 많고 한두 차례 소나기가 예상되는 등 저기압전선이 당분간 중부지방에 머물겠단다.

"비가 계속 오니 집 짓는 사람들은 애먹겠어요." 그녀가 다시 입을 열었다.

"집뿐만 아니라, 건축물은 다 비를 싫어하지요. 콘크리트는 물과 상극이잖아요."

"직접 집 지어 보셨어요?"

"아직은 없어요. 나중에 직접 설계와 디자인을 하여 내 취향에 맞는 집을 지어 볼 생각은 있지만요."

"사람은 어느 정도의 집을 가져야 만족할까요? 3층, 5층, 10층 아니면 더 높이. 건축을 하는 내 친구는 서민이 3층 정도의 집을 갖고자 하는 것은 무리 없는 욕심이라고 하더군요. 3층집을 소유한 것은 부자도, 그렇다고 서민도 아니래요. 그 정도 집을 소유했다고 풍족하게 살 수 없을 테고, 반대로 생계에 큰 지장을 받을 정도도 아니니까요. 그 친구는 지금 3층집을 짓고 있지요. 각층을 50평으로 하여, 연건평 150평 정도의 작은 규모로 지어서 1~2층은 세를 주고 3층은 자기 살림집으로 한다네요. 50평 정도면 주거용으로 적당하게 꾸밀 수 있대요. 가장 핵심은 동쪽에 주방을 설치하는 건데요. 동쪽으로 난 벽을 틔워, 통유리창을 설치하여 부옇게 밝아오는 미명을 보면서 밥을 짓고, 떠오르는 해를 보면서 가족들이 식사를 할 수 있도록 만들겠다고 하더군요. 아침 해를 보면서 밥을 먹으면 호연지기가 막 생길 거라면서."

그렇게 말을 하는 그녀의 모습은 어떤 애상에 잠긴 것 같았다. 그냥 하는 말인 것 같으면서도 사연이 있는 눈치였다. 그녀가 말하는 그런 집이라면 집이라기보다는 사실 상가주택이라고 해야 맞는 말이었다.

"그거 참 멋진 생각이군요. 완성되면 한번 구경하고 싶네요."

"곧 구경하실 수 있을 거예요. 지금 짓고 있는데 골조는 거의 다 올라갔대요."

"아, 지금 짓고 있군요. 그래서 비가 오는 것을 걱정하셨군요."

"정말이지, 이제 비가 좀 그쳤으면 좋을 텐데……. 근데 술을 좋아하시나 봐요."

"그리 많이는 안 합니다. 불면증이 있어서 하루에 한 병 정도 마셔요. 요즘 잠이 안 와서 다음날 새벽까지 하는 유럽 프로축구경기를 매일 보는데, 경기가 끝나도 잠이 오지 않을 때가 많아서 고민하다가 소주를 먹어 봤더니, 잠이 잘 올 뿐 아니라 깊이 빠질 수 있더군요. 그래서 축구 시작하면 전반전이 끝나기 전에 한 병 다 마시지요."

그녀는 식탁 아래에 빼곡히 기립해 있는 빈 술병들을 보고 내가 애주가인 것으로 짐작을 한 것 같았다. 더구나 들어오면서도 소주를 사 가지고 오는 것까지 보았으니……

어느새 서로의 커피 잔은 비었다. 그녀는 아직 몇 조각 남은 참외 접시는 그냥 두고 잔을 챙겨서 싱크대로 갔다.

식사도 했겠다. 디저트로 커피도 마셨겠다. 이제 그녀는 갈 것이다. 그러면 나는 웃통과 반바지를 벗고 좀 더 편안하고 시원하게 TV를 볼 것이다. 비 피해를 입고 쑥대밭으로 변한 지역을 TV 화면으로 보다가 무심코 고개를 돌리니 그녀는 식탁 아래에 있는 소주병들을 비닐봉지 두 개에 나누어 넣고 있었다. 다 넣은 후에는 조심스럽게 들고 문 앞으로 간다. 어떻게 하시려고요? 나는 몸을 일으키며 그녀를 향해 물었다. 청소하는 데 거치적거릴 것 같아서 문 앞에 내놓으려고요.

"인제 청소 하신다고요?"

"온 김에 청소를 해야지요."

"청소는 제가 해도 되니까. 이제 그냥 가셔도 되는데요."

"신청하신 분이 내일 아침밥까지 차려 주고 오라고 해서 어차피 오늘은 갈 수 없어요."

"네? 그럼 여기서 주무신다는 겁니까?"

"뭐, 어때요. 동성(同性)이라고 생각하시면 되지."

"그래도 어디……. 방도 따로 없는 원룸인데……."

그녀는 아무렇지 않게 자고 가겠다는 말을 했지만, 나는 둔기로 뒤통수를 맞은 듯 멍했다. 아직 서로가 어떤 사람인지 알지도 못하는 남녀 간에 한방에서 지낼 때 생길 문제 같은 것은 어떻게 감당하려고 저러나 싶은 생각도 들었다. 나를 믿는 것일까? 아니면 극단적으로 말해서 가사도우미의 역할이 오늘밤 내 수청까지 포함되어 있는 것인가? 비약한다고 하더라도 잠자리까지 포함된 가사도우미는 없을 것이다. 그렇다면 뭐란 말인가? TV를 보거나 책을 읽다가도 아랫도리가 민감하게 반응하는 서른넷 나이인 나와, 남자라면 누구나 안아 보고 싶을 정도로 매력적인 그녀를 같이 자게 하는 것은 무슨 의도인가. 화약고 옆에서 불을 피우는 듯 지극히 위험한 이 일의 목적은 무엇인가. 그녀와 같이 잔다고 하더라도 아무 일 없도록, 내 스스로 나를 제어할 수는 있지만 그녀가 어떤 자극을 준다면 나는 책임이 뒤따르는 일을 저질러 버릴지도 모른다. 갑자기 가슴 아래에서 후욱, 뜨거운 기운이 치밀어 올라왔다. 순간 내 몹쓸 생각이 들킨 것같이 얼굴이 화끈거렸다.

젠장, 될 대로 되라지……. 그녀가 스스럼없이 자고 간다고 나오는 것을 보니 가사도우미 신청을 한 작자는 분명 날 잘 알고 있는 사람이었다. 또한 그녀와도 잘 아는 사이임에 틀림없었다. 둘이 작당하여 나를 이렇게 함정에 빠뜨려 놓고, 어떻게 나오나 하는 것을 즐기는 중일 것이다. 따라서 지금 내가 어떻게 대처하든 놀림거리가 될 것이다. 그녀를 내보내는 것도, 그녀를 있게 하는 것도.

내 복잡한 생각을 모르는 그녀는 방바닥을 청소하기 전에 방해될 것을 치우고 있었다. 하는 양이나 얼굴을 보면 너무 편안하고 자연스러웠다. 가사도우미로서 자기의 의무를 다 하려는 순수한 모습이었다. 결코 음모를 꾸미는 자 특유의 가식적인 행동은 보이지 않았다. 그녀는 그냥 가사도우미일 뿐인데 내 스스로 사위스러움에 빠져든 것인가, 그런가?

바닥을 대강 치운 그녀는 진공청소기의 플러그를 콘센트에 꽂았다. 이럴 때는 어떻게 해야 하지. 청소기를 빼앗아 내가 청소해야 하나? 아니면 밖으로 나가 줘야 하나? 나는 밖으로 나가는 것을 택했다. 나가는 길에 소주병이 든 비닐봉지를 들고 나갔다. 비닐봉지는 상당히 무쭐했다. 마트에서 세어보니 빈 소주병이 26개였다. 하나에 40원 해서 천사십 원을 받았다. 그것을 하드 두 개와 맞바꾸었다. 생활비가 아무리 바닥난 상태라 하더라도, 그래도 내 집에 와서 일해 주는 사람한테 뭐라도 하나 대접하고 싶었다. 내가 돌아왔을 때 그녀는 걸레를 들고 바닥을 닦고 있었다. 하드 하나를 그녀에게 주고 복도에 서서 시가지를 내려다보면서 나도 하나를 먹었다.

비록 3층이지만 동네 전체의 지대가 높아서 시내를 조망하는 데 지루하지는 않았다. 좀 먼 거리의 20층짜리 주상복합아파트의 옥상이 내려다보이는 높이였다. 비는 여전히 내리고 있었고, 빗물을 머금은 불빛들은 눈물 어린 모습으로 슬픔에 젖은 듯했다. 문득 저 많은 불빛들 중에 나를 스스럼없이 반겨줄 불빛이 없다는 생각이 들었다. 언제부터인가 그 불빛들은 하늘의 별처럼 막막한 것일 뿐 일상생활과는 상관이 없는 위치가 되어 있었다. 지상의 화려한 불빛들이 하늘의 별처럼 막막한 존재가 되었을 때 나는 욕심이 없어졌고 따라서 의욕도 사라졌다. 밤거리를 나설 일이 없을 때 내 젊음도 함께 죽어 갔다. 내게도 물론 붉고 휘황한 도시의 불빛들이 미치도록 좋았던 적이 있었다. 굴뚝같이 높이 올라가 있는 20층짜리 주상복합아파트의 불빛이 오늘따라 더욱 빛나 보인다고 생각하는데, 이제 들어 와도 돼요, 하는 그녀의 목소리가 들려왔다.

다시 TV를 보던 아까 그 자리로 가서 앉았다. 그녀는 무슨 음식을 또 하려는지 다다닥 다다닥 칼질 소리를 냈다. 혼자 사는 아들 집에 모처럼 온 엄마가, 할 수 있는 한 음식을 잔뜩 만들어 놓으려는 그런 마음 씀씀이 같았다. 잠시 후 프라이팬이 시끄러운 소리를 냈다. 간장 냄새가 나고 이어서 약간은 달짝지근한 물엿 냄새도 났다. 마치 잔치 전날 늦게까지 음식 장만하는 고향집에 와 있는 듯

한 기분이 들었다. 군침을 돌게 하던 여러 가지의 좋은 냄새……. 그 냄새들에 얼마나 취해 있었던가.

뭔가 이상한 기분이 들어 나는 눈을 떴다. 아, 깜박 잠이 든 거였다. 집 안의 모든 불빛은 꺼져 있었다. 휴대폰의 버튼을 누르니 새벽 2시가 넘어 있었다. 나는 조용히 몸을 일으켰다. 리모컨으로 TV를 켜고 소리 안 나게 무음 설정했다. TV의 푸른빛으로 주방 쪽에 이불을 덮고 자고 있는 그녀가 보였다. 15평짜리 원룸이라서 주방이기는 했지만 그녀의 잠자리는 좁지 않았다. 그녀는 장롱을 열어서 내게 이불을 덮어 주고 자기도 쓸 이불을 꺼냈을 것이다. 그녀가 내게 이불을 덮어 준 것처럼 나도 그녀에게 이불을 덮어 주고 싶었다. 하지만 그녀는 이불을 잘 덮고 있었다. 나에게 누군가가 이불을 덮어 주었다는 생각에 가슴속이 훈훈해져 왔다. 술 생각에 냉장고에 가서 소주병을 꺼내 들고, 안주로 먹을 참치 캔을 찾다가 식탁 위에 펼쳐진 밥보자기를 보았다. 조심스럽게 밥보자기를 들어 올리니 쟁반에 멸치볶음과 젓가락 그리고 소주잔이 놓여 있었다. 새벽에 축구를 보면서 술을 먹는다는 내 말을 그녀는 기억하고 준비를 한 것 같았다. 그 쟁반을 들고 내 자리로 돌아와서 소주병을 땄다. 한 잔을 마시고 멸치볶음을 입에 넣고 씹는데 울컥하는 것이 가슴 밑바닥에서 올라왔다. 집 나와서 처음으로 받아보는 따뜻한 정이었다. 그녀와 사는 사람은 참으로 행복한 사람일 것이라는 부러움이 들었다. 마음으로 먼저 끌리는 여자는 참 오랜만이었다. 그런 한편 그녀는 어떤 방향에서든 나와 깊은 인연이 있을 거라는 확신이 들었다.

가슴속의 감정 때문인가 이상하게도 술이 빨리 취했다. 오늘따라 축구경기가 눈에 들어오지 않았다. 소주의 독한 기운과 짭조름한 멸치볶음이 그렇게 잘 어울릴 수가 없었다. 전반전이 끝났을 때 한 병을 다 비운 나는 후반전이 시작되기를 기다리면서 눈을 감았다. 그녀의 잠자리에 방해가 될까봐 무음으로 해 놓은 TV 때문에, 가끔씩 눈을 떠서 후반전이 시작되는가를 확인하다가 또 잠이 들어 버렸다.

그녀는 가고 없었다. 일어나니 아침 9시. 식탁 위의 작은 쪽지가 그녀의 부재를 확인시켜 주었다. '깨우지 않고 그냥 갑니다. 편안하게 대해 주셔서 고마웠습니다. 박연희를 오래오래 기억해 주시기 바랍니다.'

단 세 줄이었다. 섭섭했다. 어디에도 연락처가 없다. 인연이 있는 사람이라서 언제인가는 다시 만날 것이라고 믿지만 당장 연락을 할 수 없다는 것이 허전했다. 나는 서둘러 냉장고를 열어 보았다. 그녀가 어젯밤 만들어 놓은 반찬들이 가지런히 정돈되어 있었다. 가스레인지 위의 냄비에는 어제 먹은 미역국과 참치를 넣어 만든 두부찌개가, 데우기만 하면 먹을 수 있게 준비되어 있었다. 밥도 아침에 새로 한 듯 찰기가 자르르했다. 가스레인지에 불을 붙이고 냉장고에 있는 반찬거리를 식탁 위에 올려놓다가 나는 다시 쪽지를 들고 읽었다. 오래오래 기억해 달라는 말이 마음에 걸리는 거였다. 왜 굳이 기억해 달라고 했을까? 그것도 '오래오래'라고 강조하면서……. 기억해 달라고 하는 것은, 현실에는 존재하지 않고 기억에만 남겨진 것은 아닐까? 그러다가 난 무릎을 쳤다. 박연희라는 이름이 내가 아는 사람의 이름이었기 때문이었다. 설마 동명이인?

짓다가만 3층 건물은 비를 맞으면서 을씨년스럽게 서 있었다. 그 건물을 나는 한동안 바라보았다.

박연희? 걔 죽었잖아. 동네 입구에 3층 건물을 짓다가 한 달 전에 옥상에서 떨어졌어. 봄부터 그 건물을 짓게 되었는데 건축자재가 부족해서 제대로 짓지를 못했지. 올해 자재값이 엄청나게 뛰었잖아 물건도 귀했고. 계획대로 되었다면 장마가 오기 전에 다 지었을 텐데. 와서 보면 알겠지만 건물 형태는 다 만들어졌지. 그런데 옥상에 콘크리트를 타설한 그 다음날부터 비가 온 거야. 콘크리트가 단단하게 양생이 되려면 비를 막아 줘야 하기 때문에 커다란 비닐천으로 옥상을 전부 덮다시피 했어. 그 천이 바람에 날려서 제대로 안 덮였는지 연희가 옥상으로 올라갔나봐. 그걸 옳게 덮다가 떨어진 모양이야. 본 사람은 아무도 없지만 그렇게 추정이 돼. 떨어진 즉시 발견해서 바로 병원으로 갔으면 목숨을 건졌을지도 모른데.

내가 전화로 연희의 안부를 물었을 때 고향 친구는 그렇게 연희의 죽음을 알려 주었다. 연희의 죽음을 듣는 순간 나는 잠시 혼란에 빠져들었다. 내가 아는 박연희라면 그녀밖에 없었다. 그런데 그녀가 죽었다……. 하지만 가사도우미는 박연희를 기억하라고 했다. 설마 자기 이름이 박연희? 아닐 것이다. 내 직감은 쪽지에서 기억해 달라는 대상이 고향친구 박연희라고 아우성치고 있었다. 그럼 가사도우미는 박연희의 친구? 친구라면 왜? 나는 그 혼란스런 정신으로 아침도 제대로 먹지 못하고 고향으로 바로 왔다. 그녀가 짓던 건물을 안 보면 큰일이라도 날 것처럼 조바심이 났다. 여기에 오면 박연희에 대한 실마리가 풀릴 것만 같았다. 나를 잡아당기는 알 수 없는 힘을 거부할 수 없었다.

차를 타고 오면서 오래오래 전의 한 조그만 여자아이를 생각했다. 동갑내기 그 아이는 유치원 다닐 때 아무에게나 나와 결혼하겠다고 말했다. 그런 말을 하여 어른들을 웃겼던 아이. 소꿉장난할 때면 언제나 나의 신부가 되었던 아이. 그 아이를 마지막으로 본 때가 대학교 3학년의 늦봄이었다. 그녀가 학교로 엽서를 보내 와서 우리는 만났었다. 고등학교 2학년 때 우리 가족이 고향을 떠난 후, 그러니까 5년 만에 처음 만나는 것이었다. 그런데 5년 만에 만난 그 아이는 고향에서의 그 선머슴아 같은 모습에서 하나도 변하지 않았다. 여자애들은 1년에 몇 번이고 변한다는데 그 애는 2차 성징이 잘못되었는지 스물두 살의 어른답지 않게 성장이 멈추어 있었다. 어딘가 아픈 사람 같기도 했다.

그녀에게 왜 건축학과에 진학했냐고 물었을 때, 그녀는 내 집을 직접 짓고 싶어서 그렇다고 말했었다. 아직도 그 말을 나는 기억하고 있었다. 그날 우리는 옛날의 추억을 들추어내면서 즐거운 한때를 보냈다. 아직도 내게 시집올 생각이냐고 했을 때, 그녀는 당연한 것을 왜 묻느냐면서 졸업하고 자리 잡히면 식을 올리자고 너스레를 떨었다. 그러나 난 그녀의 너스레를 즐겁게 받아 주지 못했다. 나는 그때 열애에 빠져 있었던 것이다. 그녀는 나의 모습에서 직감적으로 자기와 거리를 두려는 내 마음을 감지했는지도 모른다. 오랜만에 다시 만난 반가움과는 달리, 헤어질 때 다음에 만나자는 이야기는 있었으나, 언제 어디서 만나자는 구체적인 약속 없이 우린 헤어졌었다. 그리고 지금까지 다시 만나지 못했으니……

건물 앞에 쌓여있는 건축자재들을 지나 나는 건물 안으로 들어갔다. 황량한 콘크리트 덩어리인 벽과 천정에 실핏줄 같은 전기선들이 삐죽삐죽 나와 있다. 계단을 밟아 3층으로 올라갔다. 3층에 도착하여 안을 살피던 나는 아, 짧은 탄성을 질렀다. 동쪽에는 벽이 거의 없다시피 하였다. 통유리창을 끼우면 훤히 트인 그곳으로 아침햇빛이 거침없이 들어올 것이다.

그 친구는 지금 3층집을 짓고 있지요. 각층 50평으로 하여, 연건평 150평 정도의 작은 규모로 지어서 1~2층은 세를 주고 3층은 자기 살림집으로 한다네요. 50평 정도면 주거용으로 적당하게 꾸밀 수 있대요. 가장 핵심은 동쪽에 주방을 설치하는 건데요. 동쪽으로 난 벽을 틔워, 통유리창을 설치하여 부옇게 밝아오는 미명을 보면서 밥을 짓고, 떠오르는 해를 보면서 가족들이 식사를 할 수 있도록 만들겠다고 하더군요. 아침 해를 보면서 밥을 먹으면 호연지기가 막 생길 거라면서. 가사도우미가 했던 말이 실타래처럼 좌악 풀리며 내 뇌리 저편을 가로 질러 환청처럼 들려왔다. 내가 건축학과에 간 것은 내 집을 직접 지어 보고 싶어서였어. 오래 전에 연희가 했던 말도 들려왔다.

그때 뻥 뚫린 벽으로 새 한 마리가 날아들었다. 먹을 것 없는 바닥을 부리로 몇 번 쪼면서 구구구 소리 내더니 다시 날아갔다. 그 새가 날아간 동쪽을 한동안 보고 있는데 누군가가 올라오는 소리가 났다.

"오셨군요. 참 예쁜 집이지요?" 가사도우미, 그녀였다.

"어떻게 된 일인지……. 마치 뭐에 홀린 듯합니다."

"연희와는 고등학교부터 친구였어요." 그렇게 말문을 연 그녀는 가슴속에 담아 둔 이야기를 해 주었다. 걔는 세상을 떠나는 날까지 연애 한번 해 보지 않았어요. 소개팅이 들어와도 자기는 결혼한 몸이라면서 나가지 않더군요. 물론 알아요. 유치원 때 기석 씨와 결혼 약속한 것을 그렇게 표현한다는 것을. 대학교 3학년 때 연희가 한 번 찾아 간 적이 있었지요? 그때 연희는 수술을 앞두고 있었어요. 자꾸만 아랫배가 아파서 병원에 갔더니 자궁에 이상이 있대요. 수술을 이틀 앞두고 아픈 몸으로 기석 씨 보러 간다고 고집을 피우지 뭐예요. 수술은 잘됐지만 민감한 부위라서 마음에 상처를 입었어요. 어쩌면 그동안 연희가 기석 씨에게 다가가지 못하고 주변만 돈 것이 그 이유인지도 모르겠어요. 기석 씨는 모르지만 연희는 언제나 기석 씨에게 다가갈 수 있는 위치에서 바라보고 있었거든요. 옆에서 지켜보는 내가 오히려 답답해 심통을 부리기도 했지만, 그냥 멀리서 보는 것만도 좋다는데 어쩌겠어요. 아마 그때가, 기석 씨가 회사에서 밤늦게까지 일하던 때인 것 같아요. 기석 씨가 힘들어 하는 것이 안 되었는지 우렁각시가 되어 따뜻한 밥을 해주고 싶다고 하더군요. 어릴 때 소꿉놀이 하면서 수없이 해 준 모래밥 말고, 진짜 밥을 한번 해 주고 싶어 했어요. 어제 제가 기석 씨 집에 갔던 이유도 그 애가 못했던 것을 대신 해 주고 싶은 마음에서 그랬지요. 그렇게 해야만 그 애도 이승에 대한 미련을 거두고 저 세상에서 웃으면서 살 수 있을 것 같아서요.

그녀의 한마디 한마디는 내 폐부를 찔러 왔다. 세상물정 모르는 유치원 때의 결혼약속을 지키고자 오롯이 나만을 생각하면서 기다린 사람이 있었다는 것이. 그 사람이 아픈 몸으로 찾아왔는데도 몰랐다는 것이. 그 사람을 생각하기는커녕 다른 여자를 사귀고 쾌락에 빠졌었다는 것이. 결혼약속조차 무시해 왔다는 것이. 그 소중한 사람을 다시는 만날 수 없다는 것이.

나는 말을 잃고 잔뜩 구름이 긴 동쪽 하늘을 바라보았다. 밖에서 내리는 비는 내 마음에도 내리고 있었다.

그때 아까 날아갔던 새가 다시 들어왔다. 그리고 잠시 바닥을 돌면서 구구구 쪼아대더니 또 다시 날아갔다.

저 새는 여기 사람이 오면 꼭 찾아와서 저렇게 구구구 울고는 다시 날아가요. 마치 집주인이 손님맞이 하듯이. 새가 날아간 곳을 애절하게 보던 그녀는 그렇게 말하면서 눈물 어린 눈으로 나를 바라보았다. 그녀의 눈은, 저 새가 연희라는 것을 당신도 동의하는지를 간절히 묻고 있었다.

〈2008년 발표〉

엄마는 불확실한 미래의 행운보다는 널 선택했다.

아니 미래에 휘황찬란한 행운이 보장된다고 하더라도

널 선택했을 거야.

엄마의 남자, 그리고

1.

교회 앞에 나를 떨어뜨려 놓고 골목길 저쪽으로 엄마의 차는 사라지고 있었다. 한 달에 한 번 일요일을 이용해서 엄마가 저렇게 차를 몰고 안동으로 가는 것을 무슨 의미로 받아 들여야 할까. 갈 때마다 김치를 새로 담가서 통에 넣고 가는 것은 또 무슨 의미일까. 과거를 확인하려는 것? 아니면 미래를 위한 어떤 준비? 그것도 아니면 그냥 현실에 대한 성실한 몰입일까? 엄마가 안동으로 가서 만나는 그 남자에 대해서 나는 아직 그 어떤 판단도 내리지 못했다. 일단 그 생각을 하면 골치가 아팠고, 나의 태생적인 문제까지 연결되어서 싫었다.

그 문제를 깊이 있게 생각하고 어떤 결정을 내려야 하는 것에 대해서 나는 대학 진학 후로 미뤄 두었다. 그건 엄마와 내가 그렇게 합의를 했던 것이기도 했다. 아직은 공부해야 하는 고2인 나의 신분을 감안한 것이었다. 그동안 엄마와 나는 그 합의를 충실하게 지켜 나갔다. 매달 안동을 다녀온 엄마에게 나는 아무런 관심을 두지 않았고 엄마도 다녀온 이야기를 내게 하지 않았다.

하지만 생각을 하지 않는다고 해서, 무관심한 척 모르는 척한다고 해서, 그것은 쉽게 제쳐 놓아지는 것이 아니었다. 세월이 지나면서 점점 내게 무게를 더해 왔고, 오늘 같은 날에는 나도 엄마의 옆자리에 타고 안동으로 가고 싶다는 마음마저 들었다. 차츰 거부감보다는 친근감이, 부정보다는 긍정이 강해지는 것은 혈연이라는 어쩔 수 없는 끈 아니라면 설명하기가 어려웠다. 내가 지금까지 단한 번도 불러 보지 못했던 아빠라는 단어가 생경하지 않아지는 것 또한 그 이유일까? 그리고 어제 저녁 엄마 몰래 차 트렁크에 작은 선물을 넣은 것도……

그때 문득 나뭇잎 하나가 내 생각을 방해하면서 머리 위로 떨어져 내렸다. 나뭇잎이 떨어진 방향을 따라 고개를 들자, 교회 문 옆에 서있는 키 큰 오동나무 위로 가을하늘이 무척 푸르렀다. 정말 높고 아름다운 10월 중순의 하늘. 그 푸른 하늘로 번지는 아침 햇살을 잠시 보다가 나는 교회 안으로 들어갔다.

엄마가 가는 안동에는 그 사람이 있었다. 엄마가 김치통을 들고 매달 한 번, 일요일에 어디로 가기 시작한 것은 5년 전이었다. 그 때 나는 막 중학생 1학년이 된 때였다. 내가 중학생이 되었으므로 엄마는 자기가 좀 멀리 떠났다가 와도 괜찮을 거라고 판단을 했던 걸까. 하지만 나는 엄마가 어디 가는지, 얼마나 멀리 가는지, 가는 곳이 안동인지를 몰랐다. 평소처럼 어디로 봉사활동하러 가는 정도로만 생각했다. 그날이면 다른 때와는 달리 저녁 늦게 오는 것이 좀 이상하기는 했으나.

엄마의 직장이 소외계층을 위해 애쓰는 사회단체의 사무실이고, 엄마는 평소에도 봉사활동에 열성이었기 때문에 김치를 해 가지고 나가는 날도 누군가를 도와주기 위해서 나가는 것인 줄만 알았다. 결코 허튼짓을 할 엄마가 아니었기에 믿었고, 엄마에 대한 그 믿음은 엄마가 늦게 오는 날에 대해서 조금도 의심을 불러일으키지 않았다.

하지만 세상의 비밀은 탄로 나기 위해서 있다고 하던가. 나는 정말 우연하게 엄마가 가는 곳이 안동이며 그 곳에 그 사람이 있다는 것을 알게 되었다.

올 1월이었다. 지금은 고등학교 2학년이니까, 그때는 1학년 겨울방학 때였다. 그날도 일요일. 겨울치고는 이상난동으로 포근한 날이었다. 교회예배를 본 후에 시립도서관으로 걸어가고 있는데 같은 반 친구인 선아에게서 전화가 왔다.

"미나야! 네 엄마 혹시 안동 가셨니?"

휴대폰 저쪽의 선아는 소곤거리는 목소리로 말했다.

"안동? 몰라. 어디 가시기는 했는데……. 어디 간 줄은 모르겠다."

"그럼, 맞는 것 같네. 여기 안동이거든. 네 엄마 닮은 사람이 식당에서 지금 누구와 식사하고 있어서 혹시나 싶어서……. 좀 있다가 다시 연락해 줄게."

선아는 혹시나 싶어서라고 했지만 역시 엄마였다. 선아는 같은 반일뿐만 아니라, 내가 사는 아파트 바로 옆 동에 살고 있고 교회도 같은 곳에 다니는 친한 친구였다. 그런 선아가 엄마를 잘못 볼 수는 없었다.

나는 엄마가 왜 갔는가보다는 안동으로 갔다는 것에 우선 궁금증이 일었다. 내가 살고 있는 곳에서 승용차로 1시간 반이나 걸리는 거리에 있는 곳. 중학교 2학년 수학여행 때 가 본 하회마을의 인상이 전부인 곳. 그때 나는 하회마을의 오래된 초가집과 기와집들을 둘러보다가 전설의 고향의 한 장면을 본 듯 으스스한 느낌을 받았었다. 마치 조선시대로 시간여행을 온 듯하였다. 그런 괴기스런 곳에 엄마가 있다고 생각하니, 엄마가 마치 시간여행을 하듯이 조선시대로 들어가 버린 것 같은 착각이 들기도 했다. 돌아올 시간을 못 맞춰서 돌아오지 못하는 것은 아닌지 걱정도 들었다. 그 철딱서니 없는 기우에서 헤어나게 해 준 것이 다시 온 선아의 전화였다.

너도 아는 것처럼 내가 방학이라서 잠시 외갓집에 와 있잖아. 오늘 주말이라서 사촌언니가 맛있는 걸 사준다고 해. 그래서 안동시내의 식당에서 돼지갈비를 먹고 있는 중이었지. 응, 언니와 둘이. 우리는 식당의 방에서 식사를 했어. 한참 맛있게 먹는데, 휠체어를 탄 남자 하나와 여자 둘이 들어와서 자리 잡는 게 보이잖아. 그들은 휠체어 탄 사람 때문인지 방에는 안 들어가고 홀에 있는 테이블에 자리를 잡더라. 그런데 여자 둘 중에 젊은 여자에게 눈길이 확 당겨지는 거야. 네 엄마였어. 나는 순간적으로 일어나 인사하려고 했지. 그러다가 뭔가 이상한 느낌이 드는 거야. 그래서 일단 너에게 전화해서 확인해 봤지. 역시 너도 모르는 여행이었어. 물론 네 엄마는 사회활동을 많이 하시는 분이라서 불쌍한 이웃을 도와주러 오셨을 테지. 둘은 불쌍해 보였어. 남자는 쉰 살은 넘었을 것 같고, 남자의 어머니일 것 같은 여자는 허리가 약간 꺾어지기 시작한 할머니였으니까. 입성도 시골 사람들 차림이었고. 근데 봉사활동을 한다고 해도 이웃이 아니고 먼 안동까지 와서 한다는데, 네 엄마가 대단해 보이면서도 한편 뭔가 사연이 있을 것만 같더라. 그래서 내가 인사를 못 드린 거고. 언니한테 슬쩍 물어보니까, 그 아저씨에 대해서 좀 알더라. 너도 알다시피 사촌언니는 장애인복지관에 다니잖아. 시내에서 승용차로 30분 정도 들어가는 면소재지에서 모자 둘이서 사는데, 수년 전부터 다른 곳에 사는 분이 다달이 한 번씩 와서 봉사하고 간다더라. 사촌언니는 봉사하는 사람이 누구인 줄은 몰랐지만 난 네 엄마인 걸 짐작했지. 그래서 나는 끝까지 네 엄마한테 인사를 안 했다.

그러면서 선아는 사촌언니가 다니는 장애인복지관에서 며칠간 봉사활동을 하여 1년 봉사활동시간인 20시간을 다 채웠다고 자랑했다.

선아의 수다스런 전화를 받은 후에도 내 마음은 평온했다. 엄마는 좀 먼 곳으로 봉사하러 갔을 뿐이라는 것 외의 다른 의심은 들지 않았다. 도서관에 들어가서 언제나처럼 편안하게 공부하다가 해지기 전에 집으로 돌아와서는, 개그맨들이 넘어지고 뒤집어지면서 가학적으로 웃기는 일요일 저녁의 텔레비전 프로그램을 편안하게 보았었다.

그날 저녁 9시가 다 되어서 돌아온 엄마는 지쳐 보였다. 그렇게 지쳐 보이기만 했으면 나는 엄마를 믿어 온 그 단단한 믿음 속에 계속 안주했을지도 모른다. 돌아온 엄마의 몸짓에는 지쳐 보이면서도 원하는 일을 해 낸듯한 홀가분함과 함께 어떤 분위기……. 뭐랄까? 만족감이라 할까 그런 것이 어렸다.

엄마에게서 느끼는 어떤 분위기를 만족감이라고 딱 정의하기에는 무리가 있을 것이지만 아무튼 처음 보는 것이었다. 엄마는 그동안 수없이 안동을 다녀왔고, 많은 봉사활동을 하고 왔지만, 엄마의 몸짓에서 여태껏 그런 만족감을 보지 못했었다. 아니, 아니다. 내가 보지 못했을 뿐이지, 엄마는 그전에도 그렇게 만족했을 것이고 몸짓으로 만족감을 표현했을 것이다. 예전에는 보지 못했던 것은 느낄 이유가 없었기 때문일 것이다. 한 마디로 말해 의심의 눈길을 가지지 못한 탓 말이다. 선아의 전화를 받은 후에도 평온했던 내 마음 한쪽에서는 나도 모르는 의심의 싹이 발아를 한 거였다.

엄마의 몸짓에서 풍기는 만족감은 나를 혼란스럽게 했다. 단순한 봉사활동이 아니고 다른 뭔가가 있다는 생각이 들게 만들었다. 나의 마음에는 어느새 엄마의 비밀이라는 폴더 하나가 생성되고 있었다. 음흉함. 내가 처음으로 가져본 이 음흉함이 폴더의 주인으로 행세하면서 그 폴더에 얼마나 많은 것을 채울지 고민하기 시작했다.

그 음흉함은 먼저 선아한테 전화를 하도록 했다. 나도 봉사활동 시간을 채워야 하니 이틀 정도 놀러 가겠다고 막무가내로 요구했다. 선아는 다음날 돌아올 예정이라고 하면서도 요구를 들어줬다. 곧바로 엄마에게, 선아가 안동 외갓집에 있는데 놀러오라고 한다면서, 선아의 사촌언니가 다니는 복지관에서 봉사활동시간도 채울 겸해서 다녀오고 싶다고 말했다.

엄마는 자기가 방금 다녀온 안동으로 딸아이가 가겠다는 데 묘한 우연을 느끼는 표정을 지었다. 그 표정으로 멀어서 초행길에 힘들지 모른다고 걱정스러워 하면서도 선선히 허락해 주었다.

다음날, 간단한 여행도구와 옷가지를 넣은 가방을 멘 내가 안동 시외버스터미널에 내렸을 때 선아는 마중 나와 있었다.

"점심시간은 아직 멀었고……. 바로 복지관으로 갈까?" 선아는 내가 봉사활동 때문에 안동에 온 것으로 믿고 있었다.

"아니, 거기보다는 우선 다른 곳에 갔으면 싶은데……."

"다른 곳이라니……. 어디, 안동댐? 봉정사? 도산서원?"

내가 놀러 가고 싶어 하는 줄 알았는지, 선아는 안동의 유명 관광지를 나열했다. 나는 잠시 뜸을 들였다. 선아에게 엄마가 만났다던 사람을 만나고 싶다고 하면 어떤 반응을 보일까?

"말해봐! 어디를 가고 싶은데?"

"엄마가 어제 만난 사람들이 누군가 궁금해서……."

"그래서, 그 사람들 만나고 싶다는 거냐?"

"응."

"그 사람들을 왜 만나고 싶은데?"

"그건 이따가 이야기해 줄게, 사촌언니한테 연락해서 찾아갈 주소와 차편이나 알아 봐라."

"복지관 들리지 않고 바로 가자고?"

가볍게 고개를 끄덕이는 나에게 의심스러워하는 눈길을 보내면서 선아는 전화를 걸었다. 우리는 선아의 사촌언니가 알려 준대로 시내버스를 탔다. 시골로 들어가는 겨울 낮 버스에는 반쯤밖에 승객이 차지 않았다. 우리는 맨 뒷자리에 나란히 앉았다. 신호등에 자꾸 걸려 멈춰 서던 차가 시내를 벗어나 시원하게 달리기 시작하자 선아는 호기심 가득한 눈길로 나를 바라보았다.

"무작정 가서 만나 보겠다는 거니?"

"응, 그냥 가보고 싶어서……."

"그냥? 그냥 왜 가고 싶은데? 너 엄마야 평소에도 적지 않는 사람들을 도와주고 계시잖아."

"버스를 타기 전까지는 그 사람들 만나려는 생각은 조금도 하지 않았어. 근데 안동으로 오면서 한번 만나고 싶다는 생각이 들더라. 언제 또 안동 올지 모르잖아. 온 김에 한번 보고 싶은 거야."

나는 뻔뻔하게 거짓말을 했다. 선아에게 그럴 수밖에 없는 것이, 나의 여행은 선아가 죽었다가 깨어나도 알 수 없는 어떤 흔적 찾기였다. 내가 지금까지 살아오면서 어쩔 수없이 궁금해 했던 어떤 정체에 대한 실마리를 찾아 가는 길이기도 했다. 궁금증을 풀어줄 실마리가 될지, 아니면 그냥 단순한 여행이 될지, 아직은 모르는 그런 상황에서 내 가슴에 든 모든 것을 선아에게 이야기해 줄 수가 없었다.

"그런 생각이 왜 드는 거냐구?"

"그냥 궁금해서라니깐, 왜 자꾸 캐물어, 가시나야!"

"어어, 화를 내내. 크크크. 화를 내는 것을 보니 뭔가가 있다. 혹시?"

"혹시 뭐, 뭐? 말해 봐! 얼버무리지 말고."

"아니 됐네요."

"되기는 뭐가 돼! 혹시 뭐……. 빨리 말해!"

"아니 됐다니까, 그러네."

나는 직감으로 선아가 얼버무린 말의 나머지가 뭔지 알 것 같았다. 하지만 모르는 척 답을 강요했다. 선아도 자기가 그렇게 얼버무리고 굳이 말을 하지 않는다고 해도, 입 밖에 나오지 않는 말을 내가 대충 짐작하리라는 걸 알고 있었다. 이 정도쯤에서 내가 먼저 속을 보이는 게 순서였다.

"울 엄마가 바람을 피우나, 내가 의심하고 있다는 거냐?"

"알긴 아네, 흐흐흐. 네 얼굴에 그렇게 쓰여 있다."

"내가 그렇게 쪼잔한 줄 아나? 울 엄마가 바람피우면 적극 찬성해 줄 거다."

"효녀 났네. 하긴 그래야, 너 하나 키우느라 여태 혼자 지내시는 네 엄마가 불쌍하시지 않지. 너만 없었으면 수십 번은 팔자 고치고도 남을 퀸카이신데……."

"네 말을 들으니, 엄마가 정말 바람이라도 났으면 좋겠다."

"정말이야? 야가 다 컸네. 중신 서라고 울 엄마한테 이야기해 볼까?"

선아는 우리가 가고 있는 그곳의 남자와 엄마 사이에 대해서는 조금도 의심을 두는 눈치가 아니었다. 하긴 세련된 도시풍의 엄마와 시골구석에 사는 나이 많은 장애인과의 연애란 도시에서만 자란 선아가 이해하기에는 불가능한 일일 것이다. 그런데 나는 이상하게도 전날 저녁부터 그 사람이 내가 궁금해 하는 실마리의 한 끝을 쥐고 있다는 생각이 불현듯 드는 것이었다. 대학교에 들어가면 엄마에게 물어 보고 싶었던 나의 출생에 대한 비밀. 그 문을 여는 열

쇠를 그 사람이 쥐고 있을 것만 같았다.

겉으로는 선아와 농담을 하고 있었지만, 내 머릿속은 버스를 계속 타고 가야 하나, 말아야 하나 하는 갈등, 그 사람을 만나면 어떻게 대할지에 대한 두려움, 내가 알고자 하는 것과 실제로 연관이 있을 때 받을 충격, 이런 것들로 뒤죽박죽되어 있었다. 머리가 뜨거워지는 것 같아서 차창을 조금 열었다. 나의 마음 갈등과는 상관없이 버스는 중간 중간 서서 승객들을 내려다 놓더니 우리도 어느 낯선 마을 입구에서 내리게 했다. 버스에서 내린 우리는 갈 곳을 몰라 순간적으로 미아가 되었다.

우리가 내린 마을은 도로를 가운데 두고 오른쪽과 왼쪽으로 나눠져 있었는데 오른쪽에는 제법 많은 집이 보였다. 산 아래에 올망졸망 서너 집씩 모여 자리 잡고 있었다. 열 가구 정도 되어 보였다. 몇 집은 굴뚝에서 흰 연기가 모락모락 피어나고 있었다. 그 집들을 다 지나야 갈 수 있는 마을 끝에 십자가를 높이 단 교회가 보였다. 그리고 도로 왼쪽에는 도로와 가까운 곳에 단 두 집이 있었다.

우리는 일단 집이 많은 오른쪽을 선택해서 걸어갔다. 이상난동으로 따뜻하다고는 했지만 겨울은 겨울이었다. 정오가 가까워진 한낮이었는데도 낯선 곳에 왔다는 두려움과 옷깃을 스치는 산바람이 우리를 떨게 만들었다. 사람이라도 보이면 물어 보기라도 할 것을……. 모두들 따뜻한 온돌에 모여 화투라도 치는지 길에는 사람이 보이지 않았다.

"왜 왔느냐고 하면 어쩔 건데?" 선아가 불쑥 바람소리같이 물어왔다.

"복지관 소개로 봉사활동하러 왔다고 하지, 머."

"많이 연구했구나. 흐흐흐."

선아의 웃음소리에 가장 가까이에 있는 집의 개가 줄에 매인 채 개집에서 나와 짖기 시작했다. 그러자 동네의 모든 개들이 마구 합창을 해 댔다. 개들이 집단으로 외지인을 추방하기 위해 시위를 벌이는 것 같았다. 갑작스러운 개 짖는 소리에 우리는 순간 당황했다. 그때 맨 먼저 개가 짖던 집의 방문이 덜컹 열렸다. 초로의 여자가 목을 삐죽 내밀더니, 주섬주섬 걸어 나왔다. 아주머니가 막대기를 주워 들고 때리는 시늉을 하자 개는 개집 안으로 후다닥 들어갔다.

그 아주머니에게 선아가 그의 집을 물었다. 아주머니는 산 쪽으로 향해 서서 손가락으로 집을 가리켜 보였다. 마을은 안으로 들어갈수록 지대가 높아지는 형태로 되어 있어서 산 밑에 바투 붙은 그 집은 거기서도 보였다. 오른쪽으로 약간 꺾인 채로 난 길을 따라 쭈욱 가면 되었다.

그 집 가까이 갔을 때 우리 입에는 뜨거운 김이 연신 나왔다. 집은 약간 고지대에 있었고 걸어온 거리도 적잖았다. 나는 외투를 벗고 싶었다. 선아는 아무 것도 들지 않았지만 나는 어깨에 가방마저 메고 있어서 더 힘들었다.

우리가 대문 없는 그 집의 대문이 있음직한 곳까지 오자, 마루문이 열리면서 할머니가 나왔다. 마을 개들이 짖는 소리에 우리가 오고 있다는 것을 진작부터 알고 있었던 눈치였다. 더구나 그 집만을 향해 난 길에 들어선 순간부터, 유리창을 통해 우리가 다가오는 것을 지켜보았을 것이다. 대문도 없는 그 집 마당으로 우리는 들어섰다. 다행히 그 집에는 개가 없었다. 이번에도 선아가 나서서 그 사람의 이름을 대면서 할머니한테 말을 붙였다.

　"맞구먼. 학생들 같은데, 근데 어찌 왔어?"

　"장애인복지관 소개로 봉사활동하러 왔어요."

　선아의 말을 들은 할머니는 마루문을 조금 열고 안에 대고 말했다.

　"복지관에서 봉사활동하러 학생들이 왔는데, 어이꼬?"

　"추분데 사람이 왔으면 방에 들어오게 하지, 거기 왜 세와 두니껴?"

　할머니의 말에, 굵은 바리톤의 음성이 마루를 울리고 메아리처럼 다가와서는 내 귀에 잠시 머물렀다.

　할머니를 따라 유리문을 열고 마루로 올라갔다. 마루를 중심으로 양쪽에 방이 하나씩 있었는데, 오른쪽에 있는 방문이 열려 있었다. 그 방문을 통해 한 사람이 방안에 앉은 채 우리를 내다보고 있었다. 우리는 그 방으로 들어갔다. 세 사람이 편안하게 잘 수 있는 크기의 방이었다. 방 한쪽에 있는 좌식책상에는 방금 온라인으로 바둑을 두었는지 바둑 사이트에 접속된 채로 컴퓨터가 켜져 있었다. 우리에게 방석을 하나씩 주면서 편히 앉으라는 그 사람의 첫인

상은 어디선가 본 듯이 낯설지가 않았다. 그렇게 나는 엄마의 남자
와 첫 대면을 했다.

2.

나의 흔적 찾기는 그 후 본격적으로 시작되었다. 한 달에 한 번
은 그 집으로 갔다. 엄마가 김치통을 들고 다녀오면 그 다음 주 일
요일이 내가 가는 날이었다. 나 혼자 세 번째 찾아간 날은 벚꽃이
활짝 피어 있던 4월이었다. 그 사람을 휠체어에 태우고 집 근처에
있는 작은 개울가로 데리고 갔을 때, 그는 18년 전 자기가 가장 행
복했던 시절을 이야기해 주었다. 엄마와의 이야기였다. 그 이야기
를 할 때, 그 사람은 먼먼 그리움을 되새김하는 듯이 행복해 했다.
18세 아이가 들어서는 안 될 내용은 건너뛰었지만, 18세의 아이는
그 건너뜀 속에 정말 하고 싶은 말이 있음을 알고 있었다. 확인할
것은 다 알게 된 나는, 그날 이후 그곳으로 다시는 가지 않았다.

그리고 얼마 후의 5월 어버이날, 엄마한테 그곳에 다녀온 일을
고백했다. 내 말을 듣는 순간 엄마는 너무 놀라 잠시 말을 잃었다.
그런 엄마를 나는 가만히 안아 주었다. 그렇게 얼마나 있었을까.
엄마는, 네가 대학교에 들어가면 다 말해 주려고 했는데……. 하면
서 나의 팔을 가만히 풀었다. 그리고 아주 오래된 일이었으면서도
항상 모질게 기억해야 했던 가슴 저 밑의 이야기를 들려주었다.

엄마가 어릴 때부터 다니던 교회의 목사님이 여생을 고향에서 사목하면서 보내기 위해 안동의 그 시골에 교회를 짓고 그리로 갔어. 그 교회에서 일하게 된 여고친구가 엄마보고 당분간 취직할 계획이 없다면 잠시 와서 교회 일도 봐주고 쉬었다 가래. 엄마는 그해에 대학교 졸업하고 아직 취직을 못한 백조였거든. 도시에서만 자란 엄마에게는 시골에서 한번 살아 봤으면 하는 동경도 있었지. 답답한 현실을 벗어나 몇 개월만 자유롭게 살아 보자고 시골로 갔어. 그런데 그 시골이 엄마의 인생을 엉뚱한 곳으로 향하게 만들어 버리는 함정이었을 줄은 꿈에도 몰랐단다.

이제 막 생긴 개척교회의 주된 일은 신도를 모으는 일이었지. 근데 제사도 못 지내게 하는 교회에 보수적인 시골 사람들이 오란다고 오겠나? 당연히 선교활동은 지지부진. 나이 든 목사가 여생을 보내면서 고향에 선교하기 위한 목적으로 교회를 지었으니 그런대로 운영이 되지, 먹고 살기 위한 목적이었다면 문을 닫고 말았을 거야. 어쨌든 교회를 세웠으니 그래도 선교활동을 해야 하잖아. 너도 가 봐서 알지만 그 좁은 동네뿐만 아니라 옆 동네 더 먼 동네까지 우리는 집집마다 방문을 했지. 그러다가 그 사람을 만나게 된 거야. 모자가 둘만 사는데, 모친은 연세가 많은 데도 날품팔이를 다니더라.

그때가 불 때던 부지깽이도 거든다는 바쁜 농번기였어. 그 사람은 집에서 텔레비전이나 보면서 소일하고 있었는데, 초등학교도 나오지 못해 한글도 제대로 읽을 줄 몰랐어. 글을 모르는 것에 스스로도 답답해하더라. 그게 안타까웠는지 목사님이 초등학교 1학년용 한글 공부책을 사서는 나보고 가르쳐 보라고 하데. 처음에는 마음의 문을 잘 안 열더니만, 글을 가르치기 위해 일주일에 두세 번 방문하게 되면서 우리는 가벼운 농담도 나누는 사이가 되었지. 그 사람은 공부에 대한 갈증이 심했어. 초등학교 1학년용의 책은 금방 습득을 해 내더라. 습자지가 물 빨아들이듯 석 달 만에 6학년 과정을 가르치게 되었지. 그렇게 진도가 나가자 검정고시를 보게 하고 싶어지데. 그런데 엄마는 그만 집으로 돌아가야 하게 되었어. 적당한 곳에 취직이 된 거지. 떠날 날이 얼마 남지 않았을 때 우리는 관계를 가졌어. 아주 자연스럽게. 그가 나를 겁탈한 것도 아니고, 내가 유혹한 것도 아니었지. 사랑? 그런 건 없었어. 그냥 악수를 나누듯 자연스런 행위였어. 떠나는 날에도 그 사람에 대한 미련은 조금도 없었고, 초등학교 졸업 검정고시라도 통과하게 도와주지 못하고 떠나는 그것만이 괜히 미안하더라. 거기를 떠남으로써, 그냥 껍질을 벗듯 홀홀 떠나기만 하면 거기와는 더 이상 연결될 것도 없이 끝나는 것이라고 생각했지. 그때 그 사람은 서른셋이었고, 난 스물다섯이었어.

　하지만 정말 끝내야 하는 것이 끝나지 않고 있음을 알았어. 거길 떠난 후 2개월째 접어들면서 몸에 이상 징후가 나타나는 거야. 널 가진 거였지. 어떻게 해야 좋을까. 내게 찾아온 행운을 버려야 하는 건가? 미래에 올 불확실한 행운을 위해 지금 확실히 뱃속에서 자라는 행운을 지워야 하는가? 엄마는 불확실한 미래의 행운보다는 널 선택했다. 아니 미래에 휘황찬란한 행운이 보장된다고 하더라도 널 선택했을 거야. 널 낳아 키우기로 결심을 하자, 앞으로 엄마 인생에 펼쳐질 모든 행운을 다 합친 것보다 네가 소중해지는 것이었어. 배가 점점 불러오자 엄마는 더 이상 집에 있을 수가 없지. 네 외할아버지와 외할머니가 알까, 외삼촌이 알까 두려웠거든. 엄마가 아무리 강하다고 해도 그분들이 알면 어떻게 할지 모르니까. 그분들에게서 널 지키는 방법은 집을 떠나는 것밖에 없었어. 배가 불러서 아주 일을 못하게 될 때까지 아르바이트로 생활하다가 더 이상 일할 수 없게 되었을 때 미혼모 시설에 들어가서 널 낳았다. 거기서 일 년 가까이 생활하다가 널 데리고 집에 오니, 애아비 데리고 오라며 외할아버지와 외삼촌이 죽지 않을 만큼 때리더라. 네가 크면서 사생아로 차별을 받을까봐, 외삼촌 호적에 올리려고 하니 초등학교 입학을 앞두고서야 해 주더라. 그때까지는 넌 호적도 없는 아이였단다.

네가 대학생이 되면 이 모든 것을 다 이야기해 주려고 했는데. 그 사람에게도 네가 있음을 알려 주고. 네가 그 사람을 아버지로 인정을 하든, 그렇지 않든 그건 어디까지나 네 의사에 맡길 거다. 단순히 생물학적 아버지라고 해서 어쩔 수 없이 아버지로 대접하는 것은 나도 원하지 않아. 이왕 네가 알게 되었다고 하더라도, 네가 성인이 되어 대학교에 들어가지 전까지는 그 사람에 대한 이야기라면 우리 앞으로 하지 말자.

"우리의 아늑한 행복에 그 사람이 끼어드는 건 싫다."

"그래 엄마, 나도 별관심이 없어. 단지 내 출생의 비밀에 대해서 알고 싶었던 것뿐이야."

엄마도 나도 냉정한 듯 잘라 말을 했지만 그게 어디 냉정하게 한다고 해서 그렇게 되는 것인가. 호적상으로 외삼촌 부부가 나의 아빠와 엄마가 되어 있고, 엄마는 그냥 동거인이 되어야 하는 이유는 설명이 되었다고 하더라도. 사람 사이의 감정이라는 것은 그렇게 단칼로 자르듯이 정리가 되지 않을 것이다. 나는 엄마와 그 사람의 관계를 내 기준으로 정리해서 내가 어떻게 처신해 나가야 할지 궁리를 해야 했고, 엄마는 엄마대로 앞으로의 계획과 살아가는 방식에 대해서 수정해야 했으니까.

3.

혜미는 고속도로를 나와 안동시내로 들어가는 국도로 들어섰다. 만추를 앞둔 가을들판은 황금빛으로 물들어 있고, 길가의 과수원에는 주먹만 한 사과를 단 사과나무의 가지가 축축 늘어져 있다. 조금 열린 창문으로 들어오는 가을 공기도 단 냄새가 났다. 혜미는 안동시내에서 케이크와 꽃바구니, 그리고 소고기 한 근을 샀다. 며칠 후면 그 사람 생일인데 그때는 갈 수 없으므로 미리 준비한 거였다.

아침에 미나를 교회에 데려다주기 위해서 차에 태웠을 때 혜미는, 같이 안동으로 가자고 말할 뻔했다. 자기도 모르게 그런 말이 나올 뻔해서 깜짝 놀랐었다. 그의 생일이라고 하면 들어주지 않을까 하는 감상주의에 순간적으로 빠져들었던 것이다.

속 깊은 아이지만 아직은 고등학교 2학년인 아이. 그 아이에게는 그 아이대로 시간이 필요하기 때문에 2년 후 성인이 될 때까지 기다려 주기로 했으면서. 공부해야 하는 아이에게 정체성의 혼란을 주는 일은 하지 않고 지금껏 잘 자제해 왔는데 왜 순간적으로 그런 생각이 들었는지…….

안동시내를 빠져 나온 혜미는 다시 지방도를 30분 넘게 달려서 그 집에 도착했다. 그 사람은 휠체어를 탄 채 마당에 널려 있는 고추와 땅콩을 막대기로 뒤집고 있다가 반갑게 맞아준다. 혜미는 그를 말없이 가볍게 안아주는 것으로 인사를 대신했다. 단정한 옷차림인 것을 보니 예배를 보러 가기 위해서 미리 나와 있었던 모양이다. 예배 시간이 되려면 아직 좀 남았는데도. 혜미는 가져온 물건을 차에서 내려 집으로 옮겼다. 김치를 부엌의 냉장고에 넣고 나오는데 마침 그의 모친이 밖에서 들어왔다.

"오느라고 힘들었지?" 그러면서 두 손으로 가볍게 혜미의 손을 잡았다.

"아니에요. 날씨도 좋고 길도 안 막혀서 힘든 줄을 모르겠어요."

"쟈는 새댁이 오는 날이면 저렇게 설친다. 안 오는 날이었으면 아직도 자느라고 밤중일 텐데…….”

　모친이 옆에서 흉보는 것처럼 하는 말에, 그는 가볍게 ‘흐흐흐’ 웃었다. 싱거운 놈이 웃기는……. 혼잣말처럼 중얼거리던 모친은 점심 준비할 테니 교회 다녀오라면서 부엌으로 들어갔다.

　“당신이 자꾸 찾아오니까, 동네 사람들이 뭐라는 줄 알아?”

　혜미가 미는 휠체어를 타고 교회로 가는 중에 그가 불쑥 말했다.

　“뭐라는데요?”

　“당신 때문에 내가 장가를 못 갔으니, 당신에게 책임을 물으라고 하더라.”

　“어떻게 책임을 물으라는데요?”

　“이제 그만, 집에 들어앉으란다.”

　“그래 볼까요? 내가 몇 달만 들어앉으면 거덜 나 버릴 텐데.”

　“그럼, 내가 당신 집으로 들어가지 머.”

　“어허, 누구 맘대로…….”

　그들이 가벼운 농담을 하며 지나가는 길가에는 코스모스들이 무더기로 피어서 한들거렸다. 코스모스와 그들 머리 위로 쏟아지는 가을햇빛은 곡식에게 마지막 은총을 베풀려는 듯이 따가웠다.

　“근데, 당신 딸은 언제 인사시킬 거야?”

　“좀 더 커서 성인이 되면요. 요즘 공부하느라 바빠요.”

　“당신 닮았으면 예쁠 거야. 이름이 뭐지?”

　“당연히 나보다 더 예쁘지요. 이름은 미나, 강미나예요.”

"미나……? 그 학생과 이름이 똑같네?"

그가 혼잣말처럼 하는 말에 혜미는 뜨끔했다. 미나가 여기 왔다가 갔으니 자기 이름 정도는 알려 주었을 것인데, 미처 그걸 간과한 거였다. 하지만 그는 두 미나를 한 사람으로 여기지는 않는 듯했다.

혜미와 그는 스무 명 남짓의 신도들 속에 섞여 예배를 보았다. 예배를 인도하는 사람은 처음 교회를 지었던 그 목사였다. 은퇴할 나이를 넘겼으나 이어받을 사람이 없어서 계속 사목을 하고 있었다.

교회서 집으로 돌아오는 길은 갈 때보다 더웠다. 휠체어를 밀고 가느라 따가운 햇살에 무방비로 노출된 혜미의 이마가 따끔거렸다. 송알송알 맺히는 땀방울이 볼을 타고 흘러내리기도 했다. 집 가까이 있는 나무 그늘에 잠시 쉬면서 땀을 닦는데 바지 주머니에 든 휴대폰이 부르르 진동했다. 미나에게서 온 문자였다.

'엄마! 차 트렁크를 열어 봐요. 넣어 둔 것이 있으니, 꼭 확인하세요.^.^'

뭘 넣어 두었다는 거지? 전화로 바로 물어보려다가 혜미는 휠체어를 밀고 집 앞에 세워 놓은 차로 가서 트렁크를 열었다. 트렁크 안에는 A4용지보다 약간 큰 크기의 액자 하나와 꽃다발이 있었다. 액자는 곱게 포장되어서 끈으로 묶여 있었다. 혜미는 꽃다발보다는 액자에 손이 먼저 갔다. 조심스럽게 액자의 포장을 벗겨 냈다. 액자 속 사진에는 그와 모친, 그리고 혜미와 미나가 웃으면서 앉아 있다.

"아니, 이 사진은 미나 학생이 여기 왔을 때 셋이 찍은 건데. 당신이 왜 같이 있지? 당신과 미나 학생이 같이 온 적이 있었나?"

사진을 보고 그가 이상하다는 듯이 혜미에게 물었다.

"컴퓨터로 합성했나 봐요."

셋이서 찍은 사진에 혜미 사진을 합성해서 만든 것이었다. 자세히 보면 셋과는 달리 혜미의 포즈가 약간 떠 있는 것을 알아챌 수 있었다. 그렇게 만든 것을 집에 있는 컬러프린터로 인쇄한 모양이다.

"그렇다 쳐도, 당신이 같이 있는 게 이상하잖아."

"미나는 제 딸이니까, 당연히 같이 있을 수밖에요."

"그 학생이 당신 딸이라고? 정말이야? 이럴 수가……."

혜미는 트렁크에서 꽃다발도 꺼내들었다. 여러 가지 꽃으로 화려하게 꾸민 꽃다발에는 작은 카드가 하나 끼워져 있었다. 혜미는 그 카드를 읽어 보았다. '아저씨, 미나예요! 생신 축하드려요. 항상 건강하시구, 행복하시길 빌어요.' 그 카드와 꽃을 혜미는 그에게 주었다.

혜미 가슴에는 표현하기 힘든 찡한 감정이 휘몰아쳐 왔다. 감정을 느끼기보다 앞서 눈에서 눈물이 흘렸다. 고개 들어 바라보는 하늘이 왜 이렇게 파란지. 그렇게 따갑게만 느끼던 햇살도 포근하게만 느껴졌다.

지금껏 단 한 번도 아빠라고 불러보지 못한 아이에게 미안했는데. 초등학교 들어 갈 때까지 호적이 없어서 유치원에 들어갈 때, 병원에 갈 때 얼마나 서러웠던가. 그렇게 커 온 아이가, 이제는 다 커서 저 파란 하늘보다 더 높게, 높게만 보였다.

4.

선아와 밖에서 점심 먹으러 가기 위해, 먼저 나온 나는 도서관 현관에 서서 엄마에게 문자를 보내 놓고, 가을하늘을 바라보았다. 정말 푸른 하늘이었다. 그 푸른 하늘 언저리에서 나지막하게 잠자리 두어 마리가 날아다니고 있었다.

"하늘 뚫어지면 어쩌려고, 그렇게 보노?"

뒤미처 나온 선아가 내 어깨를 가볍게 치면서 농담을 한다.

"오늘 교회에서 아주머니는 안 보이시던데, 어디 가신 거냐?"

"엄마 안동 갔어. 바람피우러."

"흐흐흐, 아줌마 중신 서라고 울 엄마한테 이야기해 놨으니, 조금만 기다려라. 멋진 아저씨가 생길 거니까."

"빨리 그랬으면 좋겠다."

"곧 될 거다. 그래야 너도 아빠라는 말을 원 없이 불러 볼 것 아니냐."

아빠란 말을 원 없이, 원 없이……. 아빠? 이 말을 입에 올리는 순간 눈물이 핑 돌았다. 고개를 돌려 다시 하늘을 보았다. 선아에게는 미안한 일이지만 내가 불러야 할 아빠는 이미 있었다. 그 사람을 언제쯤 아빠로 부르게 될지 모르지만, 내가 아빠로 호칭할 사람은 그 사람뿐이었다.

　나는 입속으로 나직하게 "생신 축하해요!"라고 했다. 그리고 더 나직하게 한 단어를 이었다. 아빠!

〈2008년 발표〉

그 사람 집에 가면 혜지는 행복할까?

언니의 추억에 싸여 혜지에 대한 올바른 인식을

가지지 못하는 것은 아닐까?

3월의 부활절

1.

어깨에 서서히 추워지는 느낌이 든다. 마치 어깨 위에 걸쳐 둔 망토를 누가 벗긴 듯 따뜻했던 기운이 점점 사라지고 있다. 그러고는 곧 한기가 느껴진다. 남쪽으로 난 창을 등지고 앉은 내 어깨 위에 머물던 해가 서쪽으로 자리 이동한 모양이다. 오후 3시를 조금 앞 둔 시간이면 항상 이렇게 햇빛은 내 어깨에서 물러난다. 아무도 없는 사무실에는 난방용 팬히터가 돌아가는 소리만 조용히 울리고 있다. 3월 하순, 아직은 사무실에 난방이 필요했다. 환기를 위해 열어 놓은 창을 닫기 위해서 일어섰다. 역시 밖의 태양은 강당과 공부방으로 사용하는 서쪽 건물을 넘어가고 있다. 저 건물이 없다면 햇빛은 더욱 오래 내 어깨에 머물러 주었을 것이다.

열린 창 바로 앞에 서 있는 백목련의 활짝 핀 모습이 눈에 들어왔다. 은은한 향기가 더욱 강해져 있고, 꽃도 어제보다 한층 더 크게 벌어져 있다. 새하얀 순백색이 너무 아름다운 이 꽃의 꽃말은 '이루지 못할 사랑'이라 한다.

어여쁜 공주와 북쪽 바다의 신(神)과의 이루지 못한 애틋한 사랑이 이 꽃의 전설로 전해져 오고 있다. 어여쁜 공주가 북쪽 바다의 신을 사모하여 찾아갔는데, 신이 이미 결혼한 몸인 것을 알게 된 공주는 바다에 몸을 던져 자살을 한다. 그 후 바다의 신은 자신을 사모하여 공주가 죽은 것을 알고 결혼에 환멸을 느껴서 자기 아내를 죽여서는 공주가 묻힌 자리 옆에 나란히 묻는다. 뒤에 공주의 아버지인 임금은 공주가 북쪽 바다의 신을 사랑하여 자살한 것과 그 바다의 신이 아내의 목숨마저 거둬들였음을 알고 두 여인의 무덤에서 꽃이 피어나게 한다. 공주의 무덤에는 살아생전의 모습처럼 새하얀 순색의 백목련을. 그리고 바다의 신 아내의 무덤에는 자목련을. 그렇게 탄생한 백목련과 자목련은 북쪽 신을 사모하는 마음에서 바다의 신이 있는 북쪽 바다를 바라보며 꽃봉오리를 터뜨린다고 한다.

원의 화단에는 누가 이 전설을 알고 심었는지 모르나 백목련과 자목련이 한 그루씩 모두 있다. 그런데 백목련과 자목련은 한 번도 같은 때 피지 않았다. 백목련이 3월 하순경에 피었다가 지고난 후,

열흘 쯤 지난 4월 초에 자목련이 피었다. 지금도 백목련이 만개하여 자태를 뽐내고 있는데 자목련은 아주 작은 꽃눈을 앙상한 나뭇가지에 달고 있을 뿐이다.

나는 백목련과 자목련 중에서 자목련이 더 마음에 든다. 백목련은 그냥 순색의 화사함뿐이라면 자목련은 그 화사함에 청춘의 색을 더한 분홍빛으로 마치 새색시의 자태 같아서다. 꽃이 필 때도 백목련은 거칠 것 없이 꽃봉오리를 활짝 만개하지만, 자목련은 부끄럼 많은 여인처럼 안쪽 봉오리를 수줍게 오므린다. 마치 조신한 조선 여인네나, 이제 처음 봄을 타는 어린 소녀를 보는 듯하다. 자목련이 피는 때면 봄이 정말 봄다워서 더욱 좋았다.

창문을 닫고 다시 자리도 돌아오려는데 옆 책상 위에 부활절 달걀과 먹다 만 과자 부스러기가 신문지 위에 놓여 있는 게 눈에 띈다. 부활절인 오늘, 교회에 다녀 온 선생님과 아이들이 나 먹으라고 갖다가 놓은 것이다. 과자는 조금 먹어 보았지만 예쁜 그림이 그려진 부활달걀은 하나도 깨먹지 않았다. 대학교 다닐 때 친구 따라 성당에 나갔다가 처음으로 맞이한 부활절 날, 부활달걀을 받자마자 성당에서 깨트려 먹는 친구를 보고 얼마나 놀랐던가. 부활달걀도 성스러운 것이라 곱게 모셔 두는 것으로 짐작했던 내게는 날름날름 잘 먹는 친구의 행동이 충격적이었다. 사실 부활달걀은 신자들끼리 나눠 먹기 위한 것으로, 밋밋한 달걀을 그냥 나누기가 그러니까 그림을 그렸을 뿐이라는 것을 알고 난 후에도 나는 부활달걀을 잘 먹지 못했다. 성모나 예수의 모습이 그려져 있는 것을 깨트리기가 민망해서도 아니었고, 그렇다고 삶은 달걀에서 예수처럼 부활하여 닭이 나온다고 믿는 것도 물론 아니었다. 그냥 왠지 부활의 의미로 삶은 그 달걀을 먹기가 내키지 않았다. 책상 위에 나란히 서 있는 부활달걀은 새삼 세어 보니 모두 일곱 개다. 그 달걀들은 모두 그림이 그려진 셀로판지를 몸에 두르고 있다. 예전에는 직접 펜으로 그렸는데, 부활달걀에도 편의를 추구하는 세상의 단면이 스며들고 있어서 씁쓸하다.

달걀 옆에 펼쳐진 신문지 위의 과자 부스러기들을 그냥 쓰레기통에 버릴까 하다가, 부스러기를 신문지 가운데로 모았다. 그리곤 입을 바짝 갖다가 대고 훅! 흡입했다. 적지 않는 부스러기가 입 안으로 들어왔다. 그렇게 두세 번 흡입을 한 후 그래도 남은 잔 부스러기들은 신문을 집어 들어서 쓰레기통에 쏟아 버렸다.

그 신문을 접어서 폐지 상자에 넣으려다가 나는 이상한 생각이 들어서 과자 부스러기가 담겨 있었던 면을 찾아서 펼쳤다. 크크크! 나도 몰래 웃음이 터져 나왔다. 하필 거기에 왜? 얄궂게도 신문에 실린 사람의 얼굴 주변을, 마치 테두리 한 것처럼 내 입술 모양 그대로 립스틱 자국이 찍혀져 있는 것이다. 자그만 증명사진을 둘러싸고 있는 진주홍 립스틱! 사진 속 사람은 내 입안으로 삼켜지고 있는 것도 모르는지 옅은 웃음을 얼굴에 머금고 있다. 그 옆은 웃음의 얼굴을 가만히 보던 나는 깜짝 놀랐다. 그러고는 입술 속에 갇혀 있는 남자의 사진 밑에 선명하게 쓰인 한창수라는 이름에 순간적으로 현기증을 느꼈다.

한창수. 언니의 첫사랑인 사람. 세상을 뜬 언니와 함께 잊어버려야 좋았던 사람. 그런데 3년 전에 불쑥 다시 인연을 연결한 사람. 3년 전에 이 사람이 하얀 가운을 입고 원을 찾아왔을 때 얼마나 놀랐던가? 10여년의 세월이 흘렀지만 나는 금방 알아볼 수 있었다. 잘생긴 외모에 특색 있는 얼굴 생김새는 누구나 한번 보면 쉽게 기억되는 유형이기는 했다. 하지만 그렇지 않더라도 나는 그를 기억해 냈을 것이다. 내 기억 속에 강하게 각인되어 있는 그 사람을 어떻게 기억하지 않을 수 있을까.

그 사람을 다시 보게 되면서부터 그 사람을 향한 적의가 내 가슴에 활활 타올랐다. 언니와 그 사람과의 현실적인 차이는 나의 이성을 마비시켜 갔다. 복수의 길로 나아가게 만들었다.

2.

창수가 처음으로 보육원을 방문하던 때는 4월의 어느 일요일이었다. 당시 창수는 다니던 종합병원을 그만 두고 개인병원을 개설하기 전에 병원 경영을 배우기 위해 이 도시에 있는 선배의 치과병원에서 1년을 기한으로 머물고 있던 중이었다. 그날 선배 원장이 우리 보육원에 의료봉사를 오면서 창수를 데리고 왔다. 그 원장은 우리 보육원에 연간 한 두 차례 찾아와서 무료로 아이들의 치아를 진료해 주는 고마운 사람이었다. 항상 원장과 간호사 서너 명이 왔었는데 그날은 의사가 하나 더 와서 나는 호기심에 진료실로 마련된 강당에 들어갔었다. 아이들을 두 조로 나누고 창수와 원장이 간호사들의 보조를 받으면서 각각 진료를 하고 있었다. 나는 새로 온 의사에 대한 호기심에 창수가 진료하는 쪽으로 갔다. 창수는 치과의사 특유의 반사경을 머리에 두르고 아이들을 진료하고 있었다. 처음에는 그냥 스쳐가듯 보다가 그 사람이 입은 가운에서 한창수라는 이름을 발견했을 때 나는 못 볼 것을 본 듯 돌아섰었다. 돌아선 상태로 잠시 서서 콩닥거리는 몸을 진정시키고, 다시 그를 향해 천천히 돌아섰다. 역시 내가 알고 있는 창수였다.

그렇게 창수를 만나고부터는 일이 손에 잡히지가 않았다. 이유 없이 허둥대고 멍하니 앉아 있기도 했다. 오랫동안 잊고 살았던 기억들이 다시 왕성하게 솟아오르고 있었다. 덮어 누르면 그럴수록 오히려 더 완강하게 나를 괴롭혔다. 이 기억들의 준동에서 벗어나기 위해서라도 나는 창수에게 뭔가를 보여 줘야 했다. 화풀이든 복수든 반드시 필요하다는 결론을 내렸다.

나는 그에 대한 정보를 조금씩 모았다. 지피지기면 백전백승. 원에서 총무업무를 보고 있는 나는 업무상 창수가 있는 병원의 수간호사와는 호형호제하는 사이였다. 그녀도 나도 30대 초반의 노처녀라는 꼬리표를 달고 있는 공통점 때문에 가끔씩 만나면 술도 거나하게 마셨다. 술에 취해 혼자 살고 있는 그녀의 아파트에서 여러 번 자기도 했었다. 그녀가 물어다 주는 창수에 대한 정보는 나를 실망시키기도 분노하게도 만들었다.

대학을 졸업한 엘리트 여자와 결혼한 지는 오래됐고, 자녀로는 딸 둘이 있으며, 여기서 승용차로 두 시간 떨어진 도청소재지의 대도시에 자택이 있으며, 현재는 병원 근처의 원룸에서 혼자 숙박하면서 주말에는 반드시 집에 갔다가 온다고 하면서, 원룸의 방 번호까지 알려 주었다. 아침식사는 혼자 해결하는 것 같은데 점심은 병원에서 직원들과 같이 먹으며, 저녁은 병원 위층에 있는 원장 댁에서 제공하는 것 같은데 야간 진료가 있는 화·목요일에는 병원에서 직원들과 같이 해결하며, 책을 좋아해서 퇴근 후 서점에 자주 간단다. 그리고 어느 날엔 중요한 정보가 있다고 하여 만나보니, 화가인 창수의 아내가 얼마 전에 전시회를 끝내고, 그때 전시한 그림 두 폭을 원장이 선물로 받아 왔는데, 그림에 대한 문외한인 자기가 봐도 굉장히 잘 그렸더라며 호들갑을 떨었다.

그에 대해 필요한 정보가 있을 때는 일부러 이유를 만들어서 병원으로 가서 수간호사를 만났다. 원에는 전속 간호사가 있었지만 어린아이들 치과진료가 필요한 일이 있으면 내가 데리고 나갔다. 수업이 늦게 끝나는 중고생이 치과에 갈 때면 내가 굳이 병원에 가서 진료하는 아이의 보호자 행세를 하기도 했다. 적을 방심하게 하기 위해서는 친밀감을 쌓아두는 것이 필요했다. 나그네의 옷을 벗기는 것은 강한 바람이 아니라 따뜻한 햇볕이었던 것처럼. 자주 병원에서 얼굴을 마주 대하게 되면서 창수와 나 사이에는 환자보호자와 의사라는 의례적인 관계를 넘어서 일상적인 대화도 나누는 사이로 발전하게 되었다. 그의 높다란 성곽에 조금씩 금이 가는 게 보였다. 야간 진료가 있는 날에는 원룸으로 가기 전에 반드시 서점에 들렀다 가는 것도 알아냈다. 그가 서점에 머무르는 시간은 아무리 길어야 10분을 넘기지 않는다는 것도 알아냈다. 살 책을 미리 정해 와서 그 책을 뽑아 한번 쭉 넘겨보고는 계산하고 나오는 식이었다. 나는 그 사실을 확인하기 위해서 서점 앞에서 잠복하기도 했다. 뿐만 아니라 서점에서 원룸까지 걸어가면서 답사도 했다. 정확한 현장 조사는 테러의 기본이었다.

언니! 어떻게 하면 좋아. 언니는 세상을 떠났는데 언니의 첫사랑이었던 그 사람은 아름다운 마누라와 화려하게 살아도 되는 거야? 언니의 죽음에 일부분의 책임이 있는—언니는 아니라고 하겠지만 나는 분명히 그렇게 생각해.—사람이 조금의 어두운 그늘도 없이 행복하게 사는 것은 불공평한 건 맞지? 어떻게든 복수를 해야 되는 건 맞지?

언니의 죽음으로 더 이상 내 입에서 '언니'라는 호칭은 발성하지 않겠다고 다짐했었는데 요즘 들어 언니를 생각할 때면 언니라는 말이 나직하게 입술 밖으로 새어 나오고는 했다.

D-데이. 나는 일찌감치 서점 앞에 차를 세워 두고 그가 서점으로 오기를 기다리고 있었다. 평소의 습관대로라면 오늘도 서점에 나타나리라. 놀랍게도 그는 내가 조사한 평균시간의 오차 범위 안에 서점에 들어섰다. 나는 다음 단계를 실행하기 위해 재빨리 서점으로 들어갔다. 역시 그는 전문서적이 꽂힌 코너 쪽에 서 있다. 나는 그가 계산대로 오기 위해서는 반드시 거쳐야 하는 동화책 코너에서 책을 고르는 척했다. 잠시 후 내 뒤에 누군가가 서는 느낌이 왔을 때 나는 돌아보지 않고도 창수인 것을 알았다. 동화책을 한 권 뽑아서 돌아다보니 역시 창수였다. 나는 깜짝 놀라는 시늉을 하면서 한발 뒤로 물러났다.

　　"어머! 한 선생님 깜짝 놀랐잖아요."

　　"하하, 미안합니다. 놀라게 해서." 한 선생, 한창수는 사람 좋은 표정을 지었다.

　　"서점에 자주 오시나 보죠. 전번에도 여기서 나오시던데……."

　　"가끔요. 그 동화책은 아이들 줄 건가 봐요."

　　"네, 아이들이 이 책을 보고 싶다고 해서."

　　우리는 자연스럽게 이야기를 나누면서 계산대로 갔다. 계산대에서 창수는 자기 책과 내가 산 동화책을 자기가 한꺼번에 계산했다. 나는 그런 창수의 모습을 의아한 듯 지켜보면서도 말리지는 않았다. 내가 예견하고 있던 것과 일치된 행동을 해 주어서 오히려 고마웠다. 서점 문을 나서면서 나는 창수에게 말을 걸었다.

"차 한 잔 할 시간 있으세요?"

"시간이야 있습니다만……."

"그럼, 가요. 책값 대신에 한 잔 살게요. 그래도 한 선생님이 밑지지만."

나는 창수를 서점 인근에 있는 카페로 데리고 갔다. 우리는 유리 창가에 자리를 잡았다. 2층에 위치한 카페는 거리로 향한 두 벽 전부가 밖이 그대로 보이는 통유리였다. 술도 팔고 음식도 파는 카페에서 내려다보면 행인의 머리가 보이지만 행인들이 올려다보면 안에 앉아 있는 사람의 아랫도리가 보이게 되어 있었다.

"아이들이 책을 좋아하나 봐요." 커피 잔을 들고 한 모금 마신 창수는 그렇게 입을 열었다.

"우리 원에서는 특별히 독서를 장려하니까, 책을 많이 보는 편이예요."

"좋은 일을 하시는군요. 학생들도 많을 텐데 얼마나 되는지요?"

"초등학생이 30명 남짓하고 중고등학생이 20명 남짓 되며, 나머지는 유아들입니다."

"고등학교를 마치면 어떻게 되나요?"

"고등학교 졸업하면 원에 더 이상 있을 수 없지요. 만18세 이상이 되면 아동보호법을 적용받지 못하니까요. 고등학교 졸업반 아이들의 심리상태란 거의 공황 상태나 다름없어요. 공부에 매달리는 아이들보다 방황하는 아이들이 더 많지요."

"무조건 떠나야 합니까? 아무런 대책도 없이, 그냥 빈손으로."

"만18세가 되면 무조건 떠나는 것이 원칙이구요. 대학에 진학하거나 학원 공부 중인 때는 최대한 25세까지 자립지원시설에 남을 수는 있지요. 그리고 떠나야 하는 아이들에게는 관할 지방자치단체의 재정적인 능력에 따라 다른데, 100만원에서 500만 원 정도를 정착금 명목으로 줘요."

"그럼, 계속 공부를 한다면 학비는 지원시설에서 보조해 주나요?"

"결연 후원금이 있다면 몰라도, 대부분 본인이 아르바이트 등을 해서 벌어서 다녀야 해요."

"아직 세상 물정 모르는 스무 살 안팎의 아이들이 돈 몇 백만 원만 달랑 든 채 길바닥에 나앉는 것과 같군요. 그런 아이들이 한해 얼마나 되나요?"

"전국적으로 연간 1천 명 정도 돼요."

집도 절도 가족도 없는 아이들이, 감수성 강하고 유혹에 약한 이제 만18세의 아이들이, 우리나라처럼 철저한 자본주의 나라에 뿌리 내릴 곳이란 어디일까? 뿌리 내리기는 고사하고 뿌릴 내릴 기회조차 갖지 못한 채 사회의 소모품으로 그냥 사라져 버리지 않는 것이라도 다행이리라.

"정말 안타깝네요. 배경을 따지고 학연 지연을 따지는 우리나라에서 정말 내세울 것 하나 없이 버려졌다고밖에 할 수 없는 아이들이……."

"어렵게 노력을 해서 자격증을 따서 들어간 직장에서, 보육원 출신이라고 차별이나 받지 않으면 그나마 다행이지요."

그렇게 말하다가 나는 고개를 돌렸다. 눈물이 나오려고 해서. 얼마 전에 그런 이유로 직장을 그만 둔 아이가 나의 어깨에 매달려 오래오래 울던 기억이 났다. 그러나 눈물은 이미 나의 얼굴을 흘러내리고 있었다. 핸드백에서 손수건을 꺼내 가볍게 눈물을 훔쳐냈다.

"미안해요. 이런 모습……. 흉하지요?" 나는 아무렇지 않다는 듯 웃어 보였지만 보는 사람에게는 결코 자연스럽지 않을 것이다.

"아니요. 전혀 흉하지 않아요." 창수는 그렇게 말하면서 이미 비어 있는 커피 잔을 바라보았다. 그러고는 내가 기다리고 있는 다음 과정을 위해서는 꼭 필요한 말을 해 주었다.

"맥주 한 잔 하실까요?"

창수의 말에 나는 속으로 쾌재를 부르고 있었지만 그냥 고개만 가볍게 끄덕였다. 그래 술을 먹는 거야. 창수 앞에서 눈물을 보인 것이 부끄러웠지만 그 눈물로 인해 쉽게 술을 먹는 단계로 진행할 수 있게 되었으니 오히려 잘 된 일이었다. 내가 이 카페로 창수를 데리고 온 목적은 커피보다는 술이었다. 어떻게 술을 먹자고 할까, 말을 꺼낼 기회만 엿보고 있는 중이었다.

하지만 복수를 위해 만난 남자 앞에서 눈물을 보였다는 것은 좋지 않은 징조였다. 그 일이 아무리 안타까워도 이 남자 앞에서는 눈물을 흘릴 수는 없는 일이었다. 이렇게 약해서야 어떻게 복수를

할 것이냐. 미주야, 미주야! 정신 차려라. 나는 새롭게 마음을 다
잡았다.

　창수가 시킨 생맥주와 안주가 커피 잔이 있던 자리에 놓였을 때
나는 새로운 전의를 다지고 있었다.

　"한 선생님의 시간을 너무 많이 뺏는 건 아닌지 모르겠네요?"

　"아뇨. 저도 모처럼 즐거운 시간인걸요. 자 건배!"

　창수가 먼저 500cc짜리 생맥주 잔을 들어 나의 잔에 가볍게 부
딪혀 왔다. 시원한 생맥주가 특유의 자극을 목구멍에 남긴 채 넘어
갈 때 답답한 마음이 확 풀리는 것만 같았다. 우리는 약속이나 한
듯 단숨에 반 정도를 비웠다. 창수의 얼굴에는 좋은 것을 먹고 난
후의 만족감이 번졌다. 창수의 그런 만족감이 시원해졌던 내 가슴
을 다시 답답한 열기로 가득 채웠다. 조금은 아파하고 괴로운 표정
이라도 있었으면 좋을 텐데……. 지금보다 더 못 살고 불행했으면
연민을 느낄 텐데. 창수의 행복에 재를 뿌리고 싶은 악마의 유혹이
더욱 강해져 갔다. 그 악마가 불쑥 내 입을 열었다.

　"한 선생님 고향이 동성읍이지요?"

　"어떻게 아세요?"

　"집이 어딘 줄도 알고 있어요. 저도 동성읍에 살았거든요."

　"정말요? 그럼 진작부터 이야기하시지 않구요?"

　"읍에서 시내의 학교로 버스 통학을 했으니 그 길목에 있는 선생
님의 집은 자연스럽게 알게 되더군요. 뿐만 아니라……."

나는 계획적으로 잠시 말꼬리를 흐렸다. 그의 궁금증을 증폭시키기 위해서였다. 그가 물어 와야 마지못해서 이야기하는 것으로 해야 했다. 내가 말을 얼버무린 후 한동안 말이 없자 역시 창수가 궁금증이 가득한 눈길로 말했다.

"하실 말씀이 있다면 부담 없이 하세요. 저는 괜찮으니까."

"한 선생님이 대학생 때 버스로 통학하시면서 여고생과 벌인 로맨스에 관한 이야기인데……. 당시 통학하는 여학생들 사이에는 전설처럼 소문이 퍼졌었지요."

"버스 통학하면서 로맨스라니……. 무슨?" 말을 받은 창수가 옛날을 기억해 내려는 듯하자 나는 틈을 주지 않고 말을 했다.

"이선주라고……. 모르시진 않을 텐데요?"

"아, 선주. 알지요. 선주와 내가 로맨스 관계라고 소문이 났었다는 말이지요?"

"네, 둘이 보통 사이가 아니라구요."

"허허허, 우리 두 사람이 로맨스라니……. 그런 사랑은 아니었습니다. 고등학교 2학년인 아이와 대학 4학년인 저와 로맨스가 가당키나 하나요."

"그럼, 어떤 사이였나요?"

그걸 과연 남녀 간의 사랑이라고 할 수 있을까? 풋풋한 열여덟 소녀는 온 마음을 다해 그 남자를 사랑하지만 그 남자는 그 사랑을 그냥 받기만 할 뿐 그에 상응하는 사랑을 돌려주지 못하였는데. 그에게는 사랑하는 사람이 따로 있었는데. 소녀 때 한번은 겪는 홍역 같은 사랑을, 조심스럽게 받아 준 것 뿐인데. 혹 그 사랑으로 인하여 빗나가지나 않을까봐 몇 번 만나서 즐겁게 데이트도 하고 관심 있게 지켜보아 준 것 뿐인데. 그것은 남녀 간의 사랑이 아닌, 선생님이 제자를 사랑하는 그런 사랑이었는데. 그러면서 열여덟 살 소녀가 그 청순한 마음을 자기에게 향하고 있다는 것에는 고마워했지만…….

"선주와 나 사이의 관계를 사랑이라고 하기는 합당하지 않는 것 같네요. 사랑하는 사이라면 서로 간 100% 사랑이 오고 가야 하는데, 내가 선주에게 100% 받았다면 10% 정도만 돌려줄 수밖에 없었으니…….."

"선주 언니의 일방적인 사랑이었다는 말이군요. 그렇다면 사랑은 못 주더라도 상처는 주지 말았어야 하는 건 아닌가요?"

"상처를 주었다니요? 어떤 상처를 말하는 건가요?" 어느새 두 사람 앞에 놓여 있는 맥주잔은 비어 있었다. 창수는 두 개를 다시 주문했다.

"언니의 인생에 있어서 가장 큰 영향을 미친 사람이라면 한 선생님일 거예요. 좀 더 신중하게 언니를 이끌어 줄 수 없었을까요? 풍족하게 살아온 한 선생님은 대학을 가고 싶어도 가지 못하는 사람의 마음을 모를 겁니다. 언니가 그랬어요. 없는 집안의 4남매 중의 장녀라서 일찍부터 고등학교 졸업하고 취직해서 동생들 학비 버는 것이 의무로 어깨 위에 얹혀 있었지요. 한 선생님은 언니에게 어떻게 해서든 대학에 들어가라는 말만 하였다더군요. 대학에 안가도 멋진 인생을 개척할 수 있다는 이야길 해 줄 수는 없었나요?"

고등학교를 졸업하면 당연히 대학을 가는 거고, 고등학교라는 것 자체가 대학을 가기 위한 징검다리라고만 생각하는 창수와 같이 잘사는 집안의 사람들은, 그 징검다리가 대학을 향해서만 존재하는 것이 아님을, 그 징검다리에서 다른 곳으로 가야 하는 아픔을 겪는 학생들의 마음은 더 아프고 상처받기 쉽다는 것을 알 수 없으리라.

"선주가 인문계 학생이라서 당연히 대학을 가는 줄로만 알았지요. 그래서 공부 열심히 하라고 하고, 좋은 대학교에 가면 자주 만나 주겠다고 하였구요. 그렇게 어려운 형편인지 몰랐어요."

"그렇겠지요. 누구에게는 의심할 바 없이 당연히 주어지는 권리가, 또 다른 누구에게는 쟁취하기도 힘든 무지개일 수도 있으니까요."

일단 숨을 고른 나는 막 갖다 놓은 맥주잔을 들어서 단번에 반이나 비웠다. 창수 또한 답답한지 꿀꺽꿀꺽 소리를 내면서 맥주를 마셨다.

"언니를 마지막으로 본 때를 기억하시나요?"

"아까부터 선주를 언니라고 하는데……. 이 선생님과 어떤 관계인가요?" 뒤늦게 이상한 의문이 들었는지 창수는 그렇게 물어 왔다.

"제 언니예요." 창수의 무거운 질문에 나는 너무나 가볍게 답을 했다.

"오! 이런, 이런, 친동생이란 말이지요. 이렇게 공교로울 수가……."

창수는 참으로 놀라워했다. 그러면서 정말 반가운 사람을 만났을 때의 표정을 지었다. 잘못을 저지른 사람들이 가지는 비굴한 모습은 어디에도 없었다. 내가 누군가를 알고서도 그런 표정이라는 것은 창수에게 있어서 언니와의 관계는 떳떳하다는 뜻일 것이다.

"언제부터 내가 그 사람인 것을 알았나요?"

"원에 처음 왔을 때부터……."

"이럴 수가. 정말 나쁘네요, 이 선생은. 이렇게 감쪽같이 속이다니. 그러고 보니 이 선생님은 내게 감정이 많은 것 같네요."

"좋을 수가 없지요. 언니는 정말 힘들게 살다가 세상을 떠났는데. 언니의 첫사랑이라는 남자는 행복에 겨워 살고 있으니 너무 불공평하잖아요."

"제가 그렇게 행복하게 사는 것같이 보여요?"

"부잣집 출신이라는 건 처음부터 알고 있었던 거고……. 아름다운 아내와 딸 둘 낳아 살고 있다면 행복하다고 안 할 수 없지 않은가요?"

"어떻게 내 사생활을 그렇게 잘 알고 있나요?"

"알 사람은 다 알고 있던데요. 병원 간호사들도 그렇게 말하는 것을 들었구요. 그렇지 않은가요?"

내가 따져 들었지만 창수는 가타부타 말을 안했다. 자기 스스로 행복하다, 그렇지 않다고 변명하는 것에 자존심이 상하는지도 모른다.

그런데 나는 그렇게 따지면서도 자꾸 헛손질하는 것만 같았다. 공격이 제대로 먹혀들지 않는 것이다. 아니, 아니다. 공격을 제대로 못하고 있다는 것이 맞는 말이다. 점심시간 때 병원의 수간호사가 빅뉴스라면서 전화로 알려준 내용이 나의 공격을 무디게 했고, 나의 투지를 끌어내렸다. 젠장, 그때 왜 그 전화가 와서. 하지만 이미 빼어든 칼이지 않는가.

"언니를 마지막으로 보았을 때를 기억하시나요?" 나는 다시 같은 질문을 했다.

마지막으로 보았을 때라? 그게 어디서였지? 그러다가 창수는 기억해 냈다.

"마지막도 버스 안에서였던 것 같군요. 막차 버스……."

"그때 한 선생님은 젊은 여자와 같이 앉아 있었는데 누구였나요?"

그날 창수는 시외버스터미널 쪽에서 버스를 미리 타고 온 반면 언니는 시외로 나가는 길목에서 차를 탔다. 언제나 만원인 막차 버스. 맨 앞 입구 쪽의 좌석에 창수가 앉아 있었는데, 2인용 좌석의 창수 옆자리에는 미모의 젊은 여자가 앉아 있었다.

"전혀 모르는 사람이었습니다."

"둘이 아주 가까운 사이로 보였는데요? 대화도 하고……."

"대화를 했는지 모르지만, 그날 처음 보는 사람이었습니다."

나의 추궁이 기분 나빴을 텐데도 창수는 망설임 없이 대답을 해 주었다. 내가 언니의 동생이라고 밝힌 후부터는 나를 통해서 언니에 관한 새로운 사실이라도 알아내려는 듯이.

"그럼 왜 언니한테 한마디도 말을 걸지 않았나요? 내릴 때도 말 없이 가버리고……."

"미주 씨도 통학해 봐서 잘 알겠지만 그날도 막차는 만원이었어요. 나는 입구 문 쪽에 앉았고 선주는 입구로 탄 후 승객에 떠밀려서 뒤로 들어갔어요. 올라올 때 말을 걸고 싶어도 사람이 많은 데서 말 붙이기가 어디 쉽나요? 내릴 때 혹시 볼 수 있을까, 고개를 돌려 보았지만 보이지 않더군요. 그렇게 본 것이 마지막이 되었는데 지금 생각하면 어떻게든 말을 붙일 수 있지 않았을까 하는 후회가 들기도 합니다."

나는 나의 추궁에 별 망설임 없이 답을 하는 창수가 얄미웠다. 조금은 망설이거나 답을 하기 곤란한 듯 주저하거나 당황스러워 해주었으면 따지는 나의 마음이 조금은 위안이라도 될 텐데, 난 아무 잘못이 없다는 듯 당당한 표정으로 또박또박 답변을 하고 더 나아가 뭔가 알아내려고 하는 모습에서 오히려 내가 당하고 있다는 기분이 들면서 맥이 빠지는 것이었다. 그러면서 나는 넋두리처럼 중얼거리기 시작했다.

"그날 언니는 중요한 결심을 하려고 집에 들렀어요. 고등학교 졸업을 하고 처음으로 취직한 곳이 무의탁노인시설이었는데 처음 몇 달 동안 밥은 먹어보지도 못하고 누룽지로 끼니를 때우는 형편이었대요. 미인가의 작은 시설이었기에 직원에 대한 대우에 신경 쓸 만큼 넉넉하지 못한 사정이었지요. 그런 상황이니 당연히 월급은 거의 용돈 수준이었구요. 돈을 벌어서 대학에 진학하려는 언니의 꿈을 이루는 길에 도움이 안 되었지요. 거길 나와서 공장에 취직하려는 마음에서 집으로 온 거지요. 시설에 들어갈 때 집안의 친척 소개로 거기에 들어갔던 터라, 다른 곳으로 그냥 옮기는 것은 그 친척의 고마움에 대한 옳은 행동이 아닌 것 같아서 부모님과 상의하러 오는 길이었어요. 언니에게 대학이란 인생의 지상 목표와 같은 것이었으니까요. 그 목표 더 위쪽의 진정한 목표는 물론 당신과의 사랑에 대한 것이었을 겁니다.

그런데 그날 차 안에서 만났을 때 당신이 한마디도 안 하고 비웃는 듯한 웃음만 전해 주었을 때 언니의 인생 목표도 달라져 버렸지요. 왠지 희망을 잃어버린 사람 같이 언니는 공장으로 옮긴다는 생각을 접고 시설에 계속 남더군요. 언니에게서 대학이란 당신을 만나는 매개체인데, 당신이 무시한다는 생각에서 더 이상 공부를 하는 건 의미가 없었을 테니까요.

그날 그 막차에서 나도 언니와 같이 차에 탔었지요. 학교 수업 마치고 객지에서 오는 언니를 기다렸다가 집으로 같이 오는 길이었어요. 난 처음으로 당신을 가까이에서 보았구요. 나는 물론 보았어요. 당신이 혼자 내리는 것을. 버스가 출발한 후 당신의 집 쪽으로 당신이 걸어가는 모습을 언니도 물론 보았어요. 그런데 언니의 마음은 당신 옆에 누군가가 앉았다는 것이. 자기가 아니고 다른 누군가가 앉았다는 그것 하나만으로 아팠던 것 같아요. 그날 이후 언니는 시설에서 노인들을 돌보면서 그냥 시간을 보내는 듯하더군요. 그러나 언니는 자신의 대학진학 문제를 떠나서 시설의 월급이 너무 적으니까. 거길 나올 수밖에 없었지요.

결국 한 해만에 언니는 공장으로 자릴 옮겼어요. 아는 분이 사장으로 있는 곳으로, 사무실에서 경리 겸 여러 가지 일을 하는 자리였어요. 얼마 안 되는 월급이나마 제때 나오는 곳이라 미래를 위해 조금이라도 저축을 할 수 있었어요. 그런데 때마침 내가 고등학교를 졸업을 앞두고 진학의 벽에 부딪히게 되었을 때, 언니는 자기 돈을 선뜻 입학금으로 주더군요. 그래서 나는 전문대학이나마 나오게 되었구요. 언니는 그 공장에서 1년 반쯤 지났을 때쯤 공장의 남자직원과 가까운 사이로 발전하게 되었지요. 언니보다 일곱 살이나 많았고 아직 미혼의 그 직원에게 마음을 연 것은 그 사람이 천애고아라는 것을 알게 되면서였대요. 둘의 사랑은 일 여년의 열애 끝에 결혼으로 맺어졌지요. 내가 전문대학을 졸업하던 겨울이었어요."

"언니가 결혼을 했었다구요?" 되물어 오는 창수는, 정말 모른다는 표정을 지었다.

"몰랐었나요?"

"혼자 살다가 세상을 뜬 줄만 알고 있었거든요."

"그 소식은 어떻게 아셨나요?"

창수는, 언니를 막차에서 보고 한 6년쯤 지난 어느 날, 동성읍에 사는 친구에게 혹시 선주를 아는가, 지나가는 말로 물었다가, 선주가 연탄가스로 세상을 떴다는 이야기를 들었고, 그 말과 동시에 창수의 눈에 눈물이 주르륵 흐르는 바람에, 친구가 이상하게 생각할까봐 더 이상 물어 보지 못하고 돌아왔다는 이야기를 했다.

"언니는 결혼하고 얼마 안 되어 딸을 낳았지요. 그 딸아이의 첫돌잔치를 한 후부터 아이를 놀이방에 맡기고 다시 공장에 나갔어요. 아이도 있으니 열심히 벌어야 한다면서. 형부가 아직은 아이에게 엄마가 필요한 때라면서 집에서 아이를 키우라고 했지만 언니는 공장에 나갔지요. 언니 고집은 맏딸고집이라서 보통 아니거든요. 그해 초가을이었어요. 몸살 난 언니는 조퇴하고 집으로 왔대요. 추적추적 비가 내리는 초가을. 전기장판을 깔고 몸조리하기에는 방 공기가 너무 써늘했을 거구요. 퇴근하고 돌아올 남편과 아이를 생각해서 연탄불을 피웠을 거지요. 여름 내내 피우지 않은 아궁이에 비가 오는 날 처음으로 연탄불을 지핀 것이 화근이었어요. 몸살 약을 먹고 피곤한 몸으로 잠든 언니는 연탄가스가 차 올라오는 것도 모른 채 잠자는 듯이 세상을 떴지요."

"그럼, 아이는 아빠가 키우겠네요?"

"네, 아빠가 키우고 있어요."

이렇게 말하는 내 목소리는 약간 불안했지만 창수는 눈치 채지 못했다. 내 목소리가 불안했던 이유는 그 아이가 이제는 아빠와 같이 있지 않기 때문이었다. 형부마저도 언니 뒤를 곧 따라 가버리고 그 아이는 지금 나랑 같이 보육원에 있었다. 하지만 가장 큰 이유는 내 계획을 이제는 수정해야 하기 때문이었다. 아이가 고아가 되어 버렸으니 당신이라도 책임져야 하지 않을까 하고 창수를 곤란하게 만들고 싶었는데. 고아가 되어 버렸다고 하면 창수가 어떤 반응을 보일까 궁금했었는데. 점심시간 때 수간호사가 전해준 빅뉴스가 날 소심하게 만들었다.

창수의 아내가 결혼 전에 산간벽지에서 공중보건의로 일하고 있는 창수를 만나고 돌아가는 길에 교통사고를 당하여 하반신이 마비되었는데, 창수는 그녀와 식도 올리지 않고 혼인신고를 하고 살고 있다고. 둘 사이에는 아이도 없다는 것이 그 빅뉴스였다.

아이가 있는 집에 아이를 맡으라고 하면 부담이 될 수 있지만, 아이가 없는 집에 아이를 맡으라고 하는 것은 어쩌면 그들에게 좋은 일이 될 수도 있었다.

"지금쯤 많이 컸겠군요. 네 살인가……, 다섯?"

"다섯이지요."

"가족도 없는 아빠 혼자서 키우기 힘들 텐데……."

"가끔 동성읍의 외갓집에 가 있기도 해요. 근데 한 선생님은 그런 것이 궁금하세요?"

"선주의 지난날 모두를 알고 싶습니다."

"알아서요? 알아서 뭘 어떻게 하시려구요. 어떻게 보면 언니 인생이 틀어진 것은 한 선생님 탓일 수도 있는데……."

"나로 인해 누군가가 상처를 받았거나 잘못 되었다면 대가를 치러야겠지요."

치를 수 있으면 치르고 싶은 것이 창수의 솔직한 심정이었을 것이다. 하지만 난 짐짓 화가 난 듯 비꼬인 말투를 이어 갔다.

"그런다고 죽은 언니가 돌아올 수 있나요? 남아 있는 사람의 입 발린 변명일 뿐이겠죠."

"그렇게 생각하신다면 할 수 없지요."

그러면서 창수는 약간 남은 맥주잔을 다 비우고 새로 하나 시켰다. 난 아직 두 번째 잔이 반이 남아 있었다. 술을 더 먹을 수도 있었으나 이 사람 앞에서 취한 모습을 보이기는 싫었다.

정말 화가 난 건지, 관대함과 이해심의 한계에 도달했는지 시종 당당하고 배려하는 마음을 보이던 창수가 말이 없었다. 꿀꺽꿀꺽 맥주잔을 비울 뿐이었다. 사실 언니의 인생이 그렇게 된 것에 대해 창수에게 책임을 물을 수는 없었다. 어린 소녀는 일방적인 사랑을 했고, 그 상대의 남자는 소녀가 잘못되지 않을까, 조심스럽게 받아들였을 뿐이었으니. 원하지 않는 사랑을 받을 때처럼 괴로운 일이 없다는 것은 나도 잘 알고 있었다.

"참 힘드네요. 오늘 난 한 선생님을 만나면 복수할 생각으로 기회를 노려 왔었는데 막상 만나니 어떻게 복수를 해야 할지 모르겠어요. 한바탕 드잡이를 하여 당신에게 상처를 주고 싶었는데. 하다 안 되면 술기운으로 당신을 유혹이라도 할 생각이었는데. 막상 대하니 언니의 첫사랑을 상처 내서는 안 된다는 생각이 드네요. 언니도 어쩌면 그걸 원하지 않을 것 같구요."

"이 선생님이 착해서 그래요. 아무나 악당이 될 수 없거든요. 선한 사람이 악당인척 아무리 해봐도 단번에 표시가 나요. 이 선생님이 선주의 동생이라는 것을 밝혔을 때 난 반갑기만 했는데요. 그동안 가슴속에 멍울처럼 남아 있던, 선주에 대한 것을 다 알 수 있을 것이라는 기대로. 그래서 그 멍울을 이제는 씻을 수 있을 것이라는 기대로. 이 선생님은 어떻게 생각하실지 모르지만 난 오늘 그동안 내 가슴에 쌓인 선주에 대한 것을 정리할 수 있을 것 같습니다. 내가 잘못한 것이 뭔지 알았으니까요. 그 잘못을 용서해 줄 사람은 없지만, 무엇이 잘못되었는지 알고 있다는 것은 언제든 그 잘못에 대한 용서를 구할 방법을 찾을 수 있을 테니까요."

그해 겨울, 이 도시를 떠날 때 창수는 자리가 잡히면 방문하겠다고 했었는데 2년이 지났는데도 그는 아직 여길 방문을 하지 않았다.

3.

잠시 창수에 대한 기억에 빠져 있던 나는 다시 컴퓨터 모니터에 집중했다. 다음 주에 시청에 제출해야 하는 1분기의 보조금 결산내역을 엑셀로 작업하는 중이었다. 항목별로 입력된 입출내역을 예산 집행계획서에 맞게 제대로 사용했는지 체크하고, 목간 변경이 필요한 것을 조정하는 중이었다. 아무리 집행계획서에 맞추어 집행한다고 하더라도 어느 부분은 모자라거나 어느 부분은 남기 마련이었다. 남는 부분을 모자라는 곳에 옮겨서라도 총액을 맞춰 집행해야 했다. 일요일에도 24시간 원생들을 보호해야 하는 보육원 특성상 항상 보육 선생님들이 사무실에 들락날락하였는데 오늘은 왠지 너무 조용하다. 두어 시간 전에는 교회에 다녀 온 선생님들이 교회에 안 나가는 선생님들과 부활달걀을 나누어 먹으면서 시끄럽게 떠들더니. 아이들 방에서 같이 낮잠이라도 즐기는지.

그때 낮게 출입문의 노크 소리가 들려왔다. 나는 모니터를 향한 눈을 떼지 않고 낮은 목소리로 네!, 했다. 선생님이거나 아이일 것으로 생각하고 계속 작업을 하였다. 그런데 누군가가 들어오는 소리가 나고 발자국 소리가 점점 가까워지는 듯싶더니 내 앞에 선다. 그리고는 움직이지 않는다. 누구?

미심쩍은 기분으로 고개를 든 나는 깜짝 놀라며 일어섰다. 그 사람, 한창수였다.

"아, 한 선생님! 한 선생님 맞죠!"

"그럼요. 한창수 맞습니다." 그는 빙그레 웃으며 나를 바라보았다. 나는 창수를 사무실 한 쪽에 마련되어 있는 회의용 테이블로 데리고 갔다.

"사전에 연락이라도 주시지 않구요."

"뭐 중요한 일도 없는데요."

"그래두요. 원장님도 출타하시고 안 계신데. 커피 가져 올까요? 잠시만요."

그는 그냥 말없이 고개를 끄덕인다.

직원들이 애용하는 커피메이커에는 다행히 두 잔 정도의 커피가 남아 있었다. 그걸 커피 잔 둘에 나눠 담고, 작은 쟁반에 설탕과 크리머가 든 용기와 함께 올려서 창수가 있는 테이블로 갔다. 창수는 커피에 설탕만 한 스푼 반 정도 넣고 스푼으로 저어서는 잔을 들고 한 모금 마셔 본다. 나는 설탕과 크리머를 각 하나씩 넣었다.

"오늘 날씨 참 포근한 것 같은데, 차 운전하기에는 어떻던가요?"

"드라이브하기에는 딱 좋은 날씨였습니다. 창문을 열어도 춥지 않고. 새로운 봄기운이 마냥 좋더군요."

잠깐만요. 창수한테 양해를 구하며 나는 일어서서 책상위에 있는 부활달걀을 가지고 왔다. 양손에 두 개씩 네 개.

"부활달걀인데 드셔 보세요. 오늘이 부활절이라서 교회에 다녀온 아이들이 날 먹으라고 두고 간 거예요."

"아직 3월인데……. 하마 부활절입니까?"

"부활절은 고정적이 아니라, 춘분이 지난 후 첫 만월(음력 15일 보름) 다음에 오는 첫 일요일이지요. 보통 3월 22일부터 4월 26일 사이에 있지요."

"성탄일처럼 고정적인 줄 알았는데. 처음 알았습니다."

달걀의 껍데기를 벗기다가 나는 삶은 달걀을 먹기 위해서는 꼭 필요한 소금이 없다는 것을 깨달았다. 소금을 구하기 위해서는 마당을 지나서 식당까지 가야 하는데, 거기까지 갔다가 올 동안 창수를 혼자 두는 것이 마음에 걸렸다. 그래도 있어야 할 것은 있어야지.

"잠시만 기다려 주세요. 식당에 가서 소금 가져 올게요."

"아니요. 소금 없어도 괜찮아요. 전 싱겁게 먹는 편이라서. 커피와 같이 먹어도 괜찮은데요, 뭘."

창수가 나를 배려해서 그렇게 말하고 있다는 것을 나는 느낄 수 있었다.

"개업하신 병원은 잘 운영되나요? 그리고 신문에 칼럼을 쓰시던데."

좀 전에 과자 부스러기를 먹다가 신문에 실린 그의 사진에 립스틱을 찍은 것이 생각나서 얼굴이 화끈거렸다.

"네, 그럭저럭. 처가가 오래 살던 동네라서 도움을 많이 받지요. 칼럼 보셨군요. 신문사에 있는 후배가 하도 부탁을 해서 치아에 관해서 일주일에 한 번씩 석 달만 연재하기로 했어요."

"아 참, 사모님도 잘 계시지요? 작품 활동도 열심히 하시구요?"

"5월 중순 경에 열 개인전시회 준비로 요즘 거의 작업실에서 살아요. 초대장 보낼 테니 꼭 오셔야 합니다."

"그럼요, 가야지요. 그림에 대해서는 문외한이지만, 사모님도 뵙고 병원도 구경하고 싶어요."

대화를 나누면서 창수는 부활절 달걀을 두 개나 먹는다. 소금이 없어도. 보여 주기 위해서가 아니라 정말 맛이 있어서 먹는 모습이었다. 커피도 역시 바닥이 났고. 커피 더 들겠냐고 물으니 괜찮다고 한다. 창수가 갑작스럽게 찾아온 것에 무슨 이유가 있는 것 같았지만, 모처럼 온 손님인데 사무적으로 용건만 알려고 하는 것 같아서 입 밖에 나오는 궁금함을 삼켰다. 그리고 남은 커피를 비우고, 두 개 남은 달걀 중 하나의 껍데기를 벗겨 나갔다.

그때 창수가 조용하게 물었다.

"여기서도 아이 입양을 할 수 있는지요?"

그러면서 창수는 다섯 살에서 아홉 살 사이의 여자아이를 입양하고 싶다는 의향을 밝혔다. 아내의 몸이 불편하기 때문에 너무 어린 영아는 키우기가 힘들다면서 좀 큰 아이를 원하는데, 형제나 남매라면 둘도 가능하다고 했다.

창수가 일 년 동안 우리 원 아이들의 치과 진료를 해왔다는 데에 생각이 미치면서 혹 마음에 둔 아이가 있을지 모른다는 생각이 들었다. 넌지시 떠 보았다.

"아이의 성격이나 학교 적응력, 혹은 건강 같은 것을 세밀하게 알아보아야 하는데, 혹 마음에 두고 있는 아이라도 있나요?"

"혜지 같은 아이라면 괜찮을 것 같습니다. 그 아이라면 더욱 좋고요."

창수의 입에서 혜지의 이름이 나오는 순간, 하마터면 나는 껍데기를 벗고 있던 달걀을 놓칠 뻔했다. 혜지가 언니의 아이라는 걸 알고 있는 것 같지는 않았지만, 하필 혜지라니.

"혜지는 안 될 거예요."

"왜요. 부모가 다 없는 걸로 아는데?"

뭐라고 거짓말을 해야 하나? 거짓말을 해 봐야 나중에 창수가 원장 선생님을 만나서 입양문제를 상의하게 되면 단번에 탄로 나고 말텐데. 뭐라고 둘러댄담……. 적당한 핑곗거리가 나와 주지 않았다.

"그 아인 호적이 있잖아요. 그걸 정리하려면 친가나 외가 쪽에서 꽤 간섭을 할 텐데……."

어렵게 둘러대는 말이었는데 내가 생각해도 앞뒤가 안 맞았다.

"스스로 키우지도 않으면서 다른 사람이 키운다니까 못 데리고 가게 한단 말인가요?"

나는 더 이상 숨길 수 없다는 것을 깨닫게 되었다. 언젠가는 밝혀야 한다면 지금 밝히자. 그런데 아까부터 사무실에 보육선생이나 아이들이 들어왔다가는 손님이 있는 것을 보고 그냥 나간다. 분명 할 일이 있는 것 같은데 창수가 있기 때문에 책상에 앉지도 않고 나가는 것 같았다.

"우리, 밖에 나가요. 답답하네요. 이 건물 뒤쪽에 벤치가 있는데 그리로 가요."

창수는 가볍게 수긍을 하고는 일어섰다. 창수가 앞장서서 사무실을 나간 후, 나는 테이블 위에 있는 달걀껍데기랑 커피 잔을 쟁반에 모아 담고 출입구 쪽에 있는 선반에 올리고 심호흡을 한번 했다. 그때 유아방을 담당하고 있는 선생님이 들어왔다.

"혜지가 숙소에 있던가요?"

"좀 전에 봤으니 지금도 있을 거예요."

언니들 따라 교회에 가서 점심 먹고 놀다가 오후 예배까지 보고 온다더니, 오후 예배를 보지 않고 온 모양이다. 나는 휴대폰으로 혜지를 담당하는 보육 선생에게 혜지를 벤치로 보내 달라고 하면서 천천히 벤치로 걸어갔다. 두 개뿐인 벤치 가운데 창수는 나무 밑의 벤치보다는 햇빛이 많이 드는 벤치에 앉아 있었다. 그 벤치에 가서 앉자 내 몸을 덮고 있던 사무실의 축축한 그늘이 다 빠져 나가는 기분이 든다. 포근하다.

"혜지를 이리로 오라고 해 두었어요. 곧 올 거예요."

"많이 컸겠지요."

창수의 그 말에 나는 굳이 대꾸를 하지 않았다. 곧 건물 모퉁이에서 자박자박 하는 발자국 소리가 나는가 싶더니 혜지가 나타났다. 내가 일어서서 손을 흔들자 쪼르륵 달려온다.

"이모, 날 불렀어?"

"응. 교회 잘 다녀왔는지 궁금해서. 오후 예배는 안 본거야?"

"같이 간 언니들이 TV봐야 된다면서 가자고 해서 그냥 왔어."

"근데 나한테 달걀 선물 안 하니?"

"오다가 깨져서……." 그러면서 혜지는 쭈뼛쭈뼛 외투주머니에 든 달걀을 꺼내서 준다. 약간 금이 가 있다. 혜지가 좋아하는 마리아가 예수를 안고 있는 그림이었다. 원의 아이들은 모성에 대한 그리움 때문인지, 예수보다는 마리아를 더 좋아했다. 연말에 후원자들에게 직접 그린 그림카드를 보낼 때도, 아이들은 마리아의 모습은 곧잘 그리는데 예수의 모습은 잘 그리지 못했다.

"괜찮아 예뻐, 혜지가 준 게 제일 예뻐!" 나는 혜지를 가만히 안아 주었다.

"근데 혜지는 이 분이 누군지 알아?" 살짝 창수를 보던 혜지는 부끄러운지 땅만 보고 고개를 좌우로 흔든다. 나는 혜지가 창수를 기억해 내는 데 도움이 되는 이야기를 해 줬다. 예전에 이가 아파서 병원에 갔을 때 치료해 주신 선생님이라는 것을. 너랑 밥도 같이 먹고, 아 맞다, 니가 갖고 있는 곰 인형을 사 주신 분인데도? 혜지는 기억이 안 나는지, 기억나는데도 부끄러워서 그러는지 계속 발밑만 보며 고개를 좌우로 흔들었다.

"오랜만에 오셨으니 아저씨하고 악수 한번 하자."

혜지가 부끄러운 듯 창수를 향해 고개도 돌리지 않고 손을 내밀자 창수는 오른손으로 가볍게 잡아서는 왼손으로 가볍게 두어 번

툭툭 치고 놓아 준다.

"됐다. 그만 가 봐라." 내 말에 혜지는 기다린 듯 쪼르륵 달려갔다.

"많이 컸네요. 예전에 조그마하고 가냘픈 것 같았는데." 창수는 혜지가 뛰어가는 뒷모습을 보면서 그렇게 말했다.

"아이들은 비 온 날 죽순 자라듯이 쑥쑥 자란다는 말이 있잖아요."

"근데 아까, 혜지의 입양이 어렵다고 한 데는 특별한 이유가 있으신지요?"

"제 조카이기 때문입니다."

내가 그렇게 말했지만 창수는 그게 무슨 소리냐는 듯 이해 못하는 모습이었다. 친조카라는 것을 재삼 말하자 그제야 뭔가 느낌이 오는 모양이었다.

"그럼 선주의 아이?"

"네."

"아빠가 키운다고 하셨잖아요?"

창수는 전에 내가 했던 말을 기억하고 있었다. 나는 그때 거짓말을 했다는 것과 처음에는 아빠가 키웠으나 아이가 세 살 되던 해 그 아빠마저도 세상을 떴다는 이야기를 해주었다. 갈 곳이 없어서 내가 근무하는 이 보육원에 같이 있게 되었다는 것도. 창수는 충격을 받은 듯했다. 언니의 아이가 보육원에서 고아로 자라고 있다는 사실에. 그 아이를 이미 몇 년 전에 자신이 보아 왔으면서도 몰랐다는 사실에. 무엇보다도 나의 거짓말에.

"선주의 아이이기 때문에 입양을 반대한다는 거군요."

"네, 예전에 만났을 때 혜지가 언니의 아이라는 것을 말씀 드리지 못한 것도, 그 아이의 존재를 알게 되면 왠지 한 선생님이 부담감을 가질 것이라는 생각에서였어요."

"어떤 부담 말인가요? 선주의 아이라는 것 때문에 내가 저 귀여운 아이를 멀리할 것 같아서? 무슨 상처라도 줄 것 같아서? 정말 나쁘네요. 이렇게 감쪽같이 속이다니."

창수의 목소리에는 분노가 섞여 있었다. 마구마구 소리 치고 싶은데 장소가 마땅찮아서 참는 기색이 역력했다. 언제나 감정을 잘 드러내지 않는 그답지 않았다.

창수가 돌아간 뒤, 나는 이제야 간밤의 꿈에 나타난 사람이 누구인가를 알았다. 혜지를 가운데 두고 양쪽에서 혜지의 손을 하나씩 잡고 환하게 달려오던 두 사람. 당연히 언니와 형부인줄 알았는데 이제 생각하니 형부가 아니고 창수였다.

아, 언니 이거였어? 언니와 그의 사랑은 결국은 혜지를 그들에게 보내기 위한 과정이었어? 그의 아내가 아이를 못 낳는 것도. 그가 이 보육원에 봉사하러 왔다가 나를 만나고 또 혜지를 만나게 된 것도……. 언니가 세상을 먼저 떠난 것도. 혜지를 그 사람들 집에 보내기 위한 하느님의 안배였어? 그럼 그 사람 집에 가면 혜지는 행복할까? 언니의 추억에 싸여 혜지에 대한 올바른 인식을 가지지 못하는 것은 아닐까? 그 사람은 '앞으로 혜지에게 부담을 가질 거'라고 했어. 입양을 하고 안 하고 그는 혜지를 위해 뭐든 할 것 같아. 언니 가르쳐 줘! 보내는 것이 혜지에게 행복할까?

아이들이 다 잠든 밤, 나는 벽에 등을 기대고 앉아서 속으로 언니를 찾았다. 내 품에 안겨 참새처럼 재잘거리던 혜지도 평화롭게 잠들어 있었다.

나는 손에 든 것을 가만히 보았다. 낮에 혜지가 준 부활달걀이다. 달걀에는 낮에 보았던 그대로 성모 마리아가 예수를 품에 안고 있는 그림이 있었다. 성탄절에나 어울릴 듯한 그림. 그림이 변할 수는 없겠지만. 나는 예수를 혼자 두고 마리아가 떠나버렸을지도 모른다는 걱정을 했었다. 다행히 어린예수를 안고 있는 마리아는 언제까지고 아이를 내려놓지 않을 듯한 표정이다. 그 간절한 엄마의 모습이, 어미의 따뜻함이 느껴져 왔다. 그때 뚝! 눈물 한 방울이 그 달걀 위로 떨어졌다. 그림 위에 물기가 있어서일까 아니면 내 눈에 눈물이 그렁그렁해서일까, 그림 속의 두 사람이 걸어가는 것처럼 보였다. 아니 세 사람이 어젯밤 꿈에서처럼 걸어가고 있었다.

언니! 언니도 혜지를 통해 새로운 사랑으로 다시 부활하고 싶은 거야? 언니! 언니! 그런 거야 언니?

〈2007년 발표〉

운명. 그 사람을 사랑하게 될 것 같은,

아니, 그 사람을 사랑해야만 하는 절박함이

파도처럼 밀려왔다.

아주 사소하나,
그렇게 가볍지 않은 이야기

　낙엽이 가벼운 몸짓으로 내 눈앞으로 떨어져 내렸다. 벤치에 앉아 있는 내 머리 위로 늘어뜨린 나뭇가지에서 떨어진 낙엽은 붉은색이었다. 서너 살 먹은 어린아이의 앙증스런 손 모양의 그것을 들어 보았다. 가볍다. 여름날의 태양과 바람과 비도 머금었을, 그리고 많은 사람의 사랑과 한숨이 머물렀을, 어쩌면 내 서른여섯 살의 흔들리는 눈짓이 더 많이 머물렀을 그 잎은 속살을 다 버린 듯 투명하기까지 하다. 하긴, 떠나기 위해서는 다 버려야 하겠지. 가볍게, 아주 가볍게 하는 것만큼 확실한 떠남의 준비는 없으리라.

　내 어깨에 내리쬐고 있는 11월 중순의 한낮의 햇살은 그냥 무방비로 마주해도 좋을 만큼의 온도를 가지고 있다. 손목시계는 이제 약속 시간이 10분 정도 남아 있다는 것을 알려 주었다. 미사가 끝난 후 본당 뒤쪽에 있는 이곳 성모동산에 왔을 때는 몇몇 신자들이 늦가을의 햇빛을 즐기면서 성모상에 기도를 하거나 벤치에 앉아 있었다. 이제 그들도 다 가고, 내가 앉은 자리의 동쪽에 서 있는 흰 성모상만 햇빛에 밝게 빛나고 있었다.

이곳의 성모동산은 다른 곳에서는 볼 수 없을 정도로 아름다웠다. 동산 동쪽 가장자리에는 서쪽을 향하도록 성모상을 모시고, 성모상 앞에서 서쪽으로 폭 1미터, 길이 5미터 정도의 검은 자갈길을 만들어 성모상에 기도를 드리려면 그 자갈길을 걸어서 가도록 해 놓았다. 동산의 바닥은 모두 천연잔디로 덮여 있었는데 그 잔디 사이에 벤치로 가는 길이 작게 나 있었다. 그 길도 검은 자갈을 깔아서 운치를 더 했다. 지금 내가 남쪽을 향해 앉아 있는 벤치 쪽에는 나무 벤치가 네 개, 맞은편에는 세 개의 벤치가 알맞고 적당한 자리에 놓여 있었고, 잔디밭 곳곳에는 여러 가지 꽃들이 심겨져 여름 내내 피고 졌다. 지금도 노란 들국화 몇 무더기가 드문드문 자리를 잡고 앉아 이 만만한 가을 햇살을 즐기고 있다.

문득 그 노란 들국화 속에서 그 사람이 보였다. 성모동산 주위에 노랗게 개나리가 온통 피었던 4월, 부활절 밤에 성모상 앞에서 커플링을 끼워 주었던 사람. 그리고 사랑의 언약 대신 평화의 기도로 내게 눈물을 흘리게 했던 사람. 그래서 첫 키스가 소금 맛으로 기억되는 사람. 그 사람을 생각할 때면 언제나 후회가 되고 성급했던 내 자신이 미워 울화가 치밀어 올랐다. 결코 잊을 수는 없어서, 될 수 있으면 생각하지 않으려고 꾹꾹 눌러 두었던 그 사람과의 기억. 10년 동안 잘 눌러 놓았던 기억은 이제 잊을 수는 없어도 삭일 수 있는 정도는 되었는데. 그가 우연히 다시 나타난 후부터, 그 옛 기억은 나의 의지와는 상관없이 시도 때도 없이 불쑥불쑥 솟아나서 나를 혼란스럽게 만들었다.

한 달 전이었다. 이사 가서 살 아파트의 내부 인테리어를 하고 있는 사람에게서 연락이 왔다. 발코니에 있는 버티컬을 교체할지 아니면 세탁해서 사용할 것인지 와서 보고 결정해 달라고 했다. 마침 토요일 오후라서 바로 아파트로 갔다. 출입문을 열어 놓고 인테리어가게 주인은 종업원 하나와 도배는 끝내고 몰딩 작업을 준비하고 있었다. 버티컬은 그냥 두고 사용해도 괜찮을 정도라서 그냥 두기로 하고, 내가 주문한 색깔의 몰딩 자재가 없다고 해서 바꾼 몰딩도 확인하고 막 현관문을 나서려는데 그때, 열어 놓은 문을 통해 누군가가 들어왔다.

"미카엘 오빠……. 오빠?" 내가 먼저 그를 알아봤다.

"안젤라? 아, 안젤라 맞구나!" 그는 놀란 눈빛이었다.

"여긴 어떻게 왔어요?"

"이 사람이 내 친구야. 이 친구하고 좀 할 이야기가 있어서."

나의 물음에 그는 주인을 가리키면서 말을 받았다. 우리는 아파트 단지 안에 있는 작은 공원으로 갔다. 10년? 어느새 10년인가? 서너 아이들이 공놀이 하는 근처에 놓인 나무 벤치에 우리는 앉았다.

"여기는 언제 온 거야? 상주에 있다는 소식은 들었는데……."

오래전에 내 마음을 들뜨게 했던 미카엘의 변함없는 목소리는 그렇게 물어 왔다.

"재작년 봄에. 이쪽으로 직장을 옮긴 거지. 오빠는 여기 어떻게?"

"여기 공장이 있어서, 1주일의 반은 여기서 지내. 월화수는 서울, 목금토는 여기서. 그리고 일요일은 스페어."

"힘들겠지만, 사업은 잘되는 것 같다."

"그럭저럭 운영하고 있어."

"성당에는 나가?" 나는 우리 둘을 만나게 하고 사랑하게 했던 성당을 잠시 떠올리면서 물었다.

"아니 냉담 중이다. 바빠서……. 시간되면 나가려고 하는데 짬이 안 나네. 넌 계속 다니는 것 같은데, 어느 성당?"

"나도 한동안 냉담 중이다가 몇 년 전에 다시 다니게 되었어. 경찰서 뒤에 있는 성당에."

그때 아이들이 갖고 놀던 공이 우리가 앉아 있는 벤치로 굴러 왔다. 공을 가볍게 발길질해서 되돌려 보낸 그는 나를 처음으로 지그시 바라보았다.

"안젤라 아이도 저 정도는 되었을 것 같은데……, 잘 크지?"

"응. 벌써 여덟 살이니까. 올해 초등학교 입학했어."

"세월 참 빠르다. 우리 헤어진 지도 어느새 10년이 흘렀네. 젬마 결혼식장에서 널 봤으니 널 본 지는 9년 정도 되었고."

"나도 결혼식에서 오빠 봤어. 부조금 받는 책상 옆에서 누군가와 같이 있더라."

"그럼, 우리 둘 다 서로 못 본 척 외면한 셈이구나."

"도둑이 제 발 저린 격이니까, 나는 오빠 보기 미안해서……. 젬마는 잘 살지?"

"아들 둘 낳고 화목하게 사는 것 같아."

젬마가 아들을 연년생으로 낳은 것은 나도 아는 사실이었다. 젬마와는 중·고등학교 6년간 동창이었으므로 동창들을 통해서 그녀의 사생활을 간간히 들을 수가 있었다. 그런데 내가 젬마에 대해서 정말 알고 싶은 것을 따로 있었다. 그와 젬마와의 사이. 그와 나 사이에 끼어들어 훼방 놓은 젬마의 진짜 정체. 하지만 지금 당장 그에게 물어볼 수는 없었다. 그건 우리가 헤어진 원인이었기 때문이다. 십 년 만에 우연히 만난 지금 그 문제를 끄집어내어 서로 감정 상할 필요가 없었다. 나중에 다시 만나게 되면 물어 보더라도 오늘만은 그냥 넘어가는 것이 좋았다.

그때 그의 휴대폰 벨이 울렸다. 전화를 받은 후, 그는 다음 주에 시간되면 연락하겠다면서 명함을 내밀었다. 나도 내 명함을 건네 주었다. 아파트 현관에서 나를 만나서 바로 나오는 바람에, 그는 친구인 인테리어가게 주인과 만나서 해야 할 이야기를 못 했다면서 다시 아파트 안으로 들어갔다.

아파트 안으로 사라지는 그의 뒷모습을 보면서 10년의 세월이 지났어도 그의 행동이 변한 것 같지는 않아 설핏 웃었다. 박력이나 과감함이 부족하다고 할까? 반대로 예의를 잘 지키는 명징한 행동이라고 할까? 어떤 찬스가 오든 그가 예견하고 바라던 것이 아니면 앞으로 나아가지 않는 성격. 그 고집불통을 예전에는 얼마나 답답해했던가.

그는 지금의 만남이 계획에 없던 우연이었으므로 이쯤에서 헤어져 주는 것이 예의라고 생각할 것이다. 그러나 만약 나의 전 남편인 요한이었다면 마침 토요일인 것을 빌미로 저녁이나 같이 하자든가, 아니면 다음날 점심이나 같이 하자고 기회를 만들려고 했을 것이다. 그렇다고 요한 같은 유형이 좋다는 것은 물론 아니다. 단지 그의 행동에서 지난날의 추억이 새삼 상기되었을 뿐이다. 자기가 갖고 있는 도덕이나 상식의 기준에서 벗어나지 않으려는 엄격한 자제력은 유교적인 가풍이 유지되어 오고 있는 그의 집안 내력인 것 같았다.

아파트로 이사하는 날, 미카엘은 인테리어가게 주인과 같이 와서 이삿짐 정리를 도와주었다. 인테리어가게 주인과 이삿짐센터의 직원들이 이삿짐을 대강 정리하고 간 후 그와 가구를 적당한 자리에 배치하고, 새로 구입하여 미리 배달해 놓은 아이방의 책상과 책꽂이에 아이의 책을 정리한 다음, 컴퓨터와 각종 가전제품을 설치했다. 혼자서는 엄두를 못 낼 일들이 그가 함께 해주니 너무 쉬웠다.

그와 딸아이와 셋이서 중국음식을 시켜 저녁을 먹으면서 나는 오랫동안 찾아 헤맸던 미완성 퍼즐의 마지막 한 조각을 찾은 듯한 기분이 들었다. 그러나 그 기분은 곧장 따라붙은 쓸쓸한 감정에 파묻혀 버렸다. 이제 와서 그 퍼즐을 완성하는 것은 욕심일 것이다. 그래 욕심은 내지 말자. 그 퍼즐을 새롭게 처음부터 다시 시작하더라도 이젠 제대로 틀리지 않게 끼울 수 있도록 마음을 비우자. 내 그런 갈등을 아는지 모르는지 그는 딸아이에게 음식을 먹여 주면서 시종 즐거운 모습이었다. 편안했다. 그도, 나도, 아이도. 그를 다시 만나면 서먹하고 많이 힘들 것이라 생각했는데.

이사한 다음날, 일요일 오전 미사를 보고 집으로 돌아가는 길이었다. 문득 누군가가 옆에서 내 발걸음에 보조를 맞추면서 걷고 있는 느낌이 들었다. 고개 돌리니 미카엘이었다. 그는 빙긋 웃었지만 나는 가슴이 철렁했다. 이 남자가 왜 이러는지. 그가 적극성을 보이자 갑자기 두려웠다.

"오빠도 미사 보고 오는 거야?"

"응. 신부님도 만나고."

"신부님?"

"신부님 면담하고 고해성사도 했다. 앞으로 열심히 다니려고……. 보속도 주시던데 그 보속이 뭔지 알아?"

"남의 보속을 알아서 뭐하게……."

"십자가의 길 세 번과 함께, 또 하나 있는데, 맞춰 봐!"

"……."

뭘까? 성모송 암송? 아니면 묵주의 기도? 나는 흔히 주는 보속을 생각해 내고 있는데 그는 전혀 엉뚱한 말을 했다.

"새로운 인연을 놓치지 말라고 하시더라."

그 말은 분명히 신부님이 하신 말씀이 아닐 것이다. 자기가 하고 싶은 말을 신부님의 보속을 핑계로 하고 있다는 것을 눈치 못 챌 만큼 내가 바보도 아니었다. 설마, 설마? 그는 10년 전의 그 옛날로 돌아가고 싶은 걸까? 아니 돌아갈 수 없는 것을 잘 알기에 새롭게 시작하려는 걸까? 그래서 새로운 인연이라고 한 걸까? 그게 가능할까? 그때는 마음 하나면 다 되는 청춘 남녀의 사랑이었지만, 지금은 환경과 조건이 다 다른데, 과연 그 어려운 것들을 극복할 생각일까? 새로운 인연이라니? 당신이 지금 무슨 생각을 하고 있는지, 물어보고 싶었지만 돌아올 답에 대한 두려움에 나는 입을 열수가 없었다. 상대의 의중을 알려고 가볍게 날린 잽에 성급하게 대항하여 속내를 들키는 우를 범하지 말자. 아직은 가벼운 인연 정도로 머물자. 편안하게 생각하자. 언젠가 회피할 수 없는 날이 오면 그때 카운터펀치를 날릴지, 클린치(Clinch)를 이용해서 살짝 피할지 생각하기로 하자. 나는 그냥 빙긋 웃어 보이는 것으로 그의 잽을 받아 넘겼지만, 그 짧은 순간 내 머리 속에는, 이런 수많은 생각이 스쳐 지나갔다.

　바람의 움직임이 느껴지는가 싶더니 다시 낙엽이 떨어져 내린
다. 이미 바닥에 떨어져 있던 것들은 바람의 힘을 의지해 다람쥐처
럼 귀엽게 텀블링을 하면서 굴러 간다. 한 나무에서, 혹은 한 가지
에서 봄, 여름, 가을을 함께 했을 저들. 이제 마지막 소멸을 위해
각자 적당한 자리를 찾아 흩어지고 있었다. 그 이별을 위해 바람이
그들에게 환송식을 열어 주는 것 같았다. 바람 따라 이리 저리 몰
려다니다가 공중으로 높이 떠올라 날아가는 낙엽들. 우리 인생도
저 낙엽 같은 것은 아닐까.

　어제 젬마에게서 전화가 왔었다. 오늘 미사를 보느냐고 물으면
서, 미사 끝난 후에 만나고 싶다기에, 여기 성모동산으로 오라고
했었다. 이제 잠시 후면 이곳으로 젬마가 올 것이다. 미카엘을 다
시 만나고 얼마 지나지 않아서 젬마에게서 연락이 왔다는 것에 나
는 조금도 이상하다는 생각이 들지 않았다. 오히려 나는 기다리고
있었다. 그와 젬마 그리고 나, 셋 사이의 얽힌 매듭을 풀기 위해서
는 그녀의 등장이 꼭 필요했던 것이다.

　안동에도 이곳처럼 성모동산이 아름다운 성당이 있다. 그 사람,
미카엘과 4월 밤의 첫 키스는 그 성모동산에서였다. 그 행위를 통
해서 그는 나의 사랑을, 나는 그의 사랑을 확인할 수 있었다. 청춘
남녀의 사랑에 반드시 거쳐야 하는 어떤 과정이 있다면, 키스라는

행위는 좀 더 깊은 단계로 올라가는 가장 중요한 통과의례일 것이다. 우리에게도 그랬다.

그를 처음 만난 것은 그 전 해의 초가을. 성당에서 마련한 성지순례를 가는 여행길에서였다. 예비자 교리반에 다니는 예비신자들과 앞서 예비자 교육을 끝내고 세례를 받은 신자들 서른여 명이, 서울에 있는 명동성당과 절두산성지 등을 다녀오는 당일치기 여행이었다. 그때 그는 예비자였고, 나는 앞서 세례를 받은 정식 신자였다. 절두산성지에서 성당의 수녀님들이 준비해 온 점심을 먹으면서 처음 본 그는 얼마나 빛나던지. 김대건 신부의 동상 앞에 서서 그 동상을 바라보는 그를 지켜보면서 사람의 뒷모습도 아름다울 수 있다는 것을 처음으로 알았다. 한눈에 반한다는 것이 이런 것이었나 싶었다. 그도 내게 관심을 보였다. 본명을 묻고, 속명도 물어왔다. 그렇지만 가슴이 마구 뛰고 얼굴이 붉어져 그와 다정하게 대화를 할 수 없었다. 나에게도 이런 일이 일어날 수 있다는 것이 신기하기도 했다. 이상형으로 찍고 있던 남자에 대한 기준, 조건 이런 것은 깡그리 무시되면서 오직 마음이 먼저 가는 이런 불가사의한 현상. 나는 정통으로 큐피드 화살을 맞고만 것이었다. 운명. 그 사람을 사랑하게 될 것 같은, 아니, 그 사람을 사랑해야만 하는 절박함이 파도처럼 밀려왔다.

성지순례에서 돌아온 다음날, 나는 원인 모를 열병으로 아파서 결근을 하고 하루 쉬어야 했다. 여행의 노독이 쌓여 생긴 몸살이라고 간단히 치부했다. 그도 성지순례를 돌아온 날부터 사흘 내내 앓아누웠다는 이야기를 나중에 듣고서야, 내가 앓았던 것이 흔히 말하는 가슴앓이—사랑의 열병일 수도 있다는 것을 알게 되었다. 우리 두 사람은 절두산성지에서 영혼적인 전염병에 똑같이 전염되었던 것이다.

운명적인 만남이라 해서 사랑이 순조로운 것은 아닌 모양이었다. 우리에게 사랑의 목마름을 가르치려는 신의 안배였을까? 우리가 앞뒤 안 가리고 사랑의 불구덩이에 빠질 것을 염려하여 냉각기를 마련한 것인가? 성지순례를 다녀 온 후 우리는 2개월 동안 만나지 못했다.

뒷날 그가 나에게 고백한 것에 따르면 나를 만나고자, 그는 성지순례 다녀온 다음 일요일 미사부터 빠지지 않고 참석하였다고 한다. 하지만 나는 그 일요일마다 입원해 있는 엄마를 간병하러 갔었다. 평일에는 직장에 다니는 아빠와 중·고등학생인 두 남동생을 뒷바라지하는 일도 벅찼다. 나 또한 직장 생활을 하면서 남자 셋이 있는 집안일을 꾸려가야 했기 때문에 일요일이 아니면 엄마를 만나러 갈 시간이 나지 않았다. 아빠가 출·퇴근길에 병원에 들러서 엄마를 잠깐씩 돌보기도 했지만, 여자에게는 여자의 손길이 꼭 필요한 것이 많았다. 그나마 다행스러운 것은 엄마 스스로 신변처리가 가능했다는 것이다. 그렇지 못했다면 천상 내가 직장을 그만 둘 수밖에 없었다. 그런데 알다가도 모를 일은 그 사람이 보고 싶어서

일요일 미사에 가려고 꼭꼭 다짐을 했다가도, 막상 일요일 아침이
면 내 마음은 엄마를 향해 돌아서 있었다. 정말 알다가도 모를 일
이었다. 일주일 내내 그 사람을 궁금해 하고 보고 싶어 하였으면서
도 일요일 아침이면 병원 갈 준비부터 하는 내 마음이. 그때만은
그 사람을 깜빡 잊어버리는 것이.

두 달 만에 다시 만났을 때, 그는 반가운 표정 한 편에 실망스러
워하는 기색도 설핏 흘렸다. 그에게 나는 주일 미사도 제대로 챙
기지 않는 날라리신자로 보였을 것이다. 허나, 나는 그를 보자마
자 속에서 뭔가 뜨거운 것이 올라오는 것을 느꼈다. 그의 깊은 눈
을 마주 보면서 지난 두 달간 그와 함께 하지 못한 것이 후회스러웠
다. 일요일마다 내가 해야 할 일은 엄마의 간병이 아니라 그를 만
나는 것이었다. 그를 중심으로 내 시계는 돌아가야 했다. 그날 그
가 휴대폰 번호를 알려주었을 때, 나는 삐삐번호를 가르쳐 줬다.
나는 아직 휴대폰이 없었다.

휴대폰과 삐삐를 통해, 그리고 자주 만나서 우리는 서로를 알아
갔다. 그는 서울서 직장 생활하다가 아버지가 돌아가시는 바람에
혼자되신 어머니를 봉양하고 가업을 잇기 위해서 안동에 내려와 있
는 중이었다. 출가한 누나만 넷이 있는 외동아들인 그는 선친이 하
던 예식장을 이어받았다. 예식장은 시내 가운데 있어서 위치는 좋
았으나 주차장이 협소한 것이 문제였다. 시 외곽지대에 넓은 주차
장을 확보하고 신식으로 부대시설을 갖춘 예식장이 늘어나자 고객

은 그쪽으로 빠져나갔다. 영업이 잘 안되자 그는 선친의 소상탈상이 끝나면 예식장을 정리하고 사업을 하는 매형들과 동업할 생각을 하고 있었다. 그가 성당에 나오게 된 이유는 선친의 사망에 대한 허전함을 달래는 한편, 선친이 이 세상에서 지은 잘못이 있다면 자식의 입장에서 용서를 빌어 선친이 좋은 곳으로 갈 수 있었으면 하는 마음에서였단다. 그런 그는 상중(喪中)이라면서 육체적인 터치는 극도로 자제했다. 우리는 손을 잡는 것 이상의 스킨십은 하지 않았다. 성탄절을 이틀 앞두고 거행된 그의 세례식 날, 나는 그에게 묵주와 성경책을 선물하면서 따뜻한 포옹 정도는 기대했지만 그는 그냥 고맙다는 말 한마디뿐이었다. 그는 돌아가신 선친을 생각해서 세례명을 임종자의 수호자인 성 미카엘 대천사의 미카엘로 했다.

새해 들어서 우리는 성당의 청년회에서 같이 활동하게 되었다. 임원진을 새로 구성할 때 담당 수녀님은 미카엘이 회장이 되었으면 하는 의견을 냈지만 그는 다시 서울로 올라갈 예정이라서 고사했다. 결국은 젬마가 회장, 나는 부회장을, 그는 봉사부장을 맡았다. 청년회는 20대에서 30대의 미혼 남녀들이면 누구나 참여할 수 있는 모임이었다. 자격을 가지고 있는 신자들이 백여 명은 될 것 같았으나, 모임에 고정적으로 참석하는 회원은 20명 남짓 되었다. 요한도 회원이었다. 청년회의 활동은 우리의 연분홍 행진을 주춤하게 만들었다. 감당해야 할 눈길이 갑자기 많아진 탓이다. 우리는 서로 별 관심 없는 것처럼 위장했다. 그러나 남몰래 주고받는 눈짓에서, 서로 아무런 사이도 아닌 척하는 행동에서 우리는 묘한 쾌감을 느꼈다. 누구에게 들킬세라 은밀하고 조심스러운 만남은 오히려 우리를 더욱 가깝게 만드는 촉매제가 되었다.

그러던 어느 날 퇴근길을 지키고 있던 요한이 불쑥 꽃다발을 내밀었다. 얼떨결에 받아든 나에게 친구하고 싶다는 말만 남기고 그는 뛰어갔다. 청년회 일을 같이 하면서 알게 된 요한에 대한 인상은 잘 웃고 재미있는 사람이라는 정도였다. 다른 사람과는 달리 내게 좀 친절하기는 했지만, 그런 엉뚱한 마음을 품고 있을 줄은 몰랐다.

손에 들려진 노란 프리지어 꽃다발을 어떻게 처리해야 할지 난감했다. 들고 있으려니 미카엘을 배신한 것 같고, 그렇다고 버리자니 그건 또 그렇고. 이제 조금씩 피기 시작한 프리지어. 꽃이 무슨 죄가 있겠느냐는 마음에서 집으로 들고 와 화병에 꽂았다. 나만 떳떳하면 되지 않겠는가. 요한에게는 조금도 마음이 기울지 않았다.

그런데, 참 이상한 것은 화병에 꽂힌 꽃을 바라보다가, 문득 미카엘도 젬마에게서 꽃을 받았을 것 같은 의심이 드는 거였다. 꼭 꽃을 주고받았다기보다는 두 사람 사이에 뭔가 있지 않을까 하는 의심이 밀려들었다. 내가 바람피우니 마누라가 의심스러워지더라고 꼭 그 짝이었지만, 한번 그런 의심이 밀려들기 시작하자 여러 기억이 부정적인 모습을 하고 밀어닥쳤다. 그와 젬마가 다정하게 대화하던 모습. 매주 목요일의 청년회 모임이 끝난 후 그의 차로 나와 젬마를 각각 집까지 태워주는 것. 양로원에 봉사활동 갔을 때 무거운 물건을 같이 들고 가는 모습 등등……. 그동안 아무렇지 않게 보아 왔던 것들이 악마의 얼굴을 하고 다가왔다. 새삼 돌아보니 둘 사이가 정말 단순한 것 같지 않았다.

'내가 알기론 젬마와 그는 청년회에 들어와서야 알게 된 사이였어. 이제 얼마 안 된 기간에 그렇게 가까워질 수 없잖아. 물론 모임의 임원이기 때문에 많은 대화를 하고 긴밀한 협조를 해야 하는 사이이기는 하지. 그렇지만 너무 다정해 보여. 그들 사이에 다른 무엇이 개입되어 있지 않고서야……. 만약에 그렇다면 어떻게 하지? 젬마가 정말 그 사람을 좋아하면? 중학교 때부터 지금까지 친구인 젬마. 내가 성당에 다니게 된 것도 젬마의 손에 이끌려서가 아닌가? 그 사람이야 날 배신하지 않겠지만, 젬마가 그를 사랑한다고 하면……. 아니야, 아니야, 그렇게 되어선 안 되지. 그래도 만약 그러면?'

잠 못 들며 새벽까지 고민하던 나는 다음날 저녁 젬마를 만났다.

우리는 식사를 끝내고 와인을 들었다. 와인은 자줏빛 계열의 짙은 루비색을 띠고 있었다. 한 모금 입에 담자 달콤한 과일향이 입안에 가득 퍼졌다. 바닐라향도 조금 나는 것 같았다. 방금 먹은 비프스테이크와 잘 어울렸다.

"젬마야, 나 좋아하는 사람이 생겼어."

입에 머금은 와인을 넘긴 후 그렇게 말하는 내 입에서는 과일향이 났을 것이다.

"좋아하는 사람……. 애인 말이니?"

"응."

"이런, 이런. 얌전한 고양이 부뚜막에 먼저 올라간다더니. 언제부터 사귄 거야?"

"작년 가을부터니까, 한 육 개월 되었어."

"작년 가을, 이, 면, 니 엄마가 입원해 있을 때잖아. 설마 병원 직원은 아닐 테고……. 어떤 사람인데?"

"너도 아는 사람이다."

"야가, 힌트를 줄려면 좀 옳게 줄 것이지. 니하고 같이 아는 남자가 어디 한둘이냐? 그러지 말고 바로 고백해."

"너 놀라면 안 된데이……."

"뜸 들이지 말고 그냥 말하라니까. 내 속 터지는 꼴 보려고 하나?"

"놀라지 마라……. 미, 카, 엘 오빠니까."

퀵! 조금 남아 있던 와인을 마저 마시던 젬마는 사레가 들렸다. 잔기침을 하면서 자기 가슴을 주먹으로 서너 차례 때렸다.

"야야, 괜찮나?"

"괜찮을 수가 있나? 남의 봉황을 채 갔는데……, 언제부터 가까워진 거냐?"

"작년 가을 성지순례 갔다가 처음보고 뽕 갔지 뭐야. 그 사람도 나도 서로."

나는 그와 만나온 지난 이야기들을 대충 들려주었다. 젬마는 호기심 가득한 표정으로 야이기를 들었다. 그런데 그 표정 한 편에는 정말 봉황을 놓친 안타까움 같은 것이 보이는 것도 같았다.

"너도 오빠한테 관심 많았지?"

"청년회 회원 중에, 오빠한테 관심 안 가진 여자는 없을 걸?"

"그럼 어쩌지, 모든 이의 우상을 혼자 차지해 버렸으니."

"어쩌긴, 당연히 몰매 맞을 준비해야지."

"회원들에게 몰매 맞을 거야 겁나지 않아. 너한테 미안하다. 너도 많이 좋아하는 것 같은데."

"우리가 남자를 사이에 두고 싸우는 짓을 할 사이가? 나보다 네가 먼저 만났고 더 사랑하는데 당연히 니한테 우선권이 있지."

"그렇게 생각해 주니 정말 고맙다."

"너에게 이런 좋은 일이 생겼으니, 그럼 저녁 값은 내가 내야하네."

"그거보다는……, 먼저 해결할 것이 있는데."

"무슨 문제가 있나?"

"니가 아직 축하한다는 말을 안했잖아."

"이 가시나, 남은 속 터지는데 확인사살까지 하는구나. 그래 축하한다! 됐나?"

"그리고 앞으로 오빠한테 딴 마음 먹지 말어, 알았지?"

"아이고. 이제 부관참시까지 하는구나. 그래 니 잘났다."

젬마와 헤어져 집으로 돌아오면서 나의 마음은 가벼웠다. 그와의 관계를 공개하여 그녀를 견제하려는 내 잔머리가 야비하다는 생각도 들었지만, 오랜 친구와의 우정을 다시 확인했을 뿐만 아니라, 처음으로 그 사람과의 사랑을 타인에게 고백했기 때문이었다. 이제 나의 사랑을 지켜주고 응원해 줄 사람이 하나 생긴 거였다. 올려다 본 하늘에 달이 원에 가깝도록 둥근 모습으로 떠 있었다. 보름인가?

언젠가 미카엘이 삭망전(朔望奠)에 관해 이야기해 주던 것이 기억났다. 상중의 음력 초하루와 보름날 해가 뜨기 전의 새벽에 지내는 제사라고 한다. 뿐만 아니라 상중에는, 상식이라고 하여 매일 아침·저녁으로 밥과 국을 해서 궤연 앞에 올리고 곡을 한다고 했다. 한 달에 두 번 지내는 삭망전마저도 정성을 여간 필요로 하지 않을 텐데, 매일 아침·저녁으로 상식을 올린다는 건, 보통의 효성으로는 해내기 힘든 일일 것이다. 그 모든 일을 장자인 미카엘이 주제한다고 하였다. 그의 이야기를 들으면서 나는 가장 현대적일 것 같은 사람이 가장 전통적인 일을 해 가고 있다는 것에 부조화를 느꼈다. 그 부조화는 그의 왼쪽 가슴에 삼베로 작게, 리본 모양으로 만들어져 언제나 완고하게 부착되어 있는 상장(喪章)을 볼 때마다 느껴지는 낯섦과 같은 거였다. 그 낯섦은 뼈대 있는 집안이라는 자부심의 또 다른 모습인지도 모른다. 장사 지내는 날 바로 탈상까지

해 버리거나, 혹은 삼우제 때, 좀 더 길게는 49재에 탈상을 하는
요즘 세태에, 소상탈상(일년상)을 지키는 미카엘 집안의 완강하면서
도 고집스러운 줏대일 수도 있고.

"얼마나 아파서 못 나오는데? 그럼 성당에 가기 전에 너희 집에
들를까?"

"아니, 그냥 좀 피곤해서 그러니까, 오지 말고 회의나 잘 진행
해라."

"주일에는 볼 수 있는 거지?"

"응. 그때쯤에는……. 괜찮아질 것 같애."

젬마에게 그와의 사이를 말한 얼마 후였다. 퇴근시간이 다 되어
서 회사로 젬마에게서 전화가 왔다. 회장인 자기가 아파서 오늘 청
년회의에 참석을 못하니까, 부회장인 나에게 모임을 부탁하는 것
이었다. 어디가 얼마나 아픈지 몰라도 목소리가 많이 처져 있었다.

회의가 끝나고 미카엘의 차를 타고 집으로 가는 길이었다. 집에
서 한참 못 미쳐서 미카엘이 길가에 차를 세웠다. 잠시 이야기하자
고 하면서 요한의 얘기를 꺼냈다.

"요한이 널 좋아하고 있다는데, 넌 알고 있어?"

"그 사람이 오빠한테 직접 그런 말을 해?"

"응. 널 좋아하는데 다가설 수 없어서, 어떻게 해야 좋을지 모르
겠다고 하소연하더라."

요한이 미카엘에게 그런 말을 한 것은, 미카엘의 반응을 통해서 나와 미카엘과의 사이를 감지하려는 것과, 앞으로 미카엘과 내가 어떤 형식으로든 발전하는 것을 사전에 방지하려는 다목적인 포석이었다. 내가 젬마에게 그와의 사이를 공개한 것과 같은 잔머리 굴리기였다. 그는 머리 좋은 사람이었으니까.

"그래서, 오빠는 뭐라고 했어? 우리가 사귄다고 해 줬어?"

"아니, 그런 말까지 해서 그 사람에게 상처 주고 싶지는 않더라. 언젠가 알게 되더라도……."

"그 사람의 일방적인 마음일 뿐이야. 나한테는 오빠밖에 없어."

"나도 왜 그걸 모르겠나. 너도 알아야 할 것 같아서 알려 주는 거지."

그러면서 그는 나를 가만히 당기더니 내 볼에 가볍게 뽀뽀를 했다. 나는 화들짝 놀랐다. 상중이라면서 가벼운 스킨십도 하지 않던 그였다. 그런 그가 설사 볼이었다고 하더라도 뽀뽀를 하다니……. 나는 순간적으로 그의 왼쪽 가슴께로 눈길을 돌렸다. 역시 없었다. 그의 가슴에 완고하게 붙어 있던 상장이.

"아니 그럼……."

"그래, 며칠 전에 탈상을 했다."

"아, 그럼 우리 이제 자주 만나도 되겠네. 여행도 가고 그리고……."

"그리고 뭐? 아, 키스하고 싶은 거구나. 이리 와 지금 해줄게?"

"에이, 징그럽게 왜 이래."

그가 탈상을 치렀으므로 우리의 만남은 시간과 행동에서 보다 자유롭게 되었다. 그는 저녁상식 때문에 일찍 귀가하지 않아도 되었고, 상주로서의 조심스러운 입장 때문에 삼가왔던 나이트클럽 같은 조금은 퇴폐적인 장소에도 들어갈 수 있었다. 그동안 고작 밥이나 먹고 가까운 곳으로 드라이브 정도나 하는 그런 답답한 궤도에서 우린 일탈했다. 정말 연애하는 사람들다운 데이트를 즐겼다. 하지만 탈상으로 인해 마냥 좋은 것만은 아니었다. 그는 본격적으로 재산을 정리하여 서울로 갈 준비를 했던 것이다. 그가 서울로 간다고 하더라도 우리의 사랑이 쉽게 끝나는 것은 아닐 테지만, 왠지 두려웠다. 떨어져 산다고 하더라도 주말에 내려와서 만나면 되고, 나만 좋다면 같이 올라가서 지내다가 결혼해도 된다고 그는 별로 어렵지 않게 말했지만, 나는 그를 따라 서울로 갈 형편이 못 되었다. 하루 종일 거의 누워 지내다시피하는 엄마와 어린 남동생들을 두고 나만 잘되려고 떠날 수는 없었다. 꽃 피는 그 아름다운 3월 하순, 나는 심하게 가슴앓이 중이었다.

아프지만 일요일 미사에는 나올 수 있다고 하던 젬마가, 일요일 미사뿐만 아니라 그 다음 주 청년회 회의에도 참석하지 않았다. 혹시나 싶어서 회의가 있는 날, 퇴근하기 전에 그녀의 회사로 전화를 하니 조퇴하고 없었다. 그녀의 집에서도 전화를 받지 않았다. 무슨 일이 있긴 있는 모양인데 뭔지 몰라서 답답했다. 회의에 참석한 미카엘도 별로 밝지 않는 표정이었다. 회의가 끝나고 집으로 가는 차 속에서도 별다른 말이 없었다. 사업 정리가 제대로 안 되는 모양이라고 나는 가볍게 생각했다.

다음날 퇴근하는 길에 젬마 집으로 갔다. 마침 길옆에 트럭을 대 놓고 감귤을 팔고 있어서 그걸 조금 사서 들었다. 향긋한 꽃 냄새를 실은 봄바람이 내 발걸음을 가볍게 해 주었다. 그녀의 집 앞에 거의 다 왔을 때, 그 가볍던 나의 발은 붙잡아 맨 듯 우뚝 멈춰 서서는 움직이질 않았다. 이리 보고 저리 봐도, 번호판을 봐도 차 색깔을 봐도 미카엘 차였다. 젬마의 집 앞에 주차되어 있는 은색 차는 나의 발목뿐만 아니라 나의 마음까지 얼어붙게 만들었다. 오른손에 들려져 있던 감귤봉지가 길바닥에 떨어지는 것도 모른 채 붙박인 듯 우두커니 서 있던 나는, 순간 휘청거리면서 옆의 담벼락에 몸을 기댔다. 어떻게 집에 돌아왔는지 모른다. 그날 밤 그가 몇 번 삐삐에 흔적을 남겼지만 나는 답을 하지 않았다. 나에게는 그 차가 왜 거기 있어야 했는지의 이유보다는, 그냥 그 차가 거기 있었다는 것만으로도 충격이었다.

다음날 퇴근하고 나오는데 회사 앞에서 미카엘이 기다리고 있었다. 하룻밤의 시간은 전날의 충격에서 거의 헤어 나오게 해 주었지만 나의 기분은 그리 좋지 못했다. 기회를 봐서 어제 일을 물어 보리라.

"웬일로 회사 앞에서 기다리기까지 해?"

"삐딱한 말투네. 그러고 보니 너는 모르는구나. 오늘은 우리가 만나야 하고, 저녁도 함께해야 하는 날이란 걸."

"무슨 날인데? 오빠 생일은 멀었고, 본명 축일도 아니고?"

시내 중심가로 들어가서 그가 날 데리고 간 곳은 휴대폰 대리점이었다.

"마음에 드는 것 골라봐. 어제 삐삐 쳐도 답이 없기에, 너무 답답하더라."

휴대폰은 미카엘과 같은 전화사업자의 커플요금제를 선택했다. 커플요금은 밤 12시에서 새벽 4시까지 커플 간의 전화는 무제한 공짜였다. 생산된 지 얼마 안 된 PCS전화기의 부피는 내 한 손에 가득 찼다. 그 손 가득히 행복이 잡혀 있는 듯했다. 어느새 나는 전날의 일을 그냥 가슴에 묻기로 했다.

한정식으로 저녁을 먹으면서도 무슨 날인지 가르쳐 주지 않던 미카엘은 내 집 앞에 도착했을 때, 차의 트렁크 안에 있던 장미꽃다발을 꺼내 내게 주었다. 그러면서 우리 만남이 200일째라는 것을 말해주었다. 나는 감격에 겨워 그의 품에 안겼다. 얼마 후 그는 밀착되어 있던 나의 몸을 조금 떼어내고 내 이마에 입술을 포갰다. 더 따뜻하고 감미로운 키스도 할 수 있는데…….

부활절 하루 전날인 토요일 오후, 나는 젬마를 만났다. 봄기운이 완연한 바깥 날씨 탓에 우리가 들어온 카페에는 손님이 거의 없었다. 꽃피는 4월의 주말에 우리만 칙칙한 카페에 앉아 있었던 거였다. 젬마는 육체적으로 어디가 아픈 것이 아니라 마음이 아픈 것 같았다. 대화중에 가끔씩 허공을 향하는 그 눈빛에서 상처 많은 사람들이 가질 법한 진한 그늘이 보였다.

"무슨 일이 있는 거지?"

"아니, 암 것도 없다."

"그럼, 왜 성당에도 안 나오고 그래? 뭔 일인지 모르지만 내가 도울 수도 있잖아."

"그냥 삶에 재미가 없어서 그래. 이런 건 누가 도와준다고 도울 수 있는 게 아니잖아."

그녀의 말은 약간의 짜증기마저 서려 있었다.

"갑자기 삶에 재미를 없게 만든 그 이유라도 말해봐. 내가 재미있게 확 뒤집어 줄게."

"우리 삶이라는 게 그렇게 마음대로 된다면 얼마나 좋아. 내가 아무리 열심히 살고, 목표를 정해 나간다고 하더라고, 나에게 주어진 운명은 나를 꽉 막고 있는데……."

"아니, 어떤 운명이 널 막고 있는데?"

"그냥 말이 그렇다는 거지."

나는 그때 처음으로 젬마와 나 사이를 막고 선 벽을 보았다. 그 벽은 갈수록 두터워지고 단단해지는 것 같았다. 중학교 때부터 이어온 우리의 우정도 그 벽 앞에서는 아무런 힘을 발휘하지 못했다.

분명 무슨 일이 있기는 있는데도 말을 하지 않는 젬마의 단단하게 닫힌 표정에서 나는 슬픔을 느꼈다. 그 벽이, 얼마 전 젬마의 집 앞에서 본 미카엘의 차와 연관이 있을 것 같은 불길한 생각이 떠올라 나는 강하게 도리질을 했다.

부활절 미사를 본 후 모든 신자에게 중식이 제공되었다. 미카엘과 나도 신자들과 섞이어 국밥을 후루룩 후루룩 먹었다. 젬마도 한쪽에서 청년회원들과 같이 밥을 먹고 있는 것이 보였다. 거긴 요한도 있었다. 식사를 끝내고 그들에게 갔다. 평소처럼 밝은 모습으로 회장의 역할을 해 내고 있는 젬마는, 전날보다 많이 부드러워져 있었다. 그렇다고 나를 막막하게 했던 그 벽마저 허물어져 있는 것은 아니었다. 나는 핸드백에 든 부활달걀 하나를 젬마에게 건넸다. 요한에게도 그리고 나머지 회원들에게도. 미사 전 성당 입구에서 중·고등학생 신자들이 무슨 기금 마련을 한다면서 달걀을 팔고 있어서 산 거였다. 그렇게 나누어 주었는데도 달걀 수는 줄어들지 않았다. 젬마도 요한도 회원들도 그들이 갖고 있던 달걀을 하나씩 내게 주었던 것이다. 장난치면서 부활달걀을 깨어 먹는 회원들을 보면서 나도 달걀 하나를 까서 먹었다.

그날 밤 성모동산에서 미카엘이 정식으로 나에게 프러포즈를 했다. 부활축일을 맞아 반짝이 전구 등으로 성스럽게 치장된 성모상 앞에서 그는 사랑한다는 말과 함께 꽃다발을 내밀었다. 그리고 커플링 두 개가 든 반지함에서 하나를 꺼내 내 손가락에 끼워 주었다. 나머지 하나는 내가 그의 손가락에 끼웠다. 우리는 성모상을 향해 나란히 꿇어앉았다.

나를 향한 사랑의 서약으로 미카엘은 성 프란치스코의 '평화의 기도'를 외우는 것으로 대신했다. '……위로받기보다는 위로하고, 이해받기보다는 이해하며, 사랑받기보다는 사랑하게 하여 주소서. 우리는 줌으로써 받고, 용서함으로써 용서받으며, 죽음으로써 영생하기를 원합니다…….' 그가 기도문을 다 외우기도 전에 나는 눈물을 흘렸다. 그도 목이 메여 음성이 젖었다. 기도가 끝난 후 우리는 꿇어앉은 채 서로를 안았다. 그리고 오랜 첫 키스. 눈물이 흘러내린 우리의 첫 키스는 그래서 짰다.

신록이 짙푸른 5월이 되자, 미카엘은 서울에서 머무는 시간이 길어졌다. 이미 안동의 재산을 모두 정리했고 어머니마저 서울로 올라간 뒤였다. 주말 정도만 안동에 있다가 올라갔다.

그런데 첫 키스의 짠맛이 아직 입안에 생생한데도 우리 운명은 이별을 준비하고 있었다. 다시 입원한 엄마에게 가 볼 일이 있어서 나는 점심시간에 병원에 갔다. 1층 매점에서 먹을 것을 좀 사서 입원실로 올라가기 위해 승강기 앞에서 기다리는 중이었다. 그때 무심코 승강기 왼쪽에 나 있는 복도를 봤다. 복도에는 진료를 기다리는 사람들이 벤치에 앉아 있었다. 그런데 그 사람들 틈에 미카엘과 젬마가 있었다. 다시 봐도 그들이었다. 그들 머리 위에는 산부인과라는 표지판이 달려 있었다. 서울에 있어야 할 사람이 여기에 있다니. 순간 내 머릿속이 하얗게 비어지는 느낌이었다. 현기증도 일어났다. 그들이 날 본다면 내 자신이 너무나 초라해질 것 같았다. 어서 피해야 한다는 생각뿐이었는데 때마침 승강기가 도착하였다.

"너, 오늘 미카엘 오빠 만났지?"

그날 저녁 젬마를 집 근처에 있는 초등학교 운동장으로 불러내어 나는, 대뜸 그렇게 따져 물었다.

"……."

"도대체 미카엘 오빠와 넌 어떤 관계냐? 좋아하니? 사랑해?"

"무슨 이야기를 하는 거야. 내가 그렇게밖에 안보여? 오빠와 나는 아무런 사이도 아니야."

"아무런 사이도 아니면서 병원에 같이 갔어? 그것도 산부인과에? 전번에는 너 집 앞에 오빠차가 세워져 있는 것도 봤어. 오빠도 그래, 서울에 있다가 안동에 왔으면 누구보다도 날 먼저 만나야 하잖아. 바빠서 만나지 못하면 왔다가 간다는 연락 정도는 있어야 할 것 아냐? 그런데 지금껏 아무런 연락도 없어. 병원에서 못 봤다면 안동에 왔다가 간 것도 모를 뻔했어."

"너에게 부담을 안 주려고 그랬겠지. 모르는 게 더 좋을 수도 있을 거고. 어떻게 너는 남자 하는 일을 다 알려고 하니?"

"무슨 소리를 하는 거야? 나는 남자의 모든 일을 알려고 하는 게 아니라, 단지 너와 어떤 사이냐 그걸 알려고 하는 거야."

"다시 말하지만 아무런 사이가 아니다."

"이해가 안 되잖아. 그런 사이인데, 어떻게 바쁜 오빠가 서울서 여기까지 와서 널 만나고 가?"

"우리 세상살이가 다 이해되는 것도 아니잖아. 나중에 차차 알게 될 거니까, 그냥 모른척하고 오빠 믿어라."

"믿도록 해 주지를 않으니까 내가 이러잖아. 정말 두 사람 아무런 관계가 없는 거냐?"

"너는 내게서 무슨 이야기를 듣고 싶은 거니? 내가 그를 사랑한다는 말을 듣고 싶어? 그래서 네 머릿속에 있는 오해를 증명하고 싶은 거야?"

"정말 오해였으면 좋겠다. 그런데 너는 왜, 나한테 믿으라고 하면서도 둘 사이를 시원하게 말 안 해주니?"

"그렇게 답답하면 그냥, 우리는 먼 친척 같은 사이라고만 생각해. 오빠와 날 믿는다면 끝까지 믿어 줘. 설마 우리가 널 배신하겠니? 우리를 그렇게 몰라?"

"오늘 아침까지는 믿었지. 그런데 설마가 정말 사람 잡더라. 내 눈으로 둘이 있는 것을 보았잖아. 배신감으로 나는 지금 미칠 지경이다. 죽고 싶은 심정이라고!"

내 목소리는 점점 격앙되어 갔다.

"진정해. 더 단단한 사랑을 위한 시련이라고 생각하고 잠시만 참아라. 오빠를 믿고."

"그래 믿을게. 그런데 산부인과에 왜 갔는지? 그와 정말 어떤 사인지 그것만 얘기해 줘."

"미안하지만 그것에 대해서는 할 이야기가 없어. 나중에 해 줄 수 있다는 말밖에는……."

"그렇겠지. 자기의 잘못을 스스로 이야기할 만큼 네 얼굴은 두껍지 않겠지. 나도 더 이상 너와 말다툼하기 싫어. 말 안 해도 뻔하다."

"그렇게 말했는데도 이해 못한다면 좋도록 생각해라. 너 마음이 편하다면 나하고 오빠하고 그렇고 그런 사이라고 생각해. 될 수 있으면 널 자극하지 않으려고 했지만 이제 이 말만은 해야겠다. 앞으로 오해가 풀리더라도 난 너와 오빠가 사귀는 것을 절대적으로 반대할 거다. 자기 눈에 보이는 것만 믿는 너 같은 아이라면 평생 오빠에게 상처만 줄 테니까."

그날 밤 12시가 넘어서 미카엘에게서 전화가 왔다. 공짜 커플요금제가 적용되는 시간이었다. 예전 같으면 그의 목소리를 들으면서 잠이 들었겠지만 나는 휴대폰 전원을 가차없이 꺼버렸다.

"말해 줘요. 오빠와 젬마가 어떤 사인지."

내 휴대폰이 계속 꺼져 있어서 연락이 안 되자, 미카엘은 내 퇴근시간에 맞춰 회사로 찾아 왔다. 낙동강 변에 주차한 미카엘의 차 속에서 내 답답한 의문을 풀려고 했지만 젬마처럼 그도 속 시원한 답변을 해 주지 않았다. 병원에서 본 것과 젬마 집 앞에 주차한 것으로 압박했지만, 나중에 때가 되면 차차 알게 될 것이라는 모호한 말뿐이었다. 마치 젬마와 말을 맞춘 듯한 인상도 풍겼다.

"나를 믿고 젬마를 믿는다면 끝까지 믿어줘. 우리가 그럴 사람이 아니란 걸 누구보다도 니가 잘 알잖아."

"그러니까 내가 이렇게 애가 타잖아. 결코 배신하지 않을 사람이 배신한 것 같으니까."

"너 말처럼 결코 배신하지 않을 사람이 배신한 것같이 보인다면, 거긴 뭔가 사연이 있다고 봐야 하지 않겠니. 세상살이에는 다 알려고 하기보다는 조금은 모른 척 하는 것도 필요해. 가까운 시일 안에 다 이야기할 거니까. 지금은 그냥 덮어 줘."

"덮어 둬서 어떻게 하라고? 의문 덩어리를 가슴에 담고 오빠를 사랑하고 젬마를 만나라고? 난 그렇게 위선적인 건 못해. 그럴 바에야 오빠를 안 만나는 게 차라리 나아. 젬마도 그걸 원하고."

"……."

"젬마가 뭐라는 줄 알아? 오빠와 자기를 그렇고 그런 사이로 생각하래. 그리고 이제 내가 오빠와 사귀는 것을 반대한대. 난 두 사람 사이가 어떤 관계인지 그걸 알고 싶을 뿐인데, 그게 잘못된 거야? 내가 잘못한 거야?"

"……."

"얼마나 소중한 비밀인지는 몰라도 나보다 더 중요해? 마치 두 사람이 짜고 놀리는 것 같잖아. 젬마가 오빠를 사랑한다면, 그렇다고 고백하면 물러나 줄 수도 있는데. 이제 정말 두 사람 다 싫다."

나는 미카엘을 통해서도 젬마와 어떤 사이인지 알아내지 못했다. 그 절망감이란 그 앞서 생긴 배신감보다 더 컸다. 차라리 배신감으로만 끝났으면 더 좋았을 것이다. 두 사람이 똘똘 뭉쳐서 나만 모르는 비밀을 갖고 있다는 데 대한 절망감. 절망감은 나 자신의 존재 자체에 대한 상실감이기도 했다.

다음날 아침, 미카엘은 우리 집 앞에서 기다리고 있었다. 일요미사 참례하러 가기 위해 내가 대문을 열고 나오니 그가 반갑게 맞으며 차에 태웠다. 두 사람 사이에 대한 내 궁금증을 풀어 줄 것을 기대했지만 그는, 미사 끝나고 점심을 같이 먹으면서도 자기와 젬마를 믿어 달라고만 했다. 집으로 돌아온 나는, 왼손 네 번째 손가락에 끼워져 있는 커플링을 빼 내어 서랍 속에 던져 버렸다.

손가락에서 커플링이 없어진 것을 가장 먼저 알아차린 것은 언제나 관심 있게 나를 지켜보는 요한이었을 것이다. 얼마 후 요한이 데이트 신청을 해 왔다. 나는 별 부담 없이 받아 들였다. 그와 저녁을 먹으면서 그동안 미카엘을 만나느라 그에게 한 번도 이런 기회를 주지 못한 것이 미안해지기까지 했다. 사실 요한도 장점이 많았다. 미카엘을 만나지 않았다면 요한을 좋아했을 수도 있었다. 요한을 가까이하는 것을 한 달에 두어 번 내려오는 미카엘도, 젬마도 못마땅해 했다. 그러면서도 그들은 그들의 비밀을 고백하여 나를 붙들 생각은 하지 않았다. 그들 앞에서 요한에게 더욱 친밀하게 행동을 했다. 홧김에 서방질하는 셈이었지만 그들이 불안해하는 모습이 내겐 즐거움을 주었다. 그해 가을 나는 요한과 결혼식을 올렸다.

요한과의 만남에서 나는, 미카엘과의 사랑처럼 빨려드는 것 같은 가슴앓이는 없었지만, 마음 편하면서도 아기자기한 사랑을 느낄 수가 있었다. 미카엘과의 사이에서는 느껴보지 못한 모성애도 생겼다. 홧김에 서방질한 것이 정말 사랑하는 사이로 발전한 것이다.

그런데 결혼생활이 길어질수록, '여자는 남자의 과거를 알고도 그 남자와 살아갈 수 있지만, 여자의 과거를 안 남자는 그 여자와 살아가기 힘들다.'는 속설이 나에게는 정설처럼 받아 들여졌다. 요한은 잔정이 많고 아기자기한 대신 대범하지 못했다. 자신이 미카엘보다 재산, 학력, 능력 등 많은 조건에서 떨어진다는 콤플렉스를 갖고 있었다. 그 강력한 콤플렉스는 결혼생활 곳곳에 암초를 형성했다. 감당할 수 없는 행운을 갑자기 갖게 된 자의 본능적인 의심이었다. 미카엘과 내가 연애할 때는 직접 대시해 보지 못하고 주변에만 얼쩡거리던 소심함. 그 소심함이 만드는 피해 의식은 감당하기 힘들 정도였다. 요한이 좀 더 너그러웠다면 나는 결혼 5년 만에 이혼이라는 극단적인 선택을 하지 않았을 것이다.

이제 약속시간이 지나고 있었다. 곧 젬마가 올 것이다. 젬마에게 나는 그 옛날의 일을 물어볼 것이다. 내가 그렇게 궁금해 했던 것.

미카엘과 젬마와의 사이. 젬마가 미카엘이 아니라 다른 남자와 결혼한 것으로 보아선 둘 사이가 내가 생각하고 있던 그렇고 그런 사이가 아닌 것이 밝혀졌지만. 그럼 무엇이란 말인가? 나와의 사랑과 우정을 다 버리면서까지 그들이 지켰던 것이. 내 인생을 옆길로 돌아가게 한 이유가.

그때 성모상 앞으로 누군가가 다가가는 것이 보였다. 성모상을 향해 성호를 긋고 합장한 상태로 잠시 기도를 한 후 나를 향해 돌아섰다. 젬마였다. 벤치에서 일어서 손을 흔드는 나를 향해 그녀는 환하게 웃으면 다가왔다.

"많이 기다렸지? 차가 밀려서 좀 지체했어."

"안동서 직접 운전하고 온 거구나. 피곤하겠다."

"고속도로를 달릴 때는 상쾌했는데, 뭔 예식이 많은지 시내 예식장 앞 도로에서 한동안 막혀서 꼼짝 못 했어."

"가을이잖아……. 그나저나 너도 이제 아줌마 다 됐네."

"너는 뭐 아직도 청춘이고 싶어? 세월만큼 무상한 게 없더라."

우리 머리 위의 나뭇가지에서 다시 서너 장의 낙엽이 떨어져 내렸다.

"여기 참 예쁘게 만들어 놨네." 젬마는 새삼 성모동산을 돌아보며 말했다.

"그래도, 우리가 같이 다니던 안동보다는 못할 거야."

"하긴 너는 성모상 앞에서 커플링을 받았으니, 그곳이 세상 어디

보다 아름다울 거야. 너 다시 커플링 받고 싶지?"

"얘가 무슨 악담을 그렇게 하노."

"일전에 오빠가 전화를 했더라, 널 보았다고. 그 말 듣고 널 꼭 만나고 싶었어. 지금도 옛날 생각하면 후회가 돼. 내가 왜 대범하지 못했을까. 내가 조금만 대범했다면, 오빠도 너도 행복하게 살았을 텐데……. 오빠가 지금까지 혼자 사는 것이나, 니가 결혼에 실패하고 혼자된 것 모두가 내 탓만 같거든."

"내가 이혼한 것을, 네 탓으로 돌리지 마."

내가 이혼한 것마저 자기 탓으로 돌리자 나도 모르게 울컥 반발심이 들었다.

"그래그래, 그건 그렇다고 쳐. 단도직입적으로 말할게. 그때 밝히지 못했던 그 이유는 우리가, 미카엘 오빠와 내가 이복 남매지간이라는 거였어. 아버지는 같고 엄마가 다른 남매 말이야."

"어떻게, 어떻게 그럴 수가. 그러니까 미카엘의 아버지가 너의 아버지였다는 거냐?"

젬마의 말에 내 귀를 의심하지 않을 수 없었다. 놀라 되묻는 내 말에 젬마는 응, 하면서 가볍게 고개를 끄덕인다.

"아버지는 돌아가시기 전에 미카엘 오빠한테 우리 가족 이야기를 하면서 잘 돌보라는 유언을 남기셨대. 탈상 끝나면 가서 만나보라고 하면서. 다만 오빠의 엄마와 누나들에게는 절대 비밀로 하라고 신신당부를 하시더래. 선친이 돌아가신 지 10년이 지났지만,

오빠는 아직까지 그 유언을 지키고 있지. 오빠의 엄마와 누나들은 아직도 우리 가족의 존재를 몰라. 그 당시 내가 아프다면서 청년회의와 미사에 참석하지 않았던 이유도, 이 사실을 알고 충격을 받았기 때문이야. 남동생이 갓 두 돌이 되었을 때 이혼하여 어디서 살고 있는지도 모른다는 아빠가 같은 안동 하늘 아래 버젓이 살고 있었고, 엄마는 가끔 만나 왔다는 사실에 엄마에게도 심한 배신감을 느꼈거든. 정말 세상 믿을 사람 없어 보였어. 하지만 내 모든 아픔을 다 합친들 20년 넘는 세월동안 숨어살아야 했던 엄마만 했을까? 엄마도 비록 내놓고 떳떳하게 살지는 못했어도 유무형의 의지가 되었을 아빠가 그나마 세상을 떴다는 사실에 삶의 의욕을 상실한 것 같았어. 니가 병원에서 오빠와 내가 같이 있는 것을 본 날, 엄마는 아침식사 준비를 하다가 쓰러지셨어. 하혈을 하면서. 엄마를 병원에 모시고 난 후 오빠에게 전화를 했어. 무서웠거든. 내 전화를 받고 한달음에 와준 오빠를 보고 나에게도 이런 든든한 오빠가 있다는 데에 가슴 뿌듯해지더라. 그런데 그날 저녁 니가 찾아와서 오빠와 나 사이를 막무가내로 캐묻자 반발심이 일어났어. 이제 막 오빠의 정을 느끼기 시작하는데 너에게 빼앗기는 것 같기도 했고. 하지만 니가 그렇게 알고 싶어 했는데도 알려주지 못했던 진짜 이유는 선친의 유언 때문이었지. 오빠가 누구에게도 말하지 말라고 했으니까. 그리고 너에게 사실을 이야기해 줄 사람은 내가 아니라 오빠였으니까. 오빠가 널 사랑하니까 당연히 해 줄 것으로 알았지. 둘이서 충분히 해결해 나갈 것이라는 신뢰가 나에게 있었으니까."

잠시 말을 끊은 젬마는 아까 내가 보았던 노란 들국화를 보고 있었다. 그 꽃의 향기는 어떨까? 다가가서 맡아 보고 싶다는 충동이 솟았다. 그 들국화에 눈길을 떼지 않은 채로 젬마는 말을 이어갔다.

"나중에 오빠에게서 들은 건데, 니가 오빠를 만나 따질 때 우리 사이에 대해서 네게 말하려고 했었대. 널 사랑하니까. 그런데 니가 날 만난 이야기를 하는 바람에 오빠가 말을 안 했다고 하더라. 내가 결혼을 반대한다고 한 것 말이야. 오빠는 그게 내 진심인 줄 알았던 거지. 아빠 없이 외롭게 산 내가 안타까워서, 뭐든 해주고 싶어 하던 오빠였으니까. 내가 널 싫어하니 어쩔 수 없었대. 난 그런 줄도 모르고 둘 사이에 다른 문제가 있는 줄만 알았지. 오빠도 그래, 나중에라도 내 진심을 확인해 보고 너의 마음을 돌릴 생각은 왜 못했는지. 이제 와서 들춰서 뭐하겠냐만 오빠와 널 생각만 하면 미안해서 죽을 지경이야. 용서받고도 싶고."

"그게 너만의 책임이니. 내 잘못이 가장 크지. 미카엘과 너의 말을 믿지 못한 내 잘못이. 용서라면 내가 미카엘에게 구해야겠지."

내가 그때 너그러워서 미카엘과 젬마의 말을 믿고 그냥 넘어갔으면 미카엘과 결혼하여 잘 살 수 있었을까? 혹은 미카엘과 젬마와의 관계를 알았다면 미카엘과의 사랑이 계속되고 결혼을 했었을까? 어떤 결과만을 가지고 원인을 유추해 내는 것처럼 어리석은 짓은 없으리라.

"점심 먹으러 가자. 배고프다."

그렇게 말을 하면서 젬마가 먼저 일어섰다. 젬마의 몸짓에서 먼
먼 옛날, 아이스크림 하나를 함께 나눠 먹던 여드름 박박 난 당돌
한 소녀의 친숙한 향기가 퍼져 나왔다. 성모상 앞을 지나면서 성호
를 긋는데 젬마가 불쑥 지나는 것처럼 말했다. 이런, 오빠가 기다
리겠네.

〈2007년 발표〉

묘한 운명의 밧줄이 내 주위에

얽혀 드는 것을 느꼈다.

그 밧줄이 점점 더 나를 조르고 들었다.

목격자를 찾습니다

가을 날씨는 감성이 풍부했다. 그늘에 앉아 있으면 서늘하다가도 볕 아래 서면 따갑게 피부를 쪼았다. 무거운 같으면서도 호들갑스러웠다. 탈춤공원 동쪽 가장자리에 설치되어 있는 원두막 주위의 햇빛도 장난기가 다분했다. 원두막 뒤편에 있는 탱자나무의 탱자들에 올라 앉아 살랑거리는 바람과 함께 까르륵 까르륵 그네를 탔다. 원두막의 지붕을 덮고 있는 이엉은 회색빛으로 바랬지만 가을 하늘과 잘 어울렸다. 지붕 위에다가 하얀 박을 하나 올려놓으면 참 운치 있을 것 같았다.

오후의 햇빛이 원두막 안으로 비스듬히 들어와 있어서 나는 그늘 쪽으로 가서 자리 잡았다. 주차장에 차를 세우고 원두막까지 오

170

는 짧은 거리에도 햇빛에 노출된 몸은 더웠다. 그늘에 들어선 나는 잠바를 벗었다. 몸은 곧 기분 좋게 시원해졌다. 휴대폰으로 시간을 확인하는데 흰색 승용차 한 대가 주차장으로 미끄러져 들어왔다. 차에서 내린 사람은 재우였다. 주변을 살피는 그를 향해 손을 흔들었다. 나를 발견한 그는 주저 없이 걸어왔다. 9월 하순의 초가을 날씨에도 재우는 소매 짧은 티만 입고 있었다.

"잘 지냈나요?" 짧은 내 인사에 "네, 덕분에." 그도 짧게 답을 했다.

우리는 원두막의 그늘 쪽으로 가서 앉았다. 사흘만의 만남이었다. 나보다 열 살 정도 어려 보였지만 나는 그의 나이나 직업을 알지 못했다. 우리는 서로에 대해서 아는 게 없었다. 우리는 한 사건 때문에 잠시 만나는 사이일 뿐이었다.

나는 갖고 온 봉투에서 인쇄물을 꺼내었다. 그에게 넘겨주면서, 이건 차량 조회한 거고, 이건 사건 기록이라고 설명을 덧붙였다. 내가 준 서류를 받아 든 그는 차량 조회한 것부터 봤다.

"이럴 수가! 정말 같은 번호가 있군요."

재우는 믿을 수 없다는 표정으로 말했다. 그의 목소리는 크지 않았지만 흥분으로 떨렸다.

"어떤 번호인가요?"

"꼭, 약속 지키셔야 합니다. 제가 미리 조사해 보고 연락드리기 전까지는 수사기관에 신고를 하지 않겠다는 것을요."

"그건 걱정 안 해도 돼요. 나만 알고 입을 꼭 닫고 있을 테니."

"신고만 안하면 됩니다. 오규 씨도 궁금하실 테니 어떤 사람인지 알아보는 건 괜찮습니다."

그는 서류를 내게 보여주면서 한 곳을 손가락으로 가리켰다. 그 번호를 보는 순간 나는 뒤통수를 강하게 맞는 기분을 느꼈다. 차주 이름이 이만석이었다. 차량 조회 기록을 미리 보았던 내가 회피하고 싶었던 이름이었다.

사흘 전이었다. '목격자를 찾습니다'라는 현수막을 보고 재우가 전화를 해 왔다. 한 달 전에 내 남동생이 뺑소니 사고를 당해서 걸어 놓은 현수막이었다. 한 달에 한두 번 있는 회식을 마치고 새벽 2시경의 귀가 길에 마주 오는 차량에 받혀 도로 옆으로 굴러 떨어진 사고였다. 사고 난 지점은 급커브 길이었고, 동생 차는 바깥쪽에서 주행 중이었다. 현장에는 동생 차가 아닌 차량의 범퍼 잔해가 남아 있었는데, 1톤 트럭에 주로 사용하는 범퍼였다. 급커브의 바깥쪽 길을 돌던 동생 차가 중앙선을 넘어서 마주 오는 차량을 받은 것인지, 아니면 상대 차가 중앙선을 넘어 동생 차를 받은 것인지 확실하지는 않지만, 어떤 경우라도 1600cc급 승용차인 동생 차는 1톤 트럭에 받혔을 경우 밖으로 튕겨져 나갈 수밖에 없었다. 사고가 난 후 상대 차 운전사는 동생을 차 밖으로 꺼내 놓고 동생의 휴대전화로 119에 신고만 하고는 뺑소니를 쳤다. 만약에 바로 인근의 병원에 이송하였다면 현재처럼 깨어나지 못하는 일은 없었을지도 모른다.

동생은 그때부터 의식불명 상태로 깨어나지 못하고 있었다. 육체적으로는 어디 크게 다친 곳이 없는데 이상하게도 동생은 깨어나지를 못했다. 뇌도 신경도 다 정상이라고 했다. 그냥 보통 사람이 숙면을 취하는 상태와 같이 잠을 자고 있을 뿐이니 며칠 지나면 자연스럽게 깨어날 것이라고 의사는 말했지만 그것이 어느새 한 달이 되어 갔다.

뺑소니범을 찾는 수사가 진척이 없자 나는 사고 지점에 목격자를 찾는 현수막 두 개를 걸었다. 처음 얼마 동안 장난전화가 몇 차례 왔을 뿐 도움이 될 만한 연락은 없었는데, 재우에게서 전화가 온 것이다. 기차역 앞의 다방에서 만났을 때 그는 조심스럽게 입을 열었다.

"목격자는 아니지만 혹 도움이 되지 않을까 해서 말씀드리니 웃어넘기지나 말았으면 좋겠습니다." 하면서 그는 꿈 이야기를 했다.

얼마 전부터 교통사고 꿈을 매일 계속 꾸고 있어요. 똑같은 꿈을요. 처음에는 너무 놀라서 깨어나면 생각도 하기 싫었는데, 자꾸 꾸게 되자 꿈속 현장을 냉정하게 볼 수 있게 되었지요. 깨어나서도 사고 차량의 번호도 생생하게 기억해 낼 수 있을 정도로. 그런데 사고 승용차의 차량 번호판을 꿈속에서뿐만 아니라 현실에서도 본 적이 있어서 난 전율했어요.

"동생 분의 차가 3377번 맞지요?"

"네, 맞아요. 그 번호를 어디서 봤는데요?"

"폐차장에서요. 내 차의 우측 전조등이 깨져서 쓸 만한 것을 구하러 폐차장에 갔다가, 마침 내 차와 같은 차종의 차가 있어서 보니 그 차였습니다."

그 차는 폐차 수속은 끝났으나 번호판은 떼기 전이라더군요. 좌측 전조등은 박살이 났으나 우측 전조등은 말짱하여 직원에게 싼값으로 구입해서 교체했지요. 내 차에 동생분의 차 전조등을 달게 된 것이지요. 따져보니 그때부터 그런 꿈을 꾸었더군요. 꿈이 그냥 꿈으로서 존재하는 것이 아니라 현실과 연결되어 있는 것을 알자 공포스럽기까지 했어요. 그런 한편 꿈이 내게 무언가를 암시하는 것 같아서 꿈속에 보이던 지형과 도로교통표지판을 참고해서 현장을 찾았지요. 똑같은 장소가 있고, 거기 현수막이 걸려 있더군요. 뺑소니범을 잡아달라는 간절한 애원을 나에게 보내고 있다는 것을 느낄 수 있었지만 바로 연락을 하지 못했어요. 뺑소니쳤지만 그 사람도 그럴만한 이유가 있을 것이고, 그리고 어디까지나 그들의 일에 내가 끼어들어서 두 사람의 인생에 간섭하고 싶지 않았어요. 사고 당한 사람에게는 안됐지만 이미 당한 건데, 뺑소니범마저도 죗값을 받아서 피해를 봐야할 필요는 없을 것 같았어요. 또한 누가 가해자고 피해자인지도 모르는 상황에 내가 괜히 나서서 어느 한쪽에 피해를 주고 싶지도 않았고요.

그런데 계속 같은 꿈을 꾸게 되자, 사고 당한 사람이 나를 통해 보내는 메시지가 뭔가 궁금해지더군요. 가족이나 가까운 사람도 아닌 나를 선택한 이유가 무엇인지. 또 한편으로는 꿈에 보이던 차량이 정말 가해차량인지도 궁금해지더군요.

그러면서 그는 흰색인 외장의 1톤 트럭이며 끝번호가 8인 노란번호판을 단 차량을 경찰서에 가서 조회해 달라고 했었다. 꿈에 보았던 번호를 다 알려줄 수도 있지만 그러면 경찰이 낌새를 차리고 바로 수사에 들어 갈까봐 그런다면서. 처음부터 말했지만 그 사람이 뺑소니칠 수밖에 없었던 이유가 있을 것이니 천천히 뜸을 들여 살펴보자고 했다.

재우가 보고 있는 것이 그때 그가 알려준 단서로 차량 조회해 온 것이었다. 그가 알려준 조건에 맞춰서 조회해 본 결과 일단 경북 지역에서는 22대가 검색되었고, 그 중 여덟 대가 반경 50킬로 이내의 지역에 차고지를 두고 있었다. 한국 사람들의 이름은 연령대 별로 선호하는 것이 있기 마련이라 거의 비슷비슷했지만 차주 가운데 유독 눈길을 끄는 한 이름이 있었다. 이만석. 내 추억 속에도 같은 이름의 사람이 있었다. 그 사람일까? 흔치 않는 이름이라 나는 혼란스러웠다. 만약 그라면 이 사건과 무관하기를 바랐다. 절대 만수의 형이 아닐 것이라고, 그럴 수는 없을 것이라고, 같은 이름의 동명이인일 것이라고 자기최면을 걸었다. 사실이라고 하더라도 확인을 하는 순간까지 회피하고 싶었다. 재우가 차량 조회지에서 이만석을 가리켰을 때도, 나는 회피했다. 설마 그 사람은 아닐 것이라고. 그러면서도 묘한 운명의 밧줄이 내 주위에 얽혀 드는 것을 느꼈다. 그 밧줄이 점점 더 나를 조르고 들었다.

"만약에 그 사람의 상황이 안 좋다면, 그 사람의 죄를 덮을 건가요?"

나는 재우의 속마음을 다시 한 번 확인하고 싶었다.

"정말 어쩔 수 없는 상황이라고 하더라도 오규 씨한테는 알려드릴 겁니다. 조금 숙려해 보자는 거지요. 제가 신고를 함으로써 그 가정이 악화된다면 내 마음이 감당하기 힘들어서요. 어쩌면 오규 씨께 부탁이라도 드릴지 모르고요."

나는 그의 말에 끌렸다. 동생을 생각하면 당장이라도 뺑소니범을 찾고 싶지만, 남을 먼저 생각하고 배려하는 행동에, 그리고 아무런 보상도 원치 않고 나를 도와주는 마음에, 감동이 되었다. 뺑소니범의 스파이가 아닌가 하는 의문도 들 수 있었지만 스파이라면 굳이 이렇게까지 나설 이유가 없을 것이다.

나는 정말 궁금했다. 동생이 왜 제수씨나 조카가 아니라 재우의 꿈에 나타났는지. 원한을 풀고 싶다면 내 꿈자리에 나타나야 옳은 것이 아닌가. 자기 차의 전조등을 가져간 차주의 꿈에 나타났다? 고작 그 이유밖에 없는 건가? 그동안 전혀 인연을 맺지 않았던 사람, 오직 전조등을 가져갔을 뿐인 사람한테 나타날 수 있을까? 동

생이 원하는 것이 단순히 뺑소니범을 잡는 것이 아니라 다른 것일
수도 있다는 뜻인가?

차량 조회지와 사건기록을 꼼꼼히 읽어본 재우가 알아보고 며칠
안으로 연락을 하겠다면서 떠난 후에도 나는 원두막에서 떠나지 못
했다. 가을 햇살은 이제 원두막 그늘까지 침범해 와서 내 몸을 달
구는데도 나는 아랑곳없이 한 생각에 빠져 있었다.

이만석의 이름은 30년도 훨씬 지난 어느 가을의 한 풍경 속으로
나를 데리고 갔다.

학교에서 막 돌아온 나는 집 뒤란의 고욤나무 아래를 서성이면서
고욤을 주워 먹었다. 뒤란에는 오십 년 된 고욤나무 두 그루가 있
었지만 떨어진 열매는 얼마 되지 않았다. 간에 기별도 안 갔다. 오
히려 입맛이 더욱 당겼다. 하교 후의 공복감마저 몰려왔다. 손을
뻗어도 닿지 않는 고욤나무 가지를 안타깝게 바라보았다. 어떻게
하면 더 먹을 수 있을까? 돌멩이를 던져 봐도 잘 맞지 않았다. 장
대를 이용해서 털어보기도 했지만 장대의 무게는 초등학교 4학년
짜리가 들고 휘두르기에는 벅찼고, 결과는 시원찮았다.

그때 처마 아래에 뉘여 놓은 사다리가 눈에 들어왔다. 대나무로
만든 사다리였다. 철로 된 사다리가 나오고부터 이젠 역할을 잃어
버리고 방치된 사다리였다. 순간 머리가 환하게 밝아졌다. 그래 바
로 저거야. 야호! 야호! 나는 희열에 찬 목소리로 만수의 집을 향해

만수를 소리쳐 불렀다. 만수야! 만수야! 빨리 와 봐! 잠시 전에 같이 하교했던 만수는 자기 집에서, 알았어! 대답을 하고는 곧 왔다.

우리는 먼저 사다리를 툇마루에 비스듬하게 걸쳐 놓고 밟고 올라가 봤다. 만수도 올라가 디디어 보고 나도 또 그렇게 해 보고. 오래 방치된 사다리가 삭았을 수도 있어서 검사하는 것이었다. 괜찮았다. 4학년짜리 꼬마들이 밟고 오르기에는 끄떡없어 보였다. 어른 키의 두 배는 될 사다리를 우리는 조심스럽게 고욤나무에 걸쳤다. 만수가 올라갔다. 언제나 이런 일에는 만수가 앞장섰다. 나는 밑에서 사다리가 넘어지지 않게 잡았다. 올라간 만수는 곧 가지를 꺾어서 땅바닥 위에 펼쳐 둔 신문 위로 정확하게 던졌다. 그 가지에는 도토리만한 고욤이 옹기종기 소복하게 붙어 있었다. 두 번째 그리고 세 번째 것도. 우리는 가지 네 개를 꺾어 두 개씩 사이좋게 나눠 먹을 요량이었다. 그런데 만수가 마지막 네 번째 가지를 꺾기 위해 손을 뻗는 순간 만수의 몸이 밑으로 쑥 빠져 내려갔다. 만수가 밟고 선 디딤판이 부러진 거였다. 쑥 빠지던 만수의 엉덩이가 사다리 디딤판에 걸리는가 싶더니 순간적으로 뒤로 넘어지면서 뒤통수를 사다리에 강하게 박으면서 굴러 떨어졌다. 그렇게 굴러 떨어진 것이 오히려 추락의 속도를 감소시켜서일까 만수는 아무렇지 않다는 듯이 툭툭 털고 일어났다.

"머리 안 아파?"

"괜찮아. 근데 사다리가 부러져서 어쩌지? 야단맞을 텐데……."

만수는 자기 아픈 것보다 사다리를 먼저 걱정했다.

"요즘 사용하지도 않는데 뭐. 이제 찾지도 않을 거야. 근데 아픈 데는 없어? 다리는? 팔은?"

"괜찮다니까. 봐라, 팔도 다리도 다 잘 돌아가잖아."

그러면서 만수는 팔을 빙빙 돌리고 다리로 앞차기를 해 보였다.

"아픈데도 안 아픈척하지 말고, 아프면 이야기해."

"알았어. 어서 먹기나 하자."

만수는 정말 별일 아니라는 듯이 고욤가지 하나를 나에게 건네주고는 자기도 가지 하나를 들고 고욤을 따먹기 시작했다. 나도 곧 고욤을 먹었다. 고욤을 많이 먹으면 변비가 생긴다고 어른들은 많이 먹지 못하게 했지만 먹을 게 별로 없던 그 시절의 우리들에게는 가을 들판의 먹을 수 있는 열매는 모두가 간식 거리였다.

그로부터 삼 일째 되던 날 만수는 구토를 하며 잘 걷지를 못했다. 머리가 심하게 아프다고 했다. 나는 아버지에게 자초지종을 이야기하여 병원에 입원시키게 했다. 만수의 아버지는 우리 집의 붙박이 일꾼이었다. 일 년 내내 우리 집에서 농사일을 거들어주고 받는 품값으로 가족의 생계를 유지하고 있었다. 우리 집에서 일자리를 잃게 될까봐 만수 아버지는 감기로 콜록거리면서도 쉬는 날 없이 일했다. 감기 같은 건 매운 청양초를 국에 풀어서 마시고 땀을 내면 금방 낫는다고 하면서 약값마저 아꼈다. 그들 가족은 아프면 병원이나 약국에도 안 가고 참고 버티었다. 가난한 집안의 막내아들인 만수도 그런 아버지의 생존법칙을 이었다. 나보다 몸도 크고 건강하기도 했지만 웬만한 상처에는 울지도 않고 참아 넘겼다.

만수의 병명은 타박성 뇌출혈이었다. 병원에서 엑스선촬영을 하니 뇌 속에 소량의 출혈이 보였다. 사다리에 머리를 심하게 박은 탓이었다. 사다리에 머리를 박은 후 통증이 오는데도 만수는 그동안 혼자서 끙끙거리며 참았던 거였다. 그렇게 많은 양은 아니어서 어렵지 않게 뽑아내었고 결과도 좋았다.

만수 아버지에게 있어서 만수는 살아가는 희망이었다. 만수보다 세 살 형인 만석은 중학교에 진학을 안 시켰지만 만수는 대학까지 보내겠다고 언제나 입버릇처럼 말했다. 정말 만수를 끔찍이 아꼈다. 그럴 수밖에 없는 것이 만수는 몸도 건강한데다가 운동도 공부도 잘했다. 나는 모든 면에서 만수를 따라가지 못했다. 그런 만수를 우리 아버지도 귀여워했다. 만수가 아프다고 하자 선뜻 입원시키고 수술비까지 부담할 만큼.

일주일 만에 퇴원한 만수는 더 이상 머리가 아프다고 하지 않았다. 만수와 나는 다시 즐거운 나날을 보내게 되었다. 등하교를 같이 하고 숙제도 같이 하고, 항상 붙어서 지내다가 만수는 우리 집에서 저녁까지 먹은 후, 아버지와 같이 집으로 돌아가곤 했다.

그런데 일 년 후 다시 찾아온 가을의 어느 날이었다. 우리는 방과 후에 학교 운동장에서 친구들과 함께 축구를 한 후 쉬고 있는 중이었다. 그때 갑자기 만수가 머리가 아프다면서 데굴데굴 굴렀다.

참을성이 강한 아이가 죽는다고 소리를 지르면서. 앞서 피가 나왔던 자리에 다시 출혈이 난 거였다. 피를 뽑아 낸 의사는 앞으로 축구 같은 심한 운동을 절대로 하지 말라고 했다. 당분간은 빠르게 걷는 것마저도 위험할 수 있으니 달리기도 하지 말고 조심스럽게 지내라는 말도 덧붙였다.

　의사의 말에 겁을 먹은 만수와 나는 주로 집안에서 TV를 보거나 책을 읽으면서 시간을 보냈다. 형제들이 많은 우리 집에는 책이 많았다. 위인전과 동화책뿐만 아니라 어른이 읽는 소설책 등이 천 권은 넘었다. 그동안 보지 않아 책꽂이에 꽂혀만 있던, 50권짜리 동화책과 30권짜리 위인전, 60권짜리 과학시리즈를 우리는 다 읽었다. 더 이상 읽을 어린이용 책이 없게 되자, 누나들이 보는 여성지도 읽었다. 여성지 광고 속의 란제리 입은 여자를 보면서 키득거리기도 했고, 김소월의 시를 읽고 비슷하게 써 보기도 했다. 안네의 일기와 주홍글씨, 훼밍웨이 전집이나 세계문학전집과 한국문학전집도 그때 읽었다. 내 생애에 그렇게 집중적으로 많은 책을 읽은 때는 그때가 유일했다. 아직 초등 5학년의 어린 나이라서 책 내용을 깊이 있게 이해하지 못하여, 작가가 의도하는 맛이나 향기와 빛깔을 느끼지는 못했지만, 그때 읽은 책들이 나의 정신적인 성장에 중요한 자양분이 되어 주었다.

　그런데 언제부턴가 만수는 일어설 때마다 휘청거렸다. 휘청거릴 때면 책상이든 서가든 벽이든 무엇이든 짚고서 의지했다.

"왜, 어지러워?"

"요즘 운동을 안 해서 그런 것 같애. 신경 쓰지 말어."

"운동은 나도 안 하는데. 난 안 그렇잖아. 너 또 머리 아픈 것 아니야?"

"아프지는 않은데……. 빈혈이 좀 있는지 어지럽기는 하네."

만수의 상태는 점점 나빠졌다. 농사일 때문에 언제나 아침 일찍 나가서 저녁 늦게 돌아오는 어른들의 눈에도 만수의 행동이 눈에 띄었다. 병원에서 사진을 찍어보니 출혈은 없었다. 예전에 출혈이 난 자리의 뇌세포가 성장하지 못하고 아래쪽에 있는 소뇌의 기능에 지장을 주고 있어서 평행감각이 떨어져서 그렇다고 했다. 그러면서 의사는 자연 치료가 될 수도 있으니 그냥 두고 지켜보든가, 종합병원에 가서 정밀 검진을 해 보든가, 선택하라고 했다. 하지만 가난한 만수네는 선택의 권리가 없었다. 이미 지켜보는 것으로 정해진 일이었다.

자주 어지럼증이 있었으나 더 이상은 나빠지지 않는 상태에서 만수와 나는 초등학교를 졸업했다. 그런데 그해에 우리가 사는 동네가 댐 건설로 수몰될 예정이어서 만수와 나는 헤어지게 되었다. 우리 집은 작은아버지가 사는 곳으로 이사를 갔고, 만수네는 만수 할아버지가 사는 곳으로 이사를 갔다. 우리는 처음 얼마동안은 서로를 그리워하는 연인처럼 매일 전화로 연락을 나누었지만, 초등학교와는 전혀 딴판인 중학교의 수업에, 더구나 친구 하나 없는 낯선

고장의 문화에 적응해 나가느라 차츰 서로가 소홀해졌다.

만수도 학교생활이 힘이 드는지 속내는 드러내지 않아도 전화기 저편에서의 울림이 많이 외로워 보였다. 우리는 서로를 그리워했지만 그리움이 짙어 갈수록 더욱 소홀해져 갔다. 그리고 어느 날부터 만수와 전혀 연락이 안 되었다. 아직은 어린 우리들. 언젠가는 그 그리움을 풀 날이 있을 것이라는 판단은 나에게 현실에 충실하게 하는 핑계가 되기도 했다. 그렇게 삼십 년의 세월이 흘러가 버린 거였다.

그런데 닷새가 지나도 재우한테서 연락이 없었다. 나는 궁금증에 참을 수 없어서 이만석의 주소지로 찾아갔다. 아직 가을햇살이 많이 남은 오후였다. 새로 만들어진 도로명주소를 이용하니 집을 찾기는 쉬웠다. 시내에서 조금 떨어진 변두리였다. 집 근처에 있는 슈퍼에서 음료수 한 병을 사서 마셨다. 타는 목도 두근거리던 속도 조금 진정되었다.

지나가는 말로 슬쩍 그 집에 대해서 물으니 무료하던 참이었던 슈퍼주인은 자세하게 알려 주었다. 용달차를 운전하는 형 가족과 장애인 동생이 사는데, 이곳으로 이사 온 지는 10년쯤 되었다고 했다. 동생 혼자서는 전혀 움직일 수가 없어서 형이 낮 시간에도 짬이 날 때마다 들러서 돌봐 준다. 형제간의 우애가 아주 돈독해서 인근에서 모르는 사람이 없다고 했다. 형의 아들 둘도 마음이 착해서 시간 날 때마다 삼촌을 휠체어에 태우고 외출 나와서는 동네 사람들 만나면 우리 삼촌입니다, 우리 만수 삼촌입니다, 하며 인사를 시킨다고 했다. 집안에만 있는 삼촌을 그렇게나마 타인들과 소통을 시킨다고 했다.

나는 음료수 한 상자를 사서 슈퍼를 나왔다. 가을 햇살은 아까보다 많이 약해져 있었다. 하지만 더 눈부셨고 따가웠다. 햇살 속에서 내 몸도 투명해져 버리는 것 같았다. 슈퍼주인이 만수라는 이름을 말하는 순간 참았던 것이 울컥 올라왔었다. 가슴 밑바닥에서부터 뭉클한 것이 치솟아 오르면서 현기증이 일었다. 그 옛날 만수가 그랬던 것처럼 나는 전봇대를 잡고 잠시 기대섰다. 옛날 등하교 길에서 현기증이 일어날 때마다 내 어깨를 짚고 잠시 서 있어야 했던 만수. 내 그리운 친구 만수가 여기 산단다. 이렇게 가까운 곳에 살고 있단다. 몇 발자국만 옮기면 만날 수 있단다.

오래오래 그리워하면서도 그 그리움의 보따리를 풀지 못했던 회한이 밀려들었다. 너무 무심했다는 자책과 내 자신의 치사한 이기심도 후회되었다. 그 모든 것의 바탕에는 만수가 내게 짐이 될 지도 모른다는 지극히 계산적인 판단이 깔려있었다.

반쯤 열린 쪽문 틈으로 나는 만수의 집안을 재빠르게 살폈다. 그냥 들어가면 되지 왜 이렇게 망설이는가. 친구를 만나는 일은 망설이는 것이 아닌데. 남향을 한 한옥집은 마당이 넓었다. 마당 서쪽에 키가 큰 오동나무가 한 그루 서 있었고 그 아래 평상이 놓여 있었다. 오동나무의 그늘은 평상을 다 덮고도 마당을 반이나 차지하고 있었다. 차가 그냥 드나들 수 있을 만큼 넓은 대문도 인상적이었다. 다시 평상으로 눈길을 돌렸을 때 거기, 아, 평상 위에 사람이 있었다. 처음에는 그늘이 짙어서 그냥 무슨 물건일 줄 알았었는데. 한 아이가 엎드려서 꼼짝 안하고 책을 읽고 있었다. 나는 가벼운 인기척을 내면서 아이 쪽으로 걸어갔다. 아이도 고개를 들고 나를 바라보았다. 오동나무 그늘 아래에 들어서서야 나는 그가 어른인 걸 알았다. 만수였다. 얼굴은 오랜 세월의 연륜으로 조금 변해 있었지만, 어릴 때의 만수 모습이 많이 남아 있었다. 내가 다가가는데도 일어나 앉지를 않고 엎드린 채 나를 바라보았다. 스스로 일어나 앉을 수 없는 모양이었다. 나는 만수 앞에 쪼그리고 앉아 그와 눈높이를 맞추었다.

"내가 누굴까? 누군지 알겠어?"

장난기 가득한 내 얼굴을 잠시 바라보던 만수는 이내 놀라운 표정을 하였다.

"너, 오오규지. 유 오오 규가 맞지?"

그의 어눌한 목소리가 놀라움을 안고 심하게 더듬거렸다.

"그래 임마. 오규다. 유오규!"

"여, 여기 어, 어떻게 알고 왔어, 임마야!"

"어떻게 알긴. 물어물어 알았지."

손을 뻗어서 만수의 손을 잡았다. 30년 세월을 건너서 다시 잡아 본 손은 작고 앙상했다.

"그래도, 오규 형님을 한눈에 알아보는구나."

"지랄한다, 니가 왜 형님이냐? 내가 생일이 다섯 달이나 빠른 데……."

나의 농에 만수도 웃으면서 되받아 넘겼다. 친구란 이렇다. 아무리 오랜 세월을 헤어져 있어도 다시 만나는 순간 스스럼없이 대할 수 있는 사이였다. 과거로 돌아갈 수 있는 타임머신이었다. 서로의 과거를 기억해 주는 역사책이고 앨범이었다. 우리는 잠시 지난 시절의 앨범을 들춰보았다.

엎드려서 말을 하려니 숨이 찬다면서 만수는 자기를 일으켜 달라고 했다. 만수가 시키는 대로 옆에 있는 좌식의자에 만수를 앉히고 넘어지지 않도록 천으로 된 띠로 가슴을 둘러맸다. 그리고 담요로 다리 위를 여며 주었다. 의자에 앉히기 위해서 만수를 들어 안았을 때 그는 너무 가벼웠다. 어른의 무게가 아니었다. 그의 육체는 초등학교 이후 성장을 멈춘 듯 했다. 눈시울이 시큰거려서 나는 잠시 하늘을 보았다. 거기 참 맑고 푸른 하늘이 있었다. 그 품에 안긴 구름도 여유로웠다.

그의 곁에 앉아서 새삼 그가 읽던 책을 보았다. 도서관 직인이 찍힌 순수소설책이었다.

"도서관에서 일주일에 한 번씩 와서, 읽은 책은 가져가고 새로 주문한 책을 가지고 와. 다섯 권씩.”

“많이도 읽는다. 일주일 다섯 권이면 일 년에……. 300권이네.”

“시간 보내기 좋잖아. 그리고 내가 좋아하기도 하고.”

“책 좋아하는 사람들 대부분 글도 쓰던데……, 너도 글 써?”

“그냥 끼적거리다가 몇 년 전에 시로 등단 절차는 마쳤어.”

“와! 그럼 시인이네. 책도 출간했고?”

“책은 좀 더 실력을 키운 다음에 내려고.”

사 들고 간 음료수 상자를 열어 병 음료 하나를 따서 만수에게 주고, 나도 하나 마셨다. 그때 잠자리 하나가 우리 사이로 날아오더니 평상 모서리에 사뿐히 내려앉는다. 마당을 가로지른 빨랫줄에도 고추잠자리 두 마리가 앉아 있었다. 우리 어릴 때는 잠자리를 초리라고 불렀다. 평상 모서리에 앉아 있는 잠자리를 향해 나는 손가락을 뱅뱅 돌리면서 접근했다. 거의 접근하여 손가락으로 날개를 막 잡으려고 하니 잠자리는 잽싸게 도망을 친다. 그 모습을 보고 만수가 웃었다. 손가락을 잠자리 눈앞에 뱅뱅 돌리면 잠자리가 어지러워서 도망을 못 간다고 했다. 예전에는 그렇게 하여 참 많이 잡았었다.

“만석이 형 하고 같이 산다고 하던데, 다 외출한 거야?”

“형하고 형수는 일하러 갔고. 맏조카는 군에 있고 작은조카는 타지에서 고등학교 다녀. 이 시간에는 거의 나 혼자 있지.”

“하루 종일 아무도 없으면 네가 필요한 일은 어떻게 처리해?”

"오전에는 장애인활동보조인이 와서 같이 있어 주다가 가고, 형이 시간 날 때마다 들르니까 불편한 건 별로 없어."

"형은 무슨 일 하시는데?"

"용달 몰아. 1톤인데 일거리가 없어서 지금 지입한 사무실에서 놀고 계실지도 몰라. …… 넌 어떻게 지내, 제수씨는 예뻐?"

내 질문을 받던 만수는 그렇게 되물어 왔다.

"제수씨라니……. 아, 우리 집사람?"

"그래, 너 집사람. 흐흐."

"지랄한다. 왜 제수씨냐? 임마야, 형수님이지."

"자고로 친구의 아내는 제수씨라고 부르는 게 불문율이다."

나는 내 결혼과 나의 가족에 대해서, 그리고 내가 하는 일에 관해서도 만수에게 이야기해 줬다.

"그나저나 몸이 왜 이렇게까지 나빠진 거야? 이렇게 아픈 줄 몰랐네."

"중학교 2학년 때 교통사고가 나서 더 나빠졌어. 하굣길에 길을 건너가는데 저쪽에서 차가 오는 거야. 빠른 속도도 아니었어. 운전사도 내 걸음걸이와 자신의 차 속도로 판단해서 충분히 여유를 두고 운전을 했대. 저 정도면 사고 없이 내가 건너 간 뒤에 지나갈 수 있을 것이라고. 하지만 내가 쓰러질 수도 있다는 돌발변수를 계산하지 못한 것이 비극이었지. 순간적으로 강렬하게 현기증이 나서 나는 주저앉아 버렸지. 여유를 부리던 운전사가 피한다고 피했지만 차의 범퍼 모서리가 주저앉아 있는 내 허리를 강타하고 말았어. 허리가 부러지고 머리가 깨지는 중상이었지. 한 2년 병원에 누워 지냈어. 더 이상 차도가 없는 상황에 이르자 퇴원을 했지. 그 당시에는 하체는 못썼지만 상체는 쓸 수 있었는데 차차 팔 힘도 떨어지고 세월이 가니 이렇게 되더라. 요즘에는 잘 때 호흡도 힘이 들어. 깨어 있을 때는 별 지장이 없는데 잘 때는 숨이 답답해서 산소호흡기를 달고 자. 아직은 팔 힘도 좀 남아 있어서 혼자 숟가락을 들 수도 있고, 몸을 뒤척일 수도 있는데, 이 정도도 못하게 될까봐 걱정이야."

"아, 그래서 그때부터 연락이 끊어졌구나. 너무 잘 있어서 날 잊은 줄만 알았잖아."

"지금이니까 말 하는데, 병원에 있을 때 너한테 편지를 했는데, 네 아버지가 오셨더라. 내가 이렇게 된 걸 알면 네가 힘들어 할지도 모르니까, 당분간은 연락을 하지 말라고 하시더라. 그러면서 네가 낯선 곳에서 적응을 못하고 방황을 하여 정학까지 당했다는 이야기를 해 주시더라. 그리고 병원비를 아주 많이 보태 주셨어."

"그런 일이 있었구나. 아버지는 돌아가실 때까지 그런 이야기는 한마디도 안 하시던데."

"언제나 나는, 네 선친께 고마워하고 있어. 내가 만난 사람 중에 가장 큰 대인이었으니까."

그래 아버지는 참으로 크신 분이었지. 누구나 기대고 싶으면 등을 빌려 주시는. 그런 아버지가 돌아가신 후 나는 눈물이 많아졌다. 아버지라는 이름만 입에 올려도. 백발성성한 모습의 노인을 봐도 코끝이 찡해오는 것이었다.

"하늘도 저리 푸르고, 그 하늘 아래서 책을 보는데, 삼십 년 만에 친구가 찾아오고, 그 친구와 함께 옛 추억을 되새기니……. 오늘은 이만수 생애 최고의 날일 것 같다."

"근데 어쩌나. 너는 기뻐하는데도 나는 눈물이 난다. 모든 것이 내 탓인 것만 같아서."

"살아가는 일에 있어서 누구 탓 누구 탓할 것 뭐 있나. 다 자기가 타고난 복이지. 그 복이라도 소중하게 여기고 살아야지."

만수 집을 나와서 내 차가 있는 곳으로 가는데 하얀 트럭이 만수 집 대문 앞에 멈추어 섰다. 끝번호가 8인 노란번호판을 단 용달차. 그 차에서 한 사람이 내려서 문을 열고 안으로 들어갔다. 만석이 형이었다.

차를 운전해서 돌아오는데 재우가 전화를 했다. 그는 그동안 뺑소니범에 대해 조사한 것을 이야기했다.

이만석 씨 가정을 살펴보니 너무 힘들게 살고 있더군요. 그는 삼십 년 가까이 중증장애인 남동생을 뒷바라지하면서 살고 있는데, 그마저 구속이 된다면 동생은 살아가기 힘들게 돼요. 물론 그의 아내도 있지만 형만큼 챙길 수가 없잖아요. 사건 당일 날도 절친한 친구의 부친이 임종하여 늦게까지 상가를 지켜주고 있다가, 동생의 산소호흡기가 고장이 나서 숨을 못 쉰다는 연락에 급하게 집으로 돌아가던 길이었대요. 사고가 난 후 구호조치만하고 현장을 떠난 것은 경찰서에 가서 조사받느라 시간을 지체하면 동생이 위험해질 수도 있는 상황이었다고 하네요. 물론, 오규 씨 입장에서는 다친 동생을 바로 인근병원에 이송하지 않는 것에 더 중점을 두겠지요. 하지만 이쪽도 저쪽도 다 같은 사람이고 상황이 위급한 것도 같잖아요. 어느 것이 더 중요하느냐의 판단은 신만이 알지 않을까요? 오규 씨도 그의 집 상황을 직접 확인해 보시면 어떤 방법이 정말 좋은 선택일까 아실 거예요. 좀 냉정하게 말씀 드리면 오규 씨 동생이야 이미 다쳤고, 오규 씨네 경제 형편으로 봤을 때는 동생을 충분히 치료할 여건도 되잖아요. 내 생각을 말씀 드리면 이만석 씨를 용서하고 잊어버리시는 게 가장 좋을 것 같아요. 불행은 한 사람만으로 끝내는 것이 더 좋지 않을까요. 오규 씨가 합리적으로 판단을 잘하실 터이지만, 단서를 제공한 내 입장도 있어서 이렇게 부탁을 드리는 겁니다. 어쩌면 이만석 씨와 오규 씨도 좋은 인연으로 엮일 수 있지 않겠어요?

재우가 그렇게 부탁을 하지 않아도 만수를 만나는 순간, 내 마음은 이미 결정되어 있었다. 내가 만수에게 용서를 빌지 않았던 것처럼, 만석이 형도 내 동생에게 용서를 빌지 않아도 된다고. 만수가 내게 용서를 바라지 않았던 것은 우리가 친구였기 때문이고. 만석이 형이 내 동생에게 용서를 빌지 않아도 되는 것은 이렇게 잊어버린 친구를 다시 찾게 해 준 것에 때한 고마움 때문이었다.

나는 앞으로 남은 절반의 인생을 만수와 같이 할 생각으로 즐거웠다. 나로 인해 일찌감치 사람다운 삶을 포기하고 살아야만 했던 만수의 지난 삶을 보상할 수는 없을 것이다. 그러나 앞으로 남은 인생을 즐겁게 살 수는 있을 것이다. 그의 나머지 인생을 행복하게 해 줄 생각만으로 나는 이미 즐거워졌다. 우정이란 이런 것인가. 친구가 행복하면 나 또한 즐거워지는 것인가.

동생이 나의 꿈에 나타나지 않은 이유가 이것이었을까. 성질 급한 나에게 단서를 제공하면 형사를 대동하고 바로 쳐들어가서 일을 더 크게 벌일 것 같아서, 재우와 같은 남을 배려하는 사람의 꿈자리에 나타난 것일까? 그런 내 동생이라면 나를 이해해 줄 것이다.

돌아오는 길에 나는, 사고 현장으로 가서 목격자를 찾는 현수막 두 개를 떼어 냈다. 그때 내 휴대폰이 울렸다. 아내였다. 아내의 목소리가 어떤 감격으로 떨리고 있었다.

"여보! 서방님이, 서방님이, 의식을 찾았어요. 깨어났다고요!"

〈2012년 발표〉

사랑이란, 비가 오면 즉시 달려가서

장독 뚜껑을 닫을 수 있을 정도의

변함없는 관심과 거리를 유지하는 것이 중요했다.

손티
ㅡ싱글마더를 꿈꾸는 여자

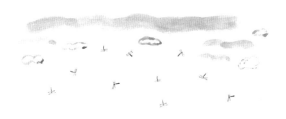

　직원들이 퇴근한 텅 빈 사무실에 혼자 남아 있자니 에어컨의 바람이 무척 사늘하게 느껴져 왔다. 에어컨의 온도를 올려야겠다고 생각은 하면서도 나는 그 자리에 계속 앉아 있다. 차라리 이렇게 사늘한 것이 좋았다. 결단의 순간은 냉정한 법이다. 그 남자는 오늘 만나면, 확실한 대답을 해달라고 했다.

　사람의 일생은 선택의 순간으로 이어져 있을 것이다. 아침에 일어나서 이불을 어떻게 갤 것인가에서부터, 기지개를 켤 것인가 말 것인가. 아침 식사 때 김치를 먹을 것인가 말 것인가. 그런 사소한 선택들은 지극히 일상적인 일이라 선택에 따른 갈등이 크지 않아서 순간적으로 결정이 나고 만다. 선택의 결과가 잘못되었을 때도 부

194

담이 적다. 그러나 인생에 있어서는 그런 사소한 선택뿐만 아니라 아주 중대한 선택의 기로에 설 때가 있다. 이런 선택은 그 결과가 나머지 인생에 지장을 줄 정도까지 된다. 번민과 갈등, 두려움과 즐거움, 희망과 절망의 교차점이기도 하다. 그래서 정말 결단이 필요했다. 그 남자에게 오늘 해 주어야 하는 답도 내 나머지 인생 전부에 영향을 미치는 일이다.

나는 사실 이런 식의 선택은 싫었다. 더구나 남자와 관련돼 인생에 영향을 미치는 결정을 하는 것이 싫었다. 차라리 혼자 살았으면 혼자 살았지. 그래서 지금까지도 혼자서 살아왔고, 앞으로도 혼자 잘 살아갈 것이라고 생각하고 있었다. 내 인생에 있어서 남자라는 것은 필요한 대상이 아니었다. 가끔씩 친구들의 아이들을 보게 될 때면 아이 하나는 가졌으면 하는 생각이 들어 한 2년 후, 내 나이가 35살 되면 그때 아이를 하나 가질 생각은 있었다. 아이를 가지기 위해서 남자와 꼭 그 일을 치를 필요는 없었다. 정자은행에 가면 건강한 정자를 쉽게 구할 수가 있었다. 싱글마더. 이 얼마나 근사한 말인가. 아들 딸 구별은 하지 않을 것이다. 쪼그만 것이 그래도 남자라고 집안 기둥 역할을 하며 엄마를 챙겨주는 아들이나, 엄마와 친구처럼 지낼 수 있는 예쁜 딸. 상상 속의 아이들은 언제나 내게 즐거움을 주었다.

그런데 그 남자가 나타난 거였다. 10년 가까운 세월 저편에 있다가 훌쩍 찾아 와서는 내게 결단을 요구하는 것이다. 남자가 요구하는 것은 '자기와 같이 갈 것인가, 기다리라면 더 기다릴 테니 언제까지 기다리면 되는 것인가.'였다. 따라서 예스, 노가 아니라 두 개 중에 하나를 선택하라는 거였다. 그런데 두 가지 중에 어느 것을 선택해도 그를 인정하는 것이 되었다. 그를 싫어한다면 둘 다 거부해야 했다. 그가 이런 요구를 하는 것은, 내가 그를 사랑한다는 전제를 깔고 있었다.

서쪽 벽에 걸린 벽시계는 오후 7시가 가까워지고 있다. 지난 주말에 만났을 때 그는 그런 요구를 하고는 오늘 7시에 답을 달라고 했었지만, 나는 오늘 아침에 전화를 해서 두 시간을 늦추었다. 벽시계는 째깍째깍 규칙적으로 그 시간을 앞당겨 갔다. 잠시 바라보는 동안에도 시계는 자기 일을 충실히 해 내고 있다. 그때였다. 벽시계 밑에 있는 유리창 밖으로 사람의 움직임이 보인 것은.

여자다. 여자는 빨래를 걷고 있었다. 나는 창가로 걸어갔다. 여자는 걷은 빨래를 차곡차곡 바구니에 담는다. 7시가 가까워 오고 있었지만 여름날의 해는 아직 빛을 잃지 않고 있었다. 여자의 목에는 땀이 번들거렸고 소매가 짧은 티는 몸에 붙어 있다. 무릎이 드러나게 입은 반바지도 그리 시원해 보이지 않았다.

평소보다 오늘의 빨래 양이 좀 많다. 화요일? 음, 금요일이구나. 화요일과 금요일에는 빨래를 하는 여자. 여자는 언제나 습관처럼 빨래한 옷들을 두어 번 딱딱 털고 난 후에야 빨랫줄에 널었다. 또한 바지는 바지대로 치마는 치마대로 상의는 상의대로 내의는 내의대로 양말은 양말대로, 종류별로 나누어 널었다.

나는 지금의 건물로 입주한 후부터 작업의 능률이 안 오를 때나 혹은 차를 마시면서 하루에도 대여섯 번씩 여자의 집을 지켜보았다. 덕분에 여자가 비가 오는 날은 제외하고 화요일과 금요일에는 빨래를 꼭 한다는 것을 알게 되었고, 화요일과 금요일이 아닌 날에는 절대로 빨래를 하지 않는다는 것도 알게 되었다. 화요일과 금요일에만 빨래하는 여자는 그러니까 화요일과 금요일이 아닌 날에는 빨래하지 않는 여자이기도 했다. 여자가 그 두 요일에만 빨래를 하는 것을 나는 처음엔 이렇게 생각했었다. 금요일의 빨래가 주말을 기분 좋게 보내기 위한 예비 작업이라면 화요일의 빨래는 주말의 흔적을 씻어내기 위해서일 것이라고. 그러나 내가 서 있는 2층과 그녀가 서 있는 1층 옥상과의 거리만큼이나, 옥상과 사무실이라는 환경의 차이만큼이나 나의 생각은 잘못된 것이었다. 언젠가 그녀를 만나서 직접 물어보니 특별한 이유는 없고, 단지 뭔든 계획을 세워 정기적으로 하는 것이 몸에 배어 그렇게 한다고 했다. 화요일과 금요일의 빨래는 고등학교 때 자취하면서부터 지금까지 10년 동안 그렇게 해온 것이라고 했다. 그렇다고 특별히 신경을 써서 지키려고 한 것은 아니란다. 작은 습관이 그렇게 하게 했을 뿐.

여자가 살고 있는 남향집은 전통적인 ㄱ자 한옥이었다. 여자는 그 집 문간방에 남편과 아들 하나와 같이 세 들어 살았다. 안방을 포함하여 나머지 모두는 집주인 가족이 사용했다. 집과 큰길과의 거리로 짐작하건데, 처음 집을 지었을 때는 마당이 아주 넓었을 것 같았다. 도시의 발전에 따라 길이 넓어지고 보도가 개설되는 등으로 해서 야금야금 뜯겨 나가 자꾸 작아지다가 급기야는 화장실이나 창고 등으로 사용하는 부속건물까지 들어서서 지금처럼 답답할 지경에 이르렀을 것이다. 마당에는 한여름인 요즘도 햇빛이 오래 머물지 못했다. 여자가 빨래를 말릴 수 있는 곳은 부속건물 옥상뿐이었다. 부속건물은 슬래브 구조로 만들어져서 옥상은 편평했다. 빨래를 널 수 있게 기다란 빨랫줄이 세 개나 있었고 여름밤에 앉아 더위를 쫓거나 가을에 호박고지나 고추를 말릴 수 있도록 널따란 평상도 하나 있었다.

지금 그 평상 위에 여자의 아이—이제 네 살인 남자 아이가 장난감을 갖고 놀고 있다. 마당에 햇빛이 잘 안 들어서 그런지 여자는 옷가지뿐만 아니라 행주나 도마도 옥상으로 들고 올라왔다. 한 모서리에는 장독대를 만들고 올망졸망한 독을 다섯 개나 놓아두고 있었다. 그 옥상과 내가 있는 건물과는 3미터 정도 너비의 골목길을 사이에 두고 있었다. 가깝다면 가까운 거리였다. 또한 1층의 옥상과 사무실 2층과는 높이가 거의 같았기 때문에 우리가 마주 보고 이야기를 나누려 한다면 별로 어려운 일이 아니었다.

창문 안쪽에 숨어서 엿보는 것만 같아서 나는 창문을 열고 몸을 내밀었다. 후덥지근한 열기가 확 다가왔다. 에어컨을 틀어 놓은 실내에 있었던 나는 순간 숨이 턱 막히는 기분이었다. 목과 이마에

금방 땀이 분출했다. 괜히 창문을 열었다는 후회가 들었다. 하지만 나보다 더 작고 어린 여자도 밖에서 일하고 있는데……. 여자는 창문 열리는 소리를 못 들었는지 계속 빨래를 걷어서 바구니에 담는 작업을 멈추지 않았다. 나는 여자가 다 걷을 때까지 지켜보기로 했다. 여자는 아주 능숙하고 능률적으로 빨래를 걷어서 바구니에 담았다. 평상에서 놀고 있던 여자의 아이가 쪼르륵 엄마에게 달려가서 뭐라 하는 것 같더니 여자가 나를 향해 돌아본다. 아이가 나를 발견한 모양이었다.

"어머, 언니 아직 퇴근 안 했어요?"

여자는 내 기분과는 상관없이 나를 언니라 부르는 것을 좋아했다.

입주를 하고 한 달쯤 되어서였다. 개나리는 졌지만 아직 아카시아는 피지 않는 때였다. 아마 토요일 오후 늦게였을 것이다. 그날도 직원들이 다 퇴근을 한 뒤에 혼자 남아서 얼마 후에 있을 워크숍에 필요한 자료를 보고 있다가 머리를 식히려고 창을 여니 여자가 그 장독대의 독 중 하나에서 무언가를 퍼내고 있는 것이 보였다.

"그거, 간장인가요?"

그동안 여러 번 눈길은 마주한 적은 있으나 말을 붙여 보기는 처음이었다. 여자는 뒤쪽에서 날아든 내 말을 바로 듣지 못했다. 잠시 하던 일을 계속 하더니 문득 고개를 돌려 주변을 두리번거렸다. 그러다가 창가에 서 있는 나를 발견하고는 약간의 의문을 실은

눈길로 보았다. 내가 고개를 까딱하는 것으로 인사를 대신하자 여
자는 금세 수줍은 표정으로 마주 고개를 까딱했다.

"간장인가요, 방금 퍼낸 것······?"

"아, 네."

"집에서 담근 거예요?"

"네."

"직접요?"

나는 마땅한 호칭을 미리 준비하지 못해서 주어는 생략한 채 물
었다.

"제가 직접 말인가요······? 아니에요. 시댁에서 담글 때 도와 드
리고 좀 얻어 온 거예요."

"직접 담글 수도 있나요?"

"조금은요."

"대단하군요. 요즘 여성들은 가르쳐 준다고 해도 배우려고 하지
않던데······. 다른 독에는 뭐가 들었나요?"

"이게 간장독이고요. 이건 된장, 이건 고추장, 이건 소금 그리
고, 이건 김칫독인데 지금은 비어 있죠."

여자는 독을 하나하나 짚어 보이면서 말했다. 겨울이면 김치를
가득 담고 땅에 푹 파묻혀 있을 김칫독이 가장 컸다.

"만들기도 그렇고, 관리하기도 그렇고, 사서 먹는 게 편할 텐
데요."

"편하고말고요. 근데 애기 아빠가 양조간장은 딱 질색하거든요."

"식성이 까다로운 분이군요?"

"꼭 그렇지만도 않아요. 다른 음식은 별로 가리지 않는데, 유독 장 종류만은 꼭 시댁에서 만든 것만 찾는 것이 문제지요."

"문제될 것도 없어요. 사람은 누구나 음식에 대해서는 약간의 결벽이 있거든요."

간장을 담은 냄비를 든 여자는 어느새 내가 있는 쪽으로 바짝 다가와 있었다. 눈앞에서 자세히 본 여자는, 150cm를 간신히 넘을 키와 아담한 체격에 별로 밉지 않은 인상이었다. 아니, 남자들이라면 오히려 예쁘다고 할 타입이었다. 얼굴에 화장기가 없고 좀 피곤해 보이긴 하여도 나이는 분명 나보다 대여섯 살은 아래일 것 같았다. 헐렁한 티셔츠에 칠푼바지를 입은 모습은 가정주부의 모습을 엿보게 해 주었다. 이야기가 길어질 것 같았는데 자다가 깬 여자의 아이가 울면서 엄마를 찾는 소리에 여자는 옥상을 내려갔었다.

나도 그랬지만 여자도 나에 대한 호칭을 미리 정해 두지 못했을 것이다. 나는 될 수 있는 한 의상실 주변의 여자들과 친해지지 않게 의식적으로 행동했다. 사람들은 자기와 똑같은 부류의 사람은 존경하지 않는 법이었다. 더구나 여자들은 더욱. 일이 있어도 사무적으로 냉정하게 처리해 버리면 도도하다고 손가락질은 하면서도, 반대로 어려워하고 함부로 대하지 못했다. 양푼이에 같이 밥을 비벼서 먹으며 여자들과 수다를 한번만 떨어 보라. 그러면 바로 그 다음날부터 십 년 된 친구인 것처럼 막 대하려고 할 것이다. 그로 인해 귀찮은 일은 또 얼마나 많을 것인가. 그건 내 직업에 대한 신성한 자부심에 상처를 주는 일이었다. 여자들에게 묘한 선망마저 가지게 하는 패션 디자이너라는 우월의식에 대한 도전이었다. 아래층에 있는 의상실의 단골손님이라 해도 언제나 나는 직업적으로 대할 뿐, 옷 한 벌을 더 팔기 위해서 아첨을 하거나 비위를 맞추는 짓은 안했다. 물론 어디까지나 1층 의상실의 대외적인 주인은 나의 언니였지만.

결혼한 언니와 동업을 하게 된 지도 5년 가까이 되었다. 대학에서 의상을 공부하고 이름 있는 디자이너 밑에서 또 몇 년을 더 배운 나는, 공부하던 도시를 떠나 중소도시인 고향으로 와서 의상실을 개업했다. 맞춤 전문 의상실인데다가 혼자서 옷을 만들고 가게 영업을 한다는 것이 쉽지가 않았다. 자연스럽게 결혼하면서 놀고 있는 언니가 의상실 경영을 맡게 되고 나는 옷만 전문적으로 만들게 되었다. 언니와 동업을 함으로써 나는 디자이너로서 자존심을 유지할 수 있어 좋았고, 붙임성 좋은 언니는 사업을 한다는 것에, 또한 돈이 생긴다는 것으로 대만족이었다.

그렇게 도도하게 굴기를 좋아하던 내가 먼저 말을 붙인 것은 그녀에 대한 질투심, 혹은 부러움 등이 혼재된 경이감이었다. 아이를 낳고 남편과 함께 사는 것에 대한 미혼여성으로서의 궁금증도 포함되어 있었을 것이다. 어떻게 남자를 만나서 어떻게 사랑을 하고 또 어떻게 결혼을 할 용기가 있었을까. 그 자그만 체구로 어떻게 뱃속에 아이를 10개월간 키워서 출산할 수 있었을까. 껄끄러운 시댁과의 관계와 한 사람의 아내로서의 책임과 의무를 다해 낼 수 있었을까. 그 하나하나씩만 해도 어려운 일인데, 그 모든 것을 다 해내고 있다는 것이 내게는 경이로움으로 다가왔다.

그날 여자와 처음으로 대화를 나눈 뒤에 나는 항아리를 하나 샀다. 독보다는 작고 단지보다는 약간 큰 오지항아리였다. 시장에서 한 시간을 헤맨 끝에야 옹기점을 찾을 수 있었다. 시대의 조류에 밀려, 찾기 힘든 구석진 자리에서 명맥을 유지하고 있는 옹기상점을 보았을 때, 어린 시절 소꿉장난하던 추억이 불쑥 떠올랐다. 옹기가 반짝거리며 예쁘게 쌓여있는 모습이 꼭 소꿉장난을 할 때 사용하던 사금파리 같았다.

사 온 항아리에 천일염을 채워서 아파트 베란다에 놓아두었다. 물론 광목으로 덮개를 만들어서 덮어 두는 것도 잊지 않았다. 샘이 나서였다. 그날 여자의 옥상에서 본 장독대에 대한 샘이었다. 그건 질투이기도 했고, 나라도 못 할 것 없다는 시기였다. 냉장고에 가득한 인스턴트식품 말고는 무언가를 갈무리한다는 거. 사서 먹는 것이 아니라 준비해 둔 것에서 덜어 먹는다는 거. 여자처럼 다섯 개는 아니라 해도 하나 정도는 오래 묵을수록 좋은 것을 마련해 두고 갈무리해 나가고 싶었던 거였다.

베란다에 놓인 까만 오지항아리는 어느 이름 모를 도공의 손에

빚어졌는지 모르나 거기 놓인 것만으로 무게를 잡고서는, 내 아파트를 아주 오래 묵은 고가로 오인하게까지 했다. 이제 내 생활의 중심은 오지항아리였다. 그것은 수 백 년 묵은 상감청자보다도 더 아름다웠다. 아침에 일어나면 물걸레로 닦아주고, 맛소금에 길든 입맛을 바꾸면서까지 음식을 만들 때면 항아리 안의 소금을 썼다. 그 소금은 색다른 맛이 났다. 염분 과다섭취는 몸에 나쁘니, 천일염은 비위생적이니 뭐니 같은 말에는 상관 안 했다. 나는 점점 오지항아리와 소금에 집착했다. 반찬이 많아서 소금을 사용하여 새로 반찬을 만들 필요가 없는 때는 괜히 항아리 속에 손을 넣어서 까끌까끌한 감촉을 즐기다가 소금 몇 알을 입에 넣어야만 서운함이 풀렸다. 퇴근 후 독신여성의 즐거운 특권인양, 저녁을 밖에서 먹고 들어가던 것도 특별한 일이 있지 않는 한 하지 않았다. 마치 집에서 누군가가 기다리고 있는 것 같아 조바심마저 들 때도 있었다. 오지항아리와 그 안에 든 소금은 어느새 내 애인이었다. 나를 기다려 주는 정인이었다. 묵을수록 좋은 것은 간장, 된장, 소금 그리고 애인. 따라서 묵은 소금은 애인과 같은 거였다. 그러나 소금이 애인이었으므로 애인과는 이별이 필수이듯이 소금과도 이별은 준비되어 있었다.

싫증은 생각보다 빨리 찾아왔다. 항아리를 마련하고 보름쯤 지나자 어느새 권태를 느끼기 시작했다. 언제나 새로운 것을 추구하는 패션 디자이너로서의 직업적인 습관인지도 모른다. 권태가 시작되자 아침에 일어나서 항아리를 닦는 일도 소금으로 음식을 하는 일에도 흥미를 느끼지 못했다. 반비례하여 퇴근 후 밖에서 저녁을 먹고 놀다가 들어가는 일이 잦아졌다. 그날도 늦게까지 친구들과 저녁을 먹고 술도 한 잔 하면서 보내다가 집에 들어갔다. 맥주와 함께 먹었던 마른안주의 짭조름한 맛이 아직 입에 남아 있어서 그걸 잠시 즐기다가 문득 소금 생각을 했다. 맨입에 천일염의 거친 느낌을 즐기던 기억은 향수를 불러일으켰고 입에서는 군침이 돌았다. 서너 알 입에 넣고 씹으면 딱 좋을 듯했다. 베란다로 나갔다. 항아리는 뚜껑이 열려 있어서 하얀 광목 덮개가 달빛을 받고 은은하게 빛났다. 너무 아름다워 왈칵 오랜 친구를 만난 듯 반가웠다. 그 은은함은 그동안 내가 무심했음을 힐책하는 것 같았다. 다가서서 만져보니 항아리에는 먼지가 앉아 있었다. 얼마동안 전혀 손길을 주지 못한 것이 미안했다. 미안했다. 정말 미안했다. 입안에 돌던 군침은 어느새 달아나고 없었다.

하얀 광목 덮개를 벗겼다. 소금을 만지면 마음이 풀릴 것 같았다. 항아리 안에 손을 집어넣었다. 소금의 거친 느낌을 빨리 느끼고 싶었다. 그런데 내 손을 잡아주는 것은 소금이 아니었다. 섬뜩할 정도로 차디찬 물이었다. 깜짝 놀라 손을 빼냈다. 속을 보니 하얀 소금은 없고 시커먼 물이 달빛을 받아 흔들렸다. 가슴을 때리는 허탈감. 돌이킬 수 없는 사실에 맞부딪혔을 때의 후회스러움.

전날 오전에 시샘 많은 봄바람을 타고 흔들리면서 비가 온 탓이었다. 내 아파트 베란다에도 창문이 설치되어 있긴 했다. 그러나 대부분 열어 놓은 채였다. 고층 아파트에서도 고층이어서 방범상의 문제가 크지 않기 때문이기도 했지만, 무엇보다도 베란다에 몇 개 놓여 있는 화분들을 위한 배려였다. 챙기고 갈무리하는 일에는 젬병이었던 나는 화분 관리에도 미숙했다. 생활에 바쁘기도 했지만 원체 규칙적으로 뭘 관리한다는 것에 흥미가 없었다. 각종 기념일에 선물로 받은 화분들을 그 자리에서 마다할 수 없어서 집까지 가져 온 것들이 짧게는 한 달, 길게는 석 달에 한 번 물을 주는 주인을 만나서 말라죽기를 다반사로 했다. 그래서 생각해 낸 것이 베란다 바깥문을 열어두는 것이었다. 내 대신 하늘에서 물을 주는 거였다. 그렇게 해 두니 말라죽는 화분이 그전보다 줄었다.

항아리를 들고 싱크대로 갔다. 속에 든 시커먼 물을 버리려고 개수대 위에서 항아리를 기울였다. 얼마의 물이 나오다가 진주알 같은 하얀 것들이 나왔다. 소금이었다. 항아리에 든 소금이 다 녹은 것은 아니었다. 잠시라도 관심과 사랑으로 갈무리된 것은 작은 어려움에 그 바탕까지 쉬 바뀌지는 않는 모양이었다. 나는 물기가 남아 있는 소금을 그대로 항아리에 담은 채 다시 베란다에 갖다 두었다. 그때 이후 항아리는 내 베란다에서 마치 오래된 전설처럼 지금도 자리를 지키고 있다. 항아리의 소금물은 이 무더운 여름날의 햇빛을 받고서 다시 까칠까칠한 천일염으로 돌아와 있는지도 모른다.

잘 챙기지 못하는 내 주제에 보름 동안이나 관심을 가지고 소금 항아리를 챙겨 본 것만 해도 대단한 일이었다. 일 년에 서너 차례 지갑을 잃어버려 동사무소에 단골로 주민등록증을 발급 받으러 다녔던 나는 주민등록증과 신용카드를 아예 지갑에 넣고 다니지 않았다. 분실한 신용카드 때문에 몇 번 혼 땀을 치른 결과였다. 뿐만 아니라 지갑 속에는 절대 5만 원 이상의 돈을 넣지 않았다. 대신 명함은 꼭 넣고 다녔다. 혹시 분실하면 연락이 올지 모른다는 생각에서. 그렇지만 잃어버린 지갑이나 주민증은 한 번도 되돌아오지를 않았다. 그래서 나는 우리나라 국민성을 신뢰하지 않는 편이었다.

"오늘은, 빨래가 좀 많네."

"건우 사촌이 와 있어서요."

여자의 아이 이름이 건우였다. 여자는 옥상 계단으로 오르는 입구 쪽에서 건우와 장난감을 갖고 놀고 있는 아이를 가리켰다. 건우보다 두어 살 많아 보이는 아이는 여자의 남편의 여동생, 그러니까 시누이의 아들인데, 시누이가 이번에 둘째를 출산하는 바람에 당분간 여자의 집에 와 있게 되었다고 한다.

"둘째는 뭘 낳았는데?"

"또 아들요."

"요즘도 아들 낳았다고 특별히 좋아하는 사람이 있나?"

"그럼요. 우리 시댁만 해도 시부모님이 아들을 더 좋아하는데요, 뭘."

"건우 엄만 건우 낳을 때 어땠어. 힘들지는 않았는지?"

"별로요. 그래도 병원에 가야 된다면서 남편이 데리고 가는 바람에 비싼 병원비만 날렸어요."

"이제는, 건우 동생을 봐야 할 것 같은데……."

"참, 언니도. 이렇게 셋방 사는데 둘째는요."

이야기 중에 나는 건우 집 앞에서 좀 떨어진 공터에 주차를 하고 나오는 건우 아빠를 보았다. 여자는 그쪽과 등을 돌리고 있어서 볼 수 없었다. 건우 아빠의 차에서 또 다른 남자가 나왔다. "건우 아빠 오시네, 저기."라는 말과 함께 손으로 가리키자 여자는 돌아보더니 언니 빠이, 하면서 재빠르게 계단을 내려갔다. 잽싼 몸짓이 마치 다람쥐 같았다. 더운데도 소매 짧은 와이셔츠 차림에 넥타이를 단정하게 맨 남자 둘은 무슨 좋은 일이 있는지 시종일관 웃는 모습으로 대화를 하면서 골목을 지나 여자의 집으로 들어갔다. 그들이 마당으로 들어서자 건우와 건우 사촌은 각각의 남자에게 달려가서 안겼다. 거기까지 지켜 본 나는 사무실의 내 자리에 앉아 걸린 벽시계를 보았다. 이제 7시가 지났다. 그를 만나야 하나? 나는 아직 나가야 할지 말아야 할지 마음을 잡지 못했다. 그때 전화가 울렸다.

"아직 퇴근 안 했구나. 저녁 안 먹었으면 같이 먹자." 아래층의 언니였다.

"아니, 생각 없어."

"지금 막 주문하려는 참이니까, 먹고 싶은 것 말해."

"아니, 정말 생각 없어. 이따가 집에 가서 먹을게."

"너, 피곤한 것 같다. 좀 쉬어가면서 하잖고. 집에 갈 때 그럼 잠시 들러라."

모든 일에 있어서 먹는 것에 우선을 두고 집착하는 사람들이 있는데 언니가 그런 부류였다. 아무리 아름다운 곳에 관광을 가도 먹을 것을 가득히 준비해 와서 아름다운 풍광을 감상하기도 모자라는 시간에 먹는 데 열중하는 언니였다. 언니의 먹성을 닮아 조카들도 다 우량아였다. 65kg를 초과하는 언니와 고등학생이면서 80kg를 나란히 초과하는 두 머슴아. 주말마다 헬스에서 살과의 전쟁에 고투하는 이들 셋과는 달리 입이 짧은 형부는 아직 군살이 별로 없었다. 전화가 다시 울렸다.

"언니, 저녁은 아직 안 했지요?" 여자였다.

"응. 왜?"

"괜찮으시다면 여기 와서 같이 먹어요."

"약속이 있어 기다리는 중이야. 근데 손님이 있잖아."

"뭐 어때요. 다 유부남들인데. 히히히."

"이제 보니 괜히 생색내는 것 같네."

"괜한 생색이라니요?"

"남자가 있으면 내가 안갈 것이라는 걸 알고 일부러 초대하는 척하는 것 말이야."

"어머, 어떻게 알았지? 히히, 농담이에요. 정말 안 오실 거죠?"

"응, 지금 나가려는 중이야."

"그럼, 잘 다녀오세요."

여자의 목소리에는 가족을 가진 사람들의 흉내 낼 수 없는 행복감이 가득히 묻어 있었다. 가족을 위해서 음식을 만들고 같이 먹는 지극히 단순할 것 같은 가정주부의 일이 지극히 단순하지 않아 보였다. 나는 그렇게 할 수 없을 것 같았다. 스스로의 입맛도 못 맞추는데 타인의 식성에 맞는 음식을 마련한다는 것은 나로서는 불가능할 것 같았다. 괜히 마음이 쓸쓸해져 왔다. 그러니까 저런 여자는 함부로 가까이 해서는 안 된다니까. 심신이 심각한 사람에게 할 일 없이 전화질해서 밥 타령을 하여 더욱 혼란스럽게 만드는 그녀와 언니 동생하게 된 데는 그리 큰 사연은 없었다.

어린이날을 앞두고 내가 건우 옷 한 벌을 직접 만들어서 선물하면서부터였다. 간장을 퍼내 가는 여자와 처음으로 말을 나누고 얼마 안 된 때였다. 옷을 만들고 남아있는 천 가운데 아이들에게 어울릴 것으로 셔츠와 바지를 만들어 주었는데 그걸 그렇게 좋아할 수 없었다.

나는 그냥 단순하게 만들어 준 것 뿐인데, 여자는 직원들 다 초대해서 점심을 먹여주고 수시로 과일 같은 것을 사들고 고마운 정

을 표시했다. 오히려 선물을 한 내가 무안할 정도였다. 자주 마주
하다 보니 여자는 붙임성 좋게 나를 언니로 부르겠다고 했다. 이
런 여자들은 특성상 붙임성을 빼면 남는 것이 없었다. 그냥 큰 의
미를 두지 않고 그렇게 하라고 했는데, 마치 자기 친언니라도 되는
양 살갑게 굴 때는 그렇게 한 것이 후회되기도 했다. 내가 동네의
어떤 여자들과도 어울리지 않고 냉정하고 도도한 모습으로 다닐 때
는 내 아래에서 일하는 여직원들 또한 그렇게 행동하더니, 내가 여
자와 가까이 지내게 되자 여직원들이 오히려 더 좋아했다. 여자가
시장에 갔다가 오는 길이라면서 순대나 떡볶이를 사 오기라도 하면
환호성을 질렀다. 잘못 만들어서 폐품 처리할 옷 중에 여자의 체격
과 비슷한 옷을 찾아서 나 모르게 얼렁뚱땅 고쳐서는 선물하기도
했다.

시간은 점점 만나기로 정한 약속시간에 가까워지고 있었다. 남
자는 오늘 이후에는 당분간 만나기 힘들 거라면서, 오늘은 꼭 답을
받아야겠다고 했다.

"절 모르시겠어요, 선배?"

여자들만 들락거리는 내 디자인실에 그가 나타난 것은 각급 학교
의 봄 학기가 막 시작된 3월 초였다. 왜 그를 모르랴. 문을 열고 들
어오는 것을 본 순간 이미 알아챘는데. 뿐만 아니라 내가 앉아 있
는 곳까지 그가 걸어오는 동안 나는 이미 그와의 대학생활을 추억

하고 있었는데. 십 년만이었다.

"왜 모르겠어요. 근데 여긴 어떻게 찾았어요?"

"관심이 있으면 자연히 알게 되더군요."

"성호 씬, 십 년 전과 달라진 것이 하나도 없다."

"선배도 마찬가진데요, 뭘."

대학을 졸업하고 처음으로 만났지만, 그는 세월을 거슬러 어제도 만난 것같이 거부감이 안 들었다. 십 년. 길다면 긴 그 세월을 건너는 동안 자주 그를 생각한 이유도 거부감을 없게 하는 데 한몫했을 것이다. 나에게 남자라고 할 수 있는 사람은 그가 유일하니까. 가끔씩 대학생활을 추억할 때도 그는 주인공이었다. 그렇다고 우리가 연인 사이였던 건 아니다. 나는 남자와 사귀는 것을 극도로 싫어했기에 대학 4년 동안 그 흔한 미팅에도 한번 나가지 않았었다. 그와는 정말 어쩌다가 얽힌 사이였다. 결과적으로 본다면 나의 대학생활에 존재하지 않을 뻔한 남자친구 역할을 해줬다. 유일하게.

성호는 나보다 나이가 셋이나 많았다. 잘사는 집의 아들로 집안의 기대를 한 몸에 받고 있는 수재였다. 그런 집안의 공부 잘하는 아들의 멍에처럼 그도 법대를 들어가야 했다. 자신은 의상학이나 디자인을 전공하고 싶어 했지만 집안이라는 조직이 강요하는 것을 한 개인이 물리치기에는 어려운 일이었다. 재미도 없는 법대생활에 결국 2년을 마치고 군대에 들어가고 말았다. 제대해서는 내가 다니는 지방대학의 의상학과로 편입을 해왔다. 그때 나는 3학년이었고 그는 2학년이었다. 신학기면 제대 후 복학하는 학생들이 있기 마련이어서 그도, 의상학과에 다니다가 입대 후 복학한 것으로 알았다. 그렇다고 그를 관심 있게 바라본 것은 아니었다. 그냥 나이 든 새로운 얼굴이 있기에 복돌이가 또 하나 있구나 하는 정도일 뿐이었다. 같은 학과라서 강의실 현관이나 복도, 실습실 주변에서 자주 마주쳤겠지만 그와 마주쳤는지 조차도 의식하지 못했다.

　그러던 중 봄이 아직 다 가지 않는 어느 날이었다. 오전 3교시 수업이 끝나고, 오후 강의가 있기까지에는 여유가 있어서 나는 강의실 옆의 잔디밭 벤치에 앉아서 햇빛사냥을 했다. 햇살이 너무 좋았다. 책은 펼쳐 들었지만 그건 어디까지나 폼이었다. 이렇게 아름다운 자연의 향연에 때 묻은 지식이 다 뭐란 말인가. 잔디밭 둘레에 피어 있는 라일락의 향기도 가끔씩 코를 자극해 왔다. 지극히 평온한 봄 풍경이었다. 학생들이 쉴 새 없이 지나갔지만, 나의 평화를 깨뜨리지는 않았다. 나는 언제나, 휴게실에서 친구들과 떠들기보다는 이런 작은 평화를 만들기를 좋아했고, 또한 익숙하게 즐겼다. 그런데 그날만은 내 평화가 오래 가지 못했다.

　"안녕하세요!"

　가까이에서 소리가 났다. 그 소리를 향해서 고개를 돌렸을 때, 키가 껑충한 남자가 서서 나를 내려다보고 있었다.

　"제게 무슨 볼일이……?"

　"아직, 점심 드시지 않았으면 같이 하려고요."

그의 입에서 뚱딴지같은 말이 나왔다.

"점심을요?"

남자들의 상투적인 접근. 차 한 잔 하실까요가 아니라 점심이라는 차이만 있을 뿐. 이런 식의 접근에는 냉정한 거절이 필요했다.

"아직 하지 않았지만, 그쪽과는 같이 하고 싶은 마음이 없습니다."

"나도 같이 할 마음이 없는데, 분명히 그쪽에서 같이 하자고 할 것이거든요."

"아까운 시간에 실없는 소리 그만 하시고 공부나 하세요!"

"물론 나도 공부를 하여야 하는데 이렇게 나왔습니다."

나는 쌀쌀맞은 표정을 지어 확실한 거부 의사를 보였지만 반대로 그는 여유로운 표정이었다. 남자들이 이런 표정을 지을 때는 확실한 카드를 가졌을 때뿐이다.

좀 꿀리는 기분이 들어서 일단 그가 무엇 때문에 점심을 같이 하자는 것인지 알아보는 것도 괜찮다는 생각까지 하게 되었다. 그러나 나는 그 이유를 물어보는 대신 자리를 털고 일어섰다. 어떤 목적을 갖고 왔는지 모르지만 목적이 있다면 그렇게 슬쩍 퉁기면 먼저 카드를 내보일 것이라는 판단에서. 그런데 내가 서너 걸음 내딛을 때까지 아무런 행동이 없었다. 그렇다고 다시 돌아갈 수도 없고. 뭔가 잘못 되었다고 생각하면서 몇 걸음 더 걸어가는데 그가 달려오더니 앞을 가로막았다. 역시 남자들이란……. 경멸하는 시선으로 쏘아보니 그는 바지주머니에서 무언가를 꺼내서 내게 주었다. 그건 무척 낯익은 물건이었다. 전날 잃어버린 내 지갑이었다. 아, 이거였구나. 그가 쥐고 있던 회심의 카드가.

"점심 같이 하실 거죠?"

그는 의미 있는 미소를 담은 얼굴로 말했다. 처음부터 지갑을 주고 그랬다면 같이 먹을 수도 있을 것이다. 허나, 같이 안 먹는다고 해 놓고서는 지갑을 주자 먹자고 하는 것은 얍삽한 짓이었다. 이젠 같이 먹고 싶어도 못 먹게 되었다.

"고맙기는 하지만 역시 안 되겠어요."

내 말에 그는 아주 실망한 눈치였다.

"대신, 저녁을 사 드리겠어요."

대학에 들어와서 처음으로 남학생과 단 둘이 하는 저녁식사는 아무런 긴장감도 주지 않았다. 단순한 거래일뿐이었다. 그런데 사람들의 거래란 것이 물질적으로 매듭지었다고 해서 모든 게 끝나는 것이 아니었다. 상점의 물건을 산 뒤 돈을 치르면 거래는 끝나지만, 주인과 고객이라는 새로운 인연이 맺어지는 것처럼 그와 나도 별스러운 인연이 맺어졌다. 후배이기는 했어도 나이가 세 살이나 많은데, 어쩌다 캠퍼스에서 마주치기라도 하면, 깍듯이 선배, 선배 하면서 입에 선배란 말을 달고 사는 그가 밉지는 않았다. 우리는 조금씩 가까운 사이가 되어 갔다. 가끔씩 만나서 차도 마시고 식사도 하고 극장에도 가는 사이가 되었지만, 그가 나를 선배라 부르는 것처럼 우리의 사이에는 일정한 거리가 유지됐다.

그를 대학 2년 동안 만난 것이 전부였지만 서른셋의 내 인생에 있어서 가족을 제외하고 가장 많은 시간을 함께한 남자였다. 생각해 보면 그때가 내게 있어서 가장 빛나는 시절이었다. 그가 아니면 누리지 못할 호사였지만 그때도 나는 활짝 문을 열고 청춘을 즐기지는 못했다. 그는 그런 나를 이해해 주었다. 그래서 내 졸업과 동시에 우리의 만남은 자연스럽게 종지부를 찍었던 것이다.

"선배, 선배는 마음을 닫는 법만 알지 열 줄은 모르는 것 같아. 여름 바다에 갔던 일 생각나? 그때 선배는 땀을 닦으면서 그랬지. 여름이 싫다고. 손티 때문에 화장을 짙게 하는데 날씨가 더워 땀 때문에 화장이 얼룩져서 싫다고. 그래서 내가 말했잖아. 그러면 화장을 하지 마라, 손티가 보이면 어떠냐고……. 화장 진한 것보다 땀에 닦인 얼굴이 더 예쁘다고……. 앞으로는 마음을 너무 닫지 말아. 마음을 닫으면 선배를 진정으로 좋아하는 사람도 안 보이거든."

내 졸업식 날, 저녁을 같이 먹으면서 그는 이렇게 우회적으로 자기의 속마음을 표현했다. 술 몇 잔이 들어간 탓이기도 했지만 이제는 서로 만나기 힘든 시간을 앞에 두고 있어서 그가 처음으로 약한 모습을 보여 준 것이었다.

호칭만 후배였지 든든한 오빠 같은 남자의 무너짐에 나는 어금니를 깨물었다. 나는 이미 마음을 정리했으므로. 그래도 밀려드는 갈등……. 이렇게 헤어지면 안 될 것 같은 미련. 그러나 그 미련보다

는 덥석 잡았다가 더 큰 후회가 준비되어 있을 것만 같은 두려움이
더 컸다.

내 앞에 다시 나타난 그는 많은 준비를 해 왔다. 십 년 동안 오직
디자인 공부에만 매달렸는데, 패션의 본고장인 이탈리아까지 가서
박사학위를 받고 현장 경험마저 쌓아서 왔다. 반대를 무릅쓰고 법
대를 그만두었으므로 가족들에게 법대 아니어도 출세할 수 있다는
것을 보여 줄 필요도 있었다. 타국에서의 어쩔 수 없는 차별과 냉
대에 힘들 때면 나를 생각하면서 버텼다는 그의 고백이 난 부담스
러웠다. 뿐만 아니라 나를 자주 만날 수 있다는 한 가지 이유만으
로 더 좋은 대학교를 두고 내가 사는 이 지방도시의 대학에 강의를
맡았다고 했을 때, 그렇게까지 나를 생각해 주는데 난 줄 것이 없
어 미안했다.
우리는 다시 십 년 전처럼 만나기 시작했다. 그는 같이 저녁 식
사하는 것을 좋아했다. 그리고 예전처럼 말끝마다 선배, 선배하면
서 깍듯이 나를 대했다. 그러나 그는, 우리가 대학시절에는 잘 지
켰던 일정한 거리를 자꾸만 침범하려고 했다. 적극적이었다. 결혼
하자고도 했다. 사랑한다는 말도 했다. 그는 진지했다. 문제는 그
진지함에 함께 진지해 주지 못하는 내게 있었다. 그가 졸업식 날
저녁에 했던 말처럼, 나는 마음을 닫는 법만 알았지 열 줄을 몰랐
다. 나도 진지하고 싶었고, 사랑한다는 말을 맞받아서 나도 사랑

한다는 말을 하고 싶었고, 결혼하자는 말을 그가 꺼내기 전에 내가 먼저 하고 싶었다. 내 마음도 이미 그를 향해 열려 있었으므로. 그러나 나는 그런 표현을 하지 못했다. 그런 표현을 한번도 해보지 못해서 용기가 없었다. 내가 그런 말을 하면 내 입에서는 엉뚱한 말이 되어 나와 버릴 것 같았다. 가령 사랑해요라는 말을 하면 사탕드세요라고 나오거나, 결혼해 주세요 하면 결제해 주세요라고 될 것 같았다. 뿐만 아니라 말 자체가 성립되지 않고 입에 나오자마자 사라져 버릴 것도 같았다. 내 입은 그런 말을 만들지 못할 것 같았다. 내가 표현을 하지 않고 미지근한 태도를 보이자 그는 조바심을 냈다. 자꾸만 내 마음을 확인하고 싶어 했다. 사랑한다는 말을 들으면 소원이 없을 것 같다고 투정을 부렸다. 물론 사랑한다는 말 정도는 해 줄 수 있었다. 나도 사랑하는 사이 정도라면 환영했다. 하지만 그는 결혼을 원했다. 결혼? 그건 내 인생 계획에는 없는 것이었다.

이웃집 여자처럼 아이를 낳고 남편 뒷바라지를 하고 시댁에 가서 시어머니와 장을 담그고 그걸 좀 얻어 와서 장독에 넣고 관리하는 일들이 내 성격에는 맞지 않았다. 사랑이란, 비가 오면 즉시 달려가서 장독 뚜껑을 닫을 수 있을 정도의 변함없는 관심과 거리를 유지하는 것이 중요했다. 그러나 나는 소금 항아리 하나도 관리하지 못하는 주제가 아닌가. 한 남자와 수십 년을 같이 살아야 하고, 같은 밥을 먹고, 밥을 먹듯이 습관적으로 밤일을 치르고, 시댁과 친정 일에 끼여서 신경을 소모해야 하는 일이 도무지 엄두가 나지 않았다. 이웃집 여자는 빨래마저 화·금요일에 해 오고 있지 않는가. 나는 정말 그럴 자신이 없었다. 하지만 아이 하나는 갖고 싶었다. 딸이든 아들이든 상관없이 나의 아이를. 결혼을 하지 않아도 아니, 육체적인 관계를 하지 않아도 이제 가능한 시대가 되었으므로 서른다섯 살이 되면 시도해 보려고 계획하고 있었다.

싱글마더. 비밀이 보장되는 정자은행에 가서 수정만 하면 간단한 일이었다. 그렇다고 나의 속마음을 그에게 말하고 싶지 않았다.

지난 주말에 만났을 때 그는, 그동안 가슴속에 담고만 있던 것을 이야기했다.

"내가 너를 좋아한 이유는 네가 혼자서도 잘 지낸다는 것이었어. 그날 지갑을 네게 주러 간 날, 벤치에 혼자 앉아 있는 너의 모습은 외로워 보이지 않았어. 혼자서도 외로운 모습이 아니라는 건, 외로움에 숙달되어서 그렇다는 걸 나도 경험으로 알고 있었지. 천방지축 철없는 부모 때문에 나는 초등학교 마지막 3년을 할아버지 댁에서 보내야 했었어. 같이 놀아 주는 친구가 없었어. 무엇보다도 어리광을 부릴 수 있는 사람이 없어 더욱 외로웠어. 외로움에 이기는 방법은 외로움에 숙달되는 것밖에 없었지. 혼자서 공기놀이를 하고, 술래잡기를 하고 땅뺏기도 했지. 그런 놀이에 열중하지 않으면 더욱 외로웠으니까. 그래서인지 벤치에 앉아 햇빛사냥을 하고 있는 너의 모습은 내게 무척 낯익었어. 바로 나의 모습이었으니까. 너무 외로워서 외로움에 숙달된 사람에게는 친구라는 것이 번거로운 법이기는 해. 하지만 너는 너무 철저하더라. 그 좋은 대학시절에 연애 한번 안하고. 가까운 여자 친구가 있는 것도 아니고. 나보다 더 지독하더라. 그래서 나는 너의 성곽을 열기 위해서 귀여운 짓도 참 많이 했었지. 다 도로아미타불이었지만.

혼자서도 잘 노는 아이는 사실 좀 위험한 존재거든. 모든 사물을 객관적으로보다는 주관적으로 판단해 버리니까. 물가에 내놓은 아이보다 더 관심이 필요한 존재지. 네가 먼저 졸업을 하고 떠난 뒤 사실 난 네가 콤플렉스에 빠져 뭔 일인가 저지르지 않을까 조마조마했었어. 하지만 네게 신경 쓸 겨를이 없었어. 나는 법대를 그만둔 데 대한 화려한 반대급부를 집안에 제공해야 했으므로, 대학을 수석으로 졸업하는 것으로 작은 선물을 안긴 후 바로 이탈리아로 갈 수밖에 없었어. 박사학위를 받고 나니 가족들은 내가 판·검사가 되지 못한 죄를 사면해 주었어. 거기 있을 때도 간간히 너의 소식은 들었고.

귀국과 동시에 여러 대학에서 강의 제안이 왔어. 그 중에 가장 조건이 나쁜 이곳에 온 이유는 바로 너 때문이었지. 학문과 패션디자이너를 병행하기 위해서 서울만큼 더 좋은 곳이 없다는 걸 너도 알거야. 그런데 나는 그곳을 버리고 여기로 왔어. 무책임하다고 욕 얻어먹을지도 모르는 것을 감수하고서 1학기만 강의하기로 한 것은, 그 정도의 시간이면 우리 사이가 아주 좋아질 수 있을 것이라는 판단에서였지. 난 이미 서울에 2학기를 맡을 학교와 우리가 같이 일할 사무실을 마련해 두었어. 여기 일도 다 정리를 했고. 다음 주 금요일이면 모든 것을 매듭지을 예정이야. 너와의 관계도. 서울 올라가면 학교와 일 두 가지를 해야 되기 때문에 어느 정도 기반이 잡힐 때까지는 내려오기 힘들 거야. 더 기다려 달라면 더 기다릴게. 다음 주 금요일에 만나서 이야기해 줘.”

그는 이날 처음으로 나를 선배라 하지 않고 너라고 호칭했다. 조금 오른 술기운 탓만은 아닌 듯했다. 그렇게 들으니까 선배라고 들었을 때와는 달리 내가 무척 어린 여자로만 여겨지는 거였다. 대신 그는 더 강하고 큰 산으로 보였다. 선배라고 불릴 때는 내가 그의 위에 있고 더 커 보였었다. 호칭의 변화에 따른 주도권의 변화. 무슨 의무나 책임감마저 내포된 선배라는 말 대신 너라고 불리니, 이제야 확실히 남녀 사이가 되는 듯했다. 또한 나는 한없이 어린 여자가 되는 기분이었다.

그가, 더 기다려야 할지 말아야 할지, 만나서 말을 해 달라는 그 금요일이 오늘이다. 출입문 쪽에만 켜 둔 미등에 비친 시계는 점점 약속 시간을 앞으로 당겼다. 결혼을 안 하고 그냥 살 수는 없을까. 그래서 살다가 싫증이 나면 헤어져도 좋을 동거를 하면 어떨까. 그를 사랑하지만 결혼은 정말 자신이 없었다. 그리고 싱글마더가 갖는 매력을 쉽게 버리고 싶지 않았다.

그때, 왁자지껄한 웃음소리가 창밖에서 들려왔다. 소리는 여자의 집 옥상 쪽에서 나고 있었다. 옥상 위에는 여자와 남편 그리고 건우가 있었다. 건우의 사촌은 갔는지 없었다. 옥상보다 더 높은 위치에 걸린 가로등 때문에 그들의 모습이 환하게 들여다보였다. 사무실 안쪽보다 밝기가 강해서 내가 창 가까이 서 있어도 그들에게 들킬 염려는 없었다. 아이를 무릎 위에 앉히고 간지럼을 태우는 아비, 그 아비를 지극히 바라보는 어미, 그들은 서로서로 닮아 있다. 배 맞대고 살게 되면 서로 닮게 된다고 했던가. 건우는 그 닮은 아빠와 엄마를 또 반씩 닮았다.

내가 만약 싱글마더가 되어서 아이를 낳게 된다면 그 아이도 반은 나를 닮겠지. 그렇다면 반은……? 전혀 모르는 그 누군가를 닮을 것일 테지. 내 아이가 그 반을 생판 모르는 사람을 닮는다면 너무 큰 손해가 아닐까. 아이의 반을 나의 사랑으로 닮게 한다면, 그 반도 누군가가 사랑으로 채워서 닮게 해야 하지 않을까. 엄마와 아빠를 반씩 닮는다는 것은 얼마나 신기한 일인가. 왜 나는 나만 닮을 아이를 생각했지 아이의 반을 닮을 사람은 생각하지 못했을까. 나는 갑자기 조급해져 허둥지둥 나갈 준비를 했다. 내 아이의 반을 사랑으로 채울 사람, 그 사람을 놓쳐서는 안 된다는 생각에.

〈2001년 발표〉

별을 볼 때면 언제나 아버지를 생각한다고.

아빠라고 불러 본 기억이 없는 아버지를 그리워했다고.

귀신 붙은 딱지

1.

오후 6시 30분. 예천발 서울행 비행기 속에서 창밖을 보려니 어느새 어둠이 짙게 깔렸는지 내 얼굴이 창에 반사되어 보인다. 비행기가 일정한 고도에 오르자마자 피곤해 죽겠다면서 의자를 뒤로 젖히고 눈을 감던 아내와 온종일 아내의 뒤를 따라 다니며 칭얼거리던 네 살배기 아들놈은 이미 깊은 잠에 빠진 모습이다.

여름이면 아직 해가 지지 않을 시간이지만 겨울이라 창밖이 잘 보이지 않을 정도로 깜깜하다. 조금이라도 마을과 산과 강이 어우러져 있는 전형적인 우리나라의 마을을 볼 수 있었으면 하고 눈을 창에 바짝 갖다 대어 보지만 어둠과 함께 짙은 구름이라도 끼었는지 불빛 하나 보이지 않는다.

사흘간 고향에 머물고 다시 삶의 터전으로 향하는 비행기에서 고향산천을 닮은 마을을 보기 위해 자꾸만 창밖으로 눈길을 주는 나는, 내 빼앗긴 고향에 대한 그리움을 새삼 되새김질한다. 댐 건설로 인해 물에 잠겨 다시는 돌아갈 수 없는 고향산천에 대한 그리움. 이건 이북 실향민의 그리움과는 색채가 달랐다. 실향민이야 언제고 돌아갈 터전이 남아 있지만, 수몰된 고향은 그럴 수 없으므로…….

그런데 이미 20년 전에 빼앗긴 고향이고, 그 지난한 세월 동안 잊고 살아온 고향 생각에 다시 빠지게 만든 것은 오늘 오전의 우연한 만남 때문이다.

2.

"아니, 박 기자 아니십니까?"

차 트렁크에 짐을 넣고 있는데 바리톤의 목소리를 앞세우고 다가오는 사람이 있었다.

"어이구 서 비서관님, 안녕하시오?"

"어쩐 일이십니까? 박 기자님. 설마, 사건 쫓아오신 건 아니겠고?"

"저야 여기가 고향인데요, 뭘."

"아! 여기가요? 그럼 휴가 오신 거요?"

"아니요. 제 동생 결혼식이 어제 있어서 내려왔다가 올라가기 전에, 요 위에 있는 선친의 묘소에 인사를 드리고 오는 길입니다."

"동생 결혼식이 있었다고요? 음……. 섭섭한데요. 미리 연락 주었으면 축하드리러 갔을 텐데……. 늦었지만 축하드립니다."

"고맙습니다. 다음에 한 잔 사겠습니다."

농사를 지으면서 고향을 지키고 있는 막내. 고향에 남아 있는 자식이 부모를 모시게 되는 요즈음의 풍습대로, 선친이 생존해 있을 때 도시생활을 접고 농사를 짓던 막내가 어머니를 모셨다. 제수씨는 막내가 도시생활 할 때 사귀던 세 명의 여자 중 하나인데, 막내가 시골 가서 농사짓겠다고 장래의 계획을 밝혔을 때 유일하게 찬성한 여자라고 했다.

장남인 내가 시도 때도 없이 나대는 정치부기자라서 될 수 있으면 덜 바쁠 것 같은 정초에 결혼날짜를 잡게 했는데 올해는 정초부터 여의도가 시끄러워서 까딱하면 참석 못 할 뻔 했었다.

지난해 정기국회에서 여당이 날치기로 통과시킨 노동법으로 인해 노동계에서는 파업투쟁을 벌이고, 야당에서는 무효화 요구를 하는 등 정치적으로 쟁점화되어 일촉즉발 같던 때라, 새해 벽두부터 정국이 때 아닌 긴장감에 빠져 있어서였다.

7년 가까이 기자 생활하는 동안 특종에 대한 욕심도 많이 줄어들었고, 그에 따라 의욕 또한 많이 사그라지던 터라서 큰마음 먹고 이틀 전에 내려올 수 있었다. 내려오던 날에도 아내와 아들을 데리고 바로 선친의 묘에 가서 인사를 드렸는데, 오늘은 혼자 왔다. 아들놈은 감기 증세가 있는지 코를 훌쩍거렸고, 아내는 집안의 손님 대접하면서 모처럼 맏며느리 의무를 열심히 수행하느라 짬을 내지 못했다. 산 아래에 있는 음식점 마당에 차를 세워두고 올라갔다가 내려오는 길에 서 비서관의 눈에 뜨인 모양이었다.

말이 비서관이지 국회의원 운전기사인 서 비서관은 국회 본청 기자인 나와 가끔씩 국회의사당 안팎에서 마주치곤 했다.

"근데, 서 비서관은 여기 어쩐 일이요?"

"저야, 주인 가시는 데 따라가는 매인 몸 아닙니까."

"아니 그럼, 정 의원님도 여길 오셨단 말인가요?"

"네, 안에 계십니다."

"혼자요?"

"네."

"무슨 일이 있는 거요?"

나의 기자 본능이 꿈틀거렸다. 그래서 속사포처럼 물었다.

"아니 그냥, 개인적인 일로……."

우리들의 주 활동무대인 서울에서였다면 개인적인 일이 있는 사람은 감히 만나려고 하지 않았을 것이다. 하지만 서울도 아니고, 고향이라는 이유로 나는 무례를 감행했다.

정 의원이 있는 음식점 안으로 들어가는 순간 나는 멈칫 섰다. 찬 곳에 있다가 따뜻한 실내에 들어오자 안경에 김이 서렸다. 출입문 가까이 있는 난로 옆에 서서 안경을 닦았다. 출입문에서 마주 보이는 곳의 창가에 한 사람이 앉아 등을 돌린 채 창밖을 보고 있었다.

내가 알고 있는 정 의원이라는 사람에게서는 풍길 수 있는 분위기가 아니었지만, 뒷모습만으로 난 그인 것을 알 수 있었다.

시월유신이 있고부터 지금까지의 세월 중에 약 반을 감옥에서 보낸 골수 야당기질의 투사. 문민정부 들어서 투사라는 말이 작대기 들고 허공을 치는 것처럼 우스운 말이 되었고, 싸울 상대를 잃어버린 쓸쓸한 프로선수처럼 되었지만, 문민정부를 있게 한 것이 투사의 목숨을 담보한 결과물이었음을 어느 누구도 의심하지 않을 것이다. 그 몸 자체가 누구도 줄 수 없는 훈장이라는 사실도……. 3당 합당의 결과로 이제는 여당이 되어버렸지만 아직도 여당 내에서도 야당으로 통하고 집권자와 직접 이야기가 되는 실세로 통하는 사람. 그 사람이 여기 내 앞에서 저렇게 쓸쓸한 모습을 하고 있는 사실에서 나는 야릇한 흥분을 느꼈다. 기자라는 직업적인 본능이 날카롭게 일어섰다. 단 하나 있는 난로와 많이 떨어져 있고 추울 것 같은 창가에서, 그가 바라보는 창밖에는 파란 호수가 있었다.

내가 다가갔어도 그는 텅 빈 얼굴로 무언가 깊은 생각에 빠져 있었다. 그의 앞에 놓인 탁자 위에는 반쯤 남은 소주병 하나와 드물게 김이 오르는 찌개 냄비가 있었다.

"안녕하십니까?"

고개를 돌려 나를 바라보는 정 의원은 웬 불청객인가 하는 표정을 지었다.

"K신문사 박영기 기자입니다."

"아, 네."

정 의원은 앉은 채로 손을 내밀어 악수를 청했다. 그러고는 말없이 손짓으로 맞은편의 의자에 앉길 권했으나 그게 조금도 건방지게 느껴지지 않았다.

정 의원은 금세 얼굴빛을 바꿔 나갔다. 카멜레온. 좀 전의 그 쓸쓸하고 텅 빈 얼굴이 아니었다. 어느새 생기마저 띠고 특유의 장난기 있어 보이는 얼굴로 돌아왔다.

"박 기자는 여기 웬 일이요? 설마 날 미행한 것은 아닐 테고?"

"미행한 겁니다. 뭔가 냄새가 나더군요."

"그래, 냄새의 본질은 알아내었소?"

"그게, 모르겠단 말입니다. 나기는 나는데 어디서 나는지…….
이제부터 알아봐야지요."

"알면 내게도 좀 알려 주시오. 나도 내게서 냄새가 나는 것은 아는데 도무지 무슨 냄새인지는 모르겠어요."

"하하하, 농담입니다. 근데 정말 여길 어떻게 오셨습니까?"

"그러는 박 기자는 어쩐 일이요?"

"그야 저는 여기가 고향이니까요."

그러면서 아까 서 비서관에게 했던 말을 정 의원에게도 했다.

"박 기자의 고향이 여기라는 말이요?"

"네."

그렇게 물어오는 정 의원의 표정이 너무나 진지해져 있었다.

"저기 물속에 잠긴 옛날의 M면이?"

"네, 그렇지요."

"거기서 몇 살 때 떠났소?"

"중학교 3학년 때였으니 열여섯 살 때로군요.

나는 아직도 그날을 기억한다. 8월 14일. 영원히 고향마을을 떠나던 날을. 그날이 광복절 하루 전날이라서 날짜까지 선명하게 기억하고 있었다. 그날 태풍의 영향으로 비가 억수로 쏟아져 내렸었다. 그러자 준공을 몇 달 앞둔 안동댐은 담수를 시작했고, 고향은 곧 수몰의 위기에 처했는데도 이사 가지 않는 집이 많아서 면서기들이 집집마다 돌아다니면서 퇴거를 종용했었다. 그래서 우리 집도 빗속에 경운기와 소달구지에 짐을 싣고 인근 고지대에 있는 우리 과수원으로 이사를 했었다. 새로 지은 집은 좀 멀리 떨어져 있어서 일단 그렇게 옮긴 거였다. 그런데 설마하면서 긴가민가 떠나지 않고 미적거리던 사람들은 밤중에 천방뚝을 넘어 밀려들어 오는 물결에 식겁을 하면서도, 똥물이 둥둥 떠다니는 물속을 헤엄치며 세간을 건져내었다. 아수라장도 그런 아수라장이 없었다.

다음날 아침, 거짓말같이 말갛게 갠 날, 나는 과수원을 나와서 고향마을이 잘 보이는 곳으로 가다가 그만 딱 벌어진 입을 다물지 못했다. 하루 전만 해도 사람들이 살았던 곳, 바로 내가 내 이웃과 같이 살던 곳, 집이 있고 골목이 있고 담이 있고……. 그러던 곳이……. 그곳이 간 데 없고 푸른 물만이 출렁거리고 있었다. 여름

방학 중에도 꼭 학교에 가야 하는 날인 광복절인 그날, 안 가면 결석처리 되는 그날, 나는 하루 내내 푸르게 펼쳐진 물만 보았다. 슬픈 일인 것 같은데 눈물은 나지 않았다.

"거기서 태어나고 거기서 계속 자란 거요?"

"네."

무엇 때문에 꼬치꼬치 캐묻는지 궁금했지만 나는 그가 물어오는 대로 꼬박꼬박 대답을 해 주었다. 나는 기다리는 미덕을 터득하고 있었다. 가만히 있으면 상대방이 실토할 것을 성급하게 물었다가 오히려 꼬리를 사려 버려서 난처할 때가 얼마나 많았던가.

"그럼, 그곳의 지리……. 낙동강이나 정자, 교회, 학교 등이 있던 위치도 잘 아시겠군요."

"아직도 눈에 생생합니다."

"그러면, 교회 뒤로 난 길을 따라 초등학교로 가다가 보면, 왼편에 있는 산 아래에 향교가 있고, 그 향교 옆의 입구 자 모양의 오래된 기와집을 아시오?"

"민 선비댁 말이군요."

"그 집 사람 중에 혹, 민승기란 이름을 들어봤소?"

나는 그 집이 거기 있다는 건 알고 있었지만 가족들에 대해서는 자세하게 몰랐다. 내가 사는 동네와 많이 떨어져 있었고 어른들과의 교류가 미미할 수밖에 없는 초등학생이었기 때문이다. 또한 학교나 시장 가는 길처럼 사람들의 왕래가 잦은 위치에 있지도 않았고, 산 아래에 있는 그 집까지 굳이 갈 일도 없었다. 그 집 대문조차 구경해 보지 못했었다.

우리 동네에 그 집안의 손자뻘 되는 민씨 성을 가진 친구가 하나 살고 있어서 혹 그 주변에 있을까 곰곰이 기억을 되짚어 봐도 내가 아는 이름이 아니었다.

"기억에 없습니다."

무척 실망하는 모습으로 정 의원은, 짧은 겨울 햇빛을 받고 반짝이는 강물로 시선을 돌렸다. 그 물결을 한참 조용히 응시하던 정 의원은 시선을 걷어 나를 향했다.

"그 사람이 내 친구였지요."

그리고 낮은 목소리로 민승기에 대해서 말하기 시작했다.

3.

승기를 처음 만난 것은 대학 1학년 때였소. 우린 같은 하숙집의 하숙생이었어요. 지방 출신 수재답게 승기도 의대생이었소. 재미 교포들이 자녀들을 하버드대학에 보내는 것을 최고로 치는 것처럼, 지방 수재의 부모들은 자녀가 법대나 의대로 가는 것을 큰 자랑으로 여겼지요. 나는 당시에 인기학과인 경영학을 공부했구요. 같은 하숙생이었지만 우린 너무나 생활방식이 달랐죠. 내가 아르바이트나 과외로 돈을 벌어가면서 학교에 다녀야 하는 고학생이었다면, 승기는 돈 걱정 없이 하숙생활을 했지요. 둘이서 한 방을 쓰는 나와는 달리, 그는 독방을 사용했었소. 시골부자 출신과 서울빈민 출신의 묘한 대조. 그는 하숙집에서 인기가 있고 명랑한 성격이었던 반면, 나는 조용하고 별 말이 없는 그저 그런 성격이었죠. 겉모습으로는 그가 서울 사람이었고, 나는 남루한 시골뜨기였어요.

우리 사회의 불평등에 오래 전부터 적의를 가지고 있던 나는, 대학에 들어가자마자 의식화교육에 열중했지요. 쉽게 운동권이 되어버렸어요. 연례행사처럼 시작되는 독재타도 데모에서 처음으로 돌멩이를 들고 던졌을 때의 짜릿함은 음……, 나도 이 세상의 정의를 위해서 중요한 역할을 하고 있다는 도취된 희열이랄까? 아무튼 묘한 기분이 들더군요. 의식화교육에 깊이 빠져들게 되자 승기는 내게 있어서 가장 먼저 타도되어야 할 부르주아지(프: Bourgeois)의 상징이었어요.

의식화교육 하랴 먹고 살기 위해서 과외 다니랴, 나는 제대로 공부할 수가 없어서 성적이 저조한데, 승기는 장학금을 받더군요. 누구는 사회의 부조리를 타파하기 위해서 애쓰느라 공부할 틈이 없는데 누구는 잘 먹고 잘살면서 공부만 하여 장학금마저 타게 된다는 것은 자본주의 전형적인 병폐인 빈익빈 부익부의 현상으로 보였어요. 승기에 대한 알 수 없는 적의는 자꾸만 커져 갔어요. 허나 마음뿐이었어요. 어떻게 하겠다는 뜻은 없었지요. 하숙집이라는 좁은 공간에서 어쩔 수 없이 마주치고, 그때마다 나누게 되는 일상적인 대화와 행동에서 나의 적의가 드러나지 않도록 노력했지요. 하지만 훗날에 승기가 그러대요. 넌 왜 그때, 날 잡아먹지 못해 화난 사람 같은 얼굴을 하고 있었냐고. 사람의 마음에 담긴 것은 아무리 감추려 해도 얼굴에 드러나나 봐요.

하여튼 우리 두 사람, 아니 내 일방적인 승기에 대한 적의는 한 번쯤 폭발하지 않고는 못 배길 정도로 차올랐고, 결국은 사건이 터졌지요.

가을이었어요. 10월 하순쯤인가……. 승기의 집에서 사람을 시켜서 사과와 감 등을 많이 보내왔었어요. 열 명 정도 되는 하숙생들과 같이 나눠 먹으라는 의미였지요. 저녁식사 후에 승기가 방마다 과일을 돌렸어요. 내가 있는 방에도 왔지요. 룸메이트가 화장실 가고 없는 때였는데, 승기는 고향에서 보내 온 것이니 먹어보라는 말을 하며 문 앞에 두고 갔어요. 나는 고맙다는 말도 않고 그냥 그대로 놓아두었지요. 화장실을 다녀온 룸메이트가 그것을 보고는 아, 우리 방에도 왔군 하더니, 왜 그냥 두고 있느냐면서 그 중에 가장 먹음직스러워 보이는 홍시를 내 손에 쥐어 주더군요. 그러고는 방문을 열고 마침 마당에 나와 있는 승기에게, 고맙게 잘 먹을게 하자, 승기가 모자라면 더 갖다 먹으라고 했어요. 그 순간 나는 욱하고 말았어요. 물질로 사람들 환심을 사는 것 같아서 치사스러웠고, 그걸 또 고맙다고 해해거리며 굽신대는 룸메이트가 비굴스러웠어요. 순간적으로 들고 있던 홍시를 마당으로 던져 버렸지요. 잘 익은 홍시는 승기의 발아래 무참히 터져버렸어요.

그 순간 승기가 경악하더니 신발도 벗지 않고 내 방으로 들어와서 당장 홍시를 주워 먹으라고 소리치더군요. 평소의 사람 좋고 잘 웃는 그의 모습 어디에 그런 모습이 숨겨져 있었나 싶게 험악한 인상이었어요. 그 험악한 얼굴을 대했을 때야 내가 한 행동이 엄청난 결과를 가져왔다는 것 알았지요. 곧 후회가 되었지만 그렇다고 고분고분할 수 없었어요. 난 아무 말 없이 그의 눈을 똑바로 바라봤지요. 지고 싶지는 않았어요. 그러자 승기가 내 멱살을 잡고 말하더군요. 그래, 너 같이 운동한다는 놈들에겐 저런 것이 하찮게 보이냐? 무산자인 농민과 노동자를 위한다는 프롤레타리아라면서 농민의 피와 땀으로 만든 것을 저렇게 버려도 되냐? 제대로 알고 해라, 자식아. 너희들이 부르주아지라고 타도의 대상으로 삼고 있는 부르주아지도 처음부터 부르주아지였던 것은 아냐, 임마. 모두가 프롤레타리아에서 힘겹게 일어선 사람들이야. 그래서 그들은 사과한 알도 속 씨가 보이도록 싹싹 남김없이 먹어. 그런데 니가 무슨 권리로 저걸 버려. 호미 한번 쥐어보지 않고 머리만 까진 자식이. 빨리 주워 먹어! 안 먹어? 그래, 그럼 방법이 있지. 그러면서 승기는 나의 멱살을 잡고 인근의 공터로 갔어요.

거기서 둘이 치고받고 했지요. 체력이나 완력 면에서 나보다 월등했지만 승기는 힘을 다해서 나를 때리지 않았어요. 몇 대 주먹을 나눈 우리가 땅바닥에 누워 바라본 밤하늘은 왜 그리 아름답던지. 밤하늘에 반짝이는 별들을 보면서 승기가 그러더군요. 별을 볼 때면 언제나 아버지를 생각한다고. 아빠라고 불러 본 기억이 없는 아버지를 그리워했다고. 그러면서 6·25 때 악질지주로 몰린 할아버지 대신 인민재판에서 죽은 아버지의 이야기를 들려주더군요. 아직 돌도 지나지 않은 승기와 승기 위로 형 둘을 두고 무참히 살해된 아버지의 이야기를. 어린 삼형제에게 의지해 청상의 삶을 살아야 했던 어머니의 이야기를. 그러면서 올바른 사상이라면 사람과 사람을 화합시키고 더 사람답게 살도록 해주는 것이어야 한다고. 사상이 사람과 사람 사이에 적을 만들게 한다면 좋은 사상으로 볼 수 없지 않느냐고. 옳은 사상이라면 사람 사이를 사랑으로 넘치게 하여야 하지 않는가. 그런데 인간존중의 사랑이 배제되고 오직 적만 있게 하는 사상이라면 존재가치가 없는 것이 아니냐고.

6·25를 통해서 공산주의가 얼마나 잔인하고 비인간적인 것인가가 검증이 되었는데도 아직 그런 사상에 집착하는 것이 도저히 이해가 안 간다더군요, 자신의 추구하는 것을 동조해 주지 않으면 다 적으로 삼게 하는 사상……. 그 미치광이 이념.

그 싸움을 계기로 우리는 급속도로 가까워졌고 나의 의식화활동도 일대전환을 맞게 되었지요. 당시의 운동권이 지향하는 것은 정부를 자극할 수 있는 것이라면 다 수용하는 포괄적인 것이어서 공산주의 혁명을 지상 목표로 하는 사회주의 운동과, 반민주 반독재 투쟁이 함께 혼재되어 있었지요. 나도 특별히 구분지어 생각하지 않았어요. 대학 1년생의 의식화 수준으로 까닥하면 사회주의자가 될 뻔했었는데, 승기 덕에 사회주의에 대한 관심은 딱 끊고 철저히 민주화투쟁에만 몰두했지요. 당시 시대 상황에서는 정부에 반대하는 세력이면 무조건 빨갱이라고 취급되어서 그것이 그것 같아 보이기는 했지만.

시간이 날 때마다 우리는 많은 대화를 나눴어요. 이제 친구가 된 것이지요. 알고 보니 그는 이념에 대한 지식이 나보다 더 풍부하더군요. 이념 대립으로 아버지를 잃은 사람이 자연스럽게 익힌 산지식이었어요.

그해 겨울 나는 이곳에 놀러 왔지요. 방학 동안 다음 학기의 등록금을 벌어야 할 형편이었지만, 승기의 꾐에 일주일을 이곳에서 보냈어요. 조선시대의 유명한 학자가 쓴 책에서, 우리나라에서 가장 살기 좋은 곳, 세 곳 중에 끼일 만큼 살기 좋고 풍광 좋은 곳이라고 자랑하는 바람에. 그리고 그때껏 타보지 못한 스케이트를 가르쳐 준다는 유혹에.

그해 겨울은 유난히 추워서 여기 낙동강이 꽁꽁 얼어붙었지요. 스케이트 타기에는 아주 좋았어요. 우리나라에서 제일 큰 석빙고가 있는 자리에서, 십 리나 되는 강위를 스케이트를 타고 왕복하는 기분이란……. 뭐라고 표현하기 힘든 희열 같은 게 있었어요. 그때 원 없이 스케이트를 타 본 것이 내겐 처음이자 마지막이라서 더욱 그립군요. 그 후에도 방학 중에 몇 번 더 다녀간 적이 있었는데, 이상하게도 다시는 스케이트를 타지를 못했죠.

그리고 승기가 '촌놈생일'이라고 하던 참 정겨운 장날 구경. 때마침 설을 얼마 앞둔 대목장날, 그 작은 장터에 어디서 왔는지 발 디딜 틈이 없을 만큼 사람들로 붐볐어요. 추운 날씨에 입김을 뿜어내며 사람들 배꼽을 잡게 하는 각설이, 고무줄을 양어깨에 걸치고 쫄 깃쫄깃한 빨간 고무줄과 까만 고무줄을 판다고 소리 지르면서 다니는 고무줄장수. 회충·요충약을 파는 남자인지 여자인지 모를 중성의 장사꾼. 그리고 지난 가을에 추수한 것들을 조금씩 덜어내어 팔고 있는 즐비한 좌판. 도토리, 땅콩, 옥수수, 무말랭이, 쌀, 보리에 개와 닭들이 있는 반면, 다른 한쪽에는 털신과 고무신, 때때옷과 내복, 설빔과 그릇들이 자리 잡고 있었지요. 한쪽 구석에는 설 대목장에는 빠질 수 없는 뻥튀기 소리가 뻥뻥거렸고요. 시끌벅적하고 무질서하면서도 활기와 인간미가 넘치는 장터의 모습. 그런 건강한 삶을 도시의 빈민들에게 나눠 주고 싶다는 생각도 들었어요.

그런데 3학년 신학기를 앞두고 나는 수배 받는 몸이 되었어요. 하숙을 그만 두고 숨어 다녔지요. 산업체의 노동운동에 배후로 지목된 거지요. 쫓기게 되자 역시 가장 큰 문제가 돈이었어요. 승기의 도움을 받을 수밖에 없었어요. 승기의 도움이 없었다면 지금의 내 인생이 달라졌을 거예요. 그 후 다시 복학을 하지 않아서 나의 최종학력은 대학 3년 중퇴로 남아 있지요. 내가 쫓겨 다니던 그해 가을, 정확히 말하면 1972년 10월 17일에 전격적으로 시행된 시월

유신. 박 기자도 아는 것처럼 소위 10·17조치로 불리는 〈특별선언문〉과 〈비상계엄〉을 선포하여, 국회를 해산하고 모든 정당의 활동을 금지하고 대학교에 휴교령을 내린 엄청난 일이 벌어졌지요. 한국적 민주주의 토착화라는 미명으로 개헌 반대 발언을 원천적으로 봉쇄한 가운데 대대적인 국민홍보와 득표전술을 총동원하여 11월 21일에 실시한 국민투표는 투표율 91.9%, 찬성률 91.5%로 유신헌법을 승인했어요. 모든 정치인이 감시당하고, 언론과 방송이 통제되던 공포스러운 나날이었지요.

그러나 봄이 왔어요. 음침한 겨울이 지나고 새 학기가 시작된 거죠. 우리는 대대적인 시위를 했어요. 하지만 맨주먹으로 돌멩이나 던지는 식이었으니, 잠시 밀고 당기는 긴장감이 있고 난 후 금방 우리는 밀리고 말지요. 힘의 차이, 그것만큼 확실한 것은 없지요. 최루탄이 터지는 속에서 돌멩이를 던지다가 나는 한순간 내 눈을 의심했어요. 시위대 속에서 돌멩이를 던지는 승기를 보았거든요. 시위대의 앞쪽에 있었어요. 경찰의 체포 작전이 떨어지면 금방 잡힐 거리였지요. 그래서 승기를 안전한 곳으로 끌고 나왔지요.

그 잘난 국수주의자께서 어쩐 일로 돌을 다 드시나 하니, 나라를 걱정하는 정말 잘난 국수주의자니까, 라더군요. 그러면서 자신의 논리를 펴는 것이었어요. 국민이 싫어하는 유신헌법을 강압적으로 하는 것은 나쁘다. 강압적으로 할 수밖에 없다면 그건 이미 국민이 싫어할 것이라는 것을 미리 알고 하는 것이다. 그러니까 권력자도 그것이 무리임을 알고 있다는 말이 된다. 고로 유신헌법이 나쁘다는 것을 권력자도 스스로 인정하는 것이니까 이건 나쁘다. 한 마디로 모든 사람들이 반대하는 것을 억지로 하는 것은 나쁘다, 인간적인 사랑이 배제되어서. 그래서 나는 돌을 들었다. 이런 식의 논리였어요.

어쨌든 오랜만에 만났던 터라 반가웠어요. 하지만 곧 체포 작전이 떨어져서 회포도 풀지 못하고 헤어졌지요. 나는 수배당하고 있어서 잡히면 끝장나는 입장이었거든요. 싱거운 싸움이었지만 겨우내 움츠리고만 있던 국민들의 가슴에 시원한 자극을 주는 시위였지요. 물론 언론통제로 제대로 전달이 안 되었지만. 그때는 학교 안에 사복경찰이 상주하던 시절이라 수배 중인 자가 학교에 와서 얼쩡거리다간 쥐도 새도 모르게 잡혀가는 수가 있었어요. 도망 다니면서 시위 준비하는 것이 여간 어려운 일이 아니었지요. 어떻게 비밀이 새어 나갔는지 두 번째 준비하던 시위는 경찰의 통제로 실패하고……. 학내에 있을 프락치의 눈을 속여서 세 번째 시위는 기습적으로 했지요. 일종의 게릴라 전법이랄까요. 그 자리에도 승기가 나왔더군요. 도서관에서 공부하다가 나온 듯 한손에 가방까지 들고서. 우리가 이젠 철수하려고 뒤로 빠지는데 승기는 그것도 모르고 자꾸만 앞으로 나가는 것이었어요. 그런 승기를 뒤로 빼내려고 내가 다가가는 순간 교문 안으로 경찰들이 우르르 몰려들어왔어요. 나는 순간 망설일 수밖에 없었죠. 그냥 돌아서 튀느냐, 승기를 데리고 튀느냐. 승기에게 가서 함께 도망친다는 건 절망적이었어요. 그때 승기도 낌새를 채고 돌아서 뛰기 시작했어요. 나는 승기를 향해 빨리빨리 뛰라고 소리 질렀지요. 달음박질 하나는 참 잘하는 승기라 곧 내 앞까지 뛰어 왔어요. 이제는 됐다 싶은 마음에 승기보다 서너 발 앞장서서 뛰는데 내 발에 뭔가 툭 걸렸어요. 내 옆에서 나란히 달리던 프락치가 내 발을 걸어 버린 거지요. 수배 중인 나를 주목하고 있었나 봐요. 나둥그러진 나를 뒤따라오던 승기가 일으켜 세워서 다시 뛰려는 순간 그 프락치에게 우리는 잡혀 버렸어요.

끌려가서 개 패듯이 한다는, 그 개 패는 것에 맞았지요. 저항할 수 없는 곳에서 일방적으로 맞기만 하면, 인간에 대한 믿음이 사라지고 정신이 파탄 날 수도 있어요, 어릴 때부터 잡초처럼 자란 나보다는 승기처럼 고생 모르고 자란 사람에게는 엄청난 쇼크가 될 수도 있는 거지요. 승기가 걱정 되었지만 무엇 하나 알 수도, 할 수도 없었어요. 나는 한 달 동안 면회도 되지 않았어요. 모든 것으로부터 단절된 공포의 공간에서 내가 아는 사실을 다 불고 말았지만, 승기에게 도피자금을 지원 받은 사실은 말하지 않았죠. 인권이 완전히 무시된 채 한 달여 동안 짐승처럼 살다가 정식 기소되었고, 그 후 두 달 만에 나는 징역8년 형을 선고 받았지요.

교도소로 이감되어서야 면회 온 후배에게서 승기 소식을 듣게 되었는데 기소되지는 않고 석방되었지만 몸을 다쳐서 병원에 입원했다고 하더군요. 내가 당했던 무자비한 폭행이 생각났어요, 경상도 사람 특유의 욱하는 기질이 있고, 체면 때문에 아쉬운 소리라곤 할 줄 모르는 승기라, 뻣뻣하게 반항했을 것 같더군요. 그럴수록 더 강한 매가 돌아올 뿐인데. 사람에게서, 같은 사람에게서 그렇게 당해보지 않았던 승기는 인간에 대한 믿음이 한 순간 괴멸되는 것을 느껴야 했을 것이고……. 몸보다는 정신적 충격이 더 걱정스러웠어요.

승기 집으로 편지를 했어요. 예닐곱 차례 보내도 답이 없더군요. 받았다면 답이라도 있든지 면회라도 오든지 했을 것인데. 느낌이 이상했지만 잘 있을 것이라고 희망적으로 생각했어요. 그렇게 오륙 개월이 훌쩍 지나버리고 감방에서 첫 겨울나기를 하던 어느 날, 성탄일이 지났으니 성탄카드랄 수도 없고, 어쩌면 그럴 수도 있지만……. 하여튼 성탄일이 지난 때, 성탄카드일 수도 있고 연하장일 수도 있는 카드가 승기에게서 왔어요.

도화지로 만든 것인데, 카드 표지에는 청색 사인펜으로 죽죽 내리그어서 비 내리는 모양을 그리고, 그 비를 맞으면서 노란색의 돼지가 죽어 넘어져 있었고요. 카드 속에는 일곱 색깔을 다 갖춘 무지개가 큼직하게 그려져 있고 그 아래에 이육사의 시 〈광야〉의 뒤 부분이 쓰여 있었지요. '지금 눈 내리고 / 매화 향기 홀로 아득하니 / 내 여기에 가난한 노래의 씨를 뿌려라 // 다시 천고의 뒤에 백마 타고 오는 초인이 있어 / 이 광야에서 목 놓아 부르게 하리라'

그 그림과 시를 보고 나는 형언할 수 없는 감정에 빠져들었지요. 내가 우려했던 일이 벌어지고 만 것 같았어요. 승기가 무슨 의미를 전달하려는지 알 수는 없었지만, 결코 장난으로 그런 편지를 보낼 사람은 아니었거든요. 그런 것을 감방에 있는 친구한테 보냈다는 건 그가 심하게 아프다는 것을 짐작하고도 남지 않을까요? 그래서 승기의 형한테 승기를 꼭 만나고 싶다고 편지를 보냈지요. 얼마 후 답장이 왔어요. '승기는 죽었다.' 단 여섯 자만 있는.

그 후 3년 남짓 더 수인생활을 하다가, 특사로 풀려난 나는 맨 먼저 찾은 곳이 승기의 집이었어요. 이곳에 도착한 후 깜짝 놀랐어요. 마을이 있던 곳이 푸른 물로 가득 차 있었거든요. 예전에 놀러 왔을 때 곳곳에서 공사를 하던 것을 보긴 했지만. 승기네 집은 수몰민들이 이주해서 사는 단지의 한쪽 끝에 자리 잡고 있었어요. 물이 가득 찬 호수가 잘 보이는 위치에.

어찌어찌 물어서 승기의 형을 만날 수 있었지요. 내 짐작대로 승기는 고문 후유증으로 심각한 트라우마를 겪었다고 했어요. 날만 새면 집에 있지 못하고 어디든 돌아다니다가 밤이 되면 조용히 들어왔대요. 폐소공포증이 있는지 사방이 막힌 장소에 잘 있지 못하고 잘 때도 문을 열어 놓고 잤다네요. 돌아다니는 것이 남사스러워서 어느 날 방안에 가두고 문을 잠가버렸더니 자해 소동을 일으키기도 했고요. 그러다가 이맘때쯤인 겨울, 집을 나간 지 이틀 만에 강에 빠져 죽은 채로 발견이 되었대요. 자살인지 실족사인지 알 수는 없었으나. 그래서 나는 승기의 기일이 있는 매년 이맘때면, 이 곳에 와서 잠시 머물다가 가요.

"그 분이 물에 빠져 죽으셨단 말인가요? 이맘때요?"

물에 빠져 죽었다는 말을 듣는 순간 내 뇌리에 번개처럼 스치는 것이 있었다.

"네, 이맘때 저 앞 흐르던 낙동강에서."

"그럼, 그 분일지도 모르겠습니다."

4.

정 의원이 말한 그해 겨울 이맘때는 고향이 수몰되기 3년 전이었다.

설을 앞둔 추운 겨울이었는데도 나는 또래 친구들과 강가의 백사장에서 놀고 있었다. 해가 지는 것도 모르게 놀다 보니 어느새 집에 갈 시간이 되었는데 친구 하나가 강물에 손을 씻더니 그 자리에서 우리를 부르는 것이었다. 이상한 게 있다면서. 우리가 우르르 몰려가자 친구는 강 건너편 기슭을 손으로 가리켰다. 20미터쯤 떨어진 강기슭 쪽의 물속에 사람 같은 형상이 가라앉아 있었다. 사, 람, 이, 다! 누군가의 입에서 그 말이 나오자 우리들은 기겁을 하며 마을 쪽으로 뛰기 시작했다. 겁에 질린 나는 바로 집으로 갔다. 친구들이 어른들을 모시고 다시 강 쪽으로 달려가는 것을 집 마당에서 지켜보며 사시나무 떨듯 떨었다. 감히 가까이 가서 구경할 엄두를 못 냈다. 나중에 친구한테 들은 건데, 그 시신의 목에 하얀 붕대가 감겨 있었다고 한다.

내가 알고 있는 그 사람은 공부를 너무하다보니 나사가 넘어가 버린, 달리 말하면 돌아버린 사람으로 알고 있었다. 그렇게 소문이 나 있기도 했다. 나는 그 사람의 특이한 행동 하나를 기억하고 있는 데, 그는 걸어갈 때 신발을 신지 않고 들고 다녔다. 비포장도로인 흙길을 그렇게 걸어가다가 다리 위로 걸어갈 때는 신발을 신었다. 콘크리트로 만들어서 우리가 '공글'이라고 더 많이 부르던 다리는, 어떻게 보면 신작로 중에서 유일한 포장길이기도 했다. 그 행동을 보고 말하기 좋아하는 사람들은, 신작로에서는 신발이 닳을까봐 들 고 가고, 공글에서는 신발이 닳지 않으니까 신고 간다고 쉽게 말했 지만, 그가 왜 그런 행동을 하는지는 아무도 알지 못했다.

그 사람은 거의 매일을 우리 집 앞으로 난 신작로를 걸어서 어디 론지 갔다가 다시 돌아오곤 했는데, 두 손엔 언제나 하얀 고무신이 들려 있었고 발은 맨발이었다. 자해 소동으로 목에 상처가 난 이후 에는 그의 목에 하얀 붕대가 감겼다. 그게 무슨 목도리처럼 예뻐 보인 날도 있었다. 마을 앞을 지날 때 처녀들이 안됐다고 혀를 찼 다. 한때는 그녀들이 감히 오르지 못할 나무였는데…….

나의 이야기를 정 의원은 아주 진지하게 들었고, 마쳤을 때는 고맙다고 했다. 그 후에도 우리는 좀 더 이야기를 나누었다. 그런 데 뭔가 한 가지 더 말해 줄 것이 있는 것 같은데도 기억이 나질 않았다. 곧 생각 날 듯하면서도 생각이 나지 않는 것을 붙잡고 있을 수만은 없었다. 서울로 올라가는 시간이 촉박해서 나는 먼저 일어섰다.

한번 야당이면 영원한 야당이라는 신조로 바르고 곧은 성품으로 살아가는 정 의원. 그의 소중한 과거를 함께 공유하고 있다는 사실에서, 앞으로 서로 가까워질 것이라는 예감이 들었다. 거물 의원과 인연을 갖게 되었다는 사실에 짜릿한 희열감이 온몸을 감쌌다.

5.

조용히 날고 있는 비행기 속에서, 옆자리의 아들과 그 건너편의 아내는 계속 자고 있다. 시동생의 결혼 때문에 사흘 동안 시집살이를 한 아내는 정말 피곤한지 잠든 후 한 번도 깨어나지 않는다.

자고 있는 아들의 손에 들린 과자봉지가 떨어질 것 같다. 나는 그걸 옮겨 들고 과자를 꺼내 먹기 시작했다. 그러다가 과자가 아니라 다른 것이 내 손에 잡혀 나왔다. 과자봉지에 흔히 들어 있는 동그란 딱지였다. 그래, 이거야! 그것을 보는 순간 나도 모르게 소리칠 뻔 했다.

정 의원에게 민승기에 대해 이야기할 때 뭔가 빠진 것 같았던, 머릿속에서만 맴돌고 모습을 보여 주지 않았던 것의 정체가. 딱지, 그래 딱지였다. 경상도 말로는 때기라고도 하는 딱지. 종이로 접어서 땅바닥에 두고 번갈아 쳐서 넘어가면 따먹는 딱지치기. 우리 세대에 딱지치기를 해보지 않고 자란 남자들은 없으리라.

아이들의 놀이도 계절에 따라 다른데, 딱지치기는 힘과 기가 함께 필요한 겨울놀이였다. 아마 민승기가 죽은 후 얼마 안 지나서였을 것이다. 그날도 나는 친구들과 딱지치기에 빠져 있었다. 한참 딱지치기를 하는데 민승기의 조카뻘 되는 친구 G가 왔다. G도 딱지를 같이 치고 싶어 했다. G의 손에는 딱지가 많이 들려 있었다. 우리는 물론 끼워 주었다. 그런데 이상했다. G의 딱지가 안 넘어가는 것이다. 마치 땅바닥에 풀로 붙여놓은 듯했다. 대신 G의 딱지로 우리 딱지를 치면, 우리 딱지들이 홀랑홀랑 잘 넘어 갔다. 새삼 자세히 보니 G의 딱지는 투박한 종이로 만든 우리 것과 달리 표면이 매끄러웠다. 딱지를 잃어 화가 난 친구가 "뭐 이런 것이 다 있어." 하면서 딱지를 확 풀어 버렸다. 풀린 종이에는 영어가 가득했고, 신체의 어느 장기가 컬러로 선명하게 인쇄되어 있었다.

딱지를 푼 친구가 그걸 보더니 기겁을 하면서 종이를 놓아 버렸다. "너 이거, 저번에 물에 빠져 죽은 너 아재 책으로 만든 거지?" 하며 G를 닦달했지만 G는 꿀 먹은 벙어리였다.

"귀신 붙었구나. 에이씨, 재수 없어." 딱지 치던 친구들이 한마디씩 하면서 가 버린 후 나와 둘만 남았을 때 G는 말했다. 할아버지 집에 갔다가 마당에 버려져 있는 책 몇 권을 주워 왔다고. 집에 갖다 놓은 책 한 권 줄까 했지만 난 싫다고 했다.

그 딱지가 그렇게도 안 넘어갔던 이유가 종이의 질 때문이었을까? 아니면 그때 친구들 말처럼 귀신이 붙어서였을까? 내리치고 내리쳐도 넘어가기보다는 스스로 깨져버린 사람의 지조가 붙은 것이었을까.

이런 생각에 잠겨 있는데 "……승객 여러분 잠시 후에 김포공항에 도착합니다. 안전벨트를……." 하는 승무원의 목소리가 흘러나온다. 다시 치열한 삶의 현장인 서울로 돌아온 것이다. 이 귀신 붙은 딱지 같은 이야기는 통하지 않을 세상에서 나는 또 앞만 내다보면서 뛰어야 하리라. 내 옷깃에 아직도 고향의 향기가 나는 듯했으나, 활주로를 향해 서서히 고도를 낮추는 비행기와 함께 나는 현실로 진입해 들어가기 시작했다.

〈1997년 발표〉

나 하나의 상처로

많은 사람이 행복하다면

그 결로 나의 행복을 삼는 거다.

다우의 노래

 다우가 좋아하는 양념치킨이 좀 전에 배달되었단다. 그렇게 말하면서 잠시만 기다려 달라고 하는 전화기 저편의 돌보미 아주머니 목소리는 언제나처럼 곱다. 다우는 양념치킨을 무척 좋아했다. 돌보미 아주머니는 잠시만 기다려 달라고 했지만 다우는 양껏 먹고서야 내려올 것이다. 짧게 잡아도 이십 분. 나는 차의 시동을 끄고 의자를 뒤로 젖혀 휴식의 자세를 취했다.

 다우가 오면 누나 집에 맡기고 친구들과 세 시간 정도 밤길을 달려 고향으로 가야한다. 토요일인 내일, 모교에서 동창회가 있어서 오늘 미리 내려가서 자고 내일 참석한 후에 올라 올 계획이었다.

 일 년 전에 아내와 이혼을 한 후, 다우를 혼자 키우면서 어린아이와 관련된 세상도 만만치 않음을 뼈저리게 느꼈다. 정부에서 하는 아이돌봄사업이라든가, 미접종 백신 맞히기, 좋아하는 음식 만들어서 먹이기, 계절마다 옷을 사서 입히기, 이제 갓 초등학교 1학년인 아이의 준비물이랑 각종 용품과 학부모로서 참여 역할 등……. 그 많은 것을 일일이 체크하고 관리를 해야 했다. 여간 신경 쓰이는 것이 아니었다. 그 중에서도 가장 힘든 일은 아이가 아플 때였다. 병원에 데리고 가서 진료 받고 약국에서 약을 타 가지고 오는 거야 어떻게든 할 수 있었다. 하지만 아파서 누워있는 아이를 달래고 지켜보는 일이 너무 힘들었다. 어떻게 해 줄 수 없는 아비의 마음이 힘든 거였다. 아내가 있을 때는 그 모든 것이 아내의 몫이었다. 아이 옆을 지키는 것도 아내였고, 아이와 같이 아파하는 것도 아내였다. 나는 고작 아픈 아이 옆을 가끔 오가면서 건성으로 상태만 보는 정도였다. 맞벌이하는 아내가 아이 문제로 도움을 요청했을 때 마치 남의 일처럼 짜증까지 내면서.

아내가 이혼을 결심한 것에는 이런 나의 독선과 이기심이 한몫을 한 것은 분명했다. 아내와의 이혼은 정말 터무니없는 감정싸움의 결과였다. 전적으로 나의 오해와 의처증, 이기적인 행동 탓이었다. 아내의 성격을 잘 알면서도 몰아붙였던 내 잘못. 아내의 변명과 굴욕을 바랐던 내 얄팍한 자존심. 빼어든 칼을 그냥 칼집에 넣는 패배를 인정하기 싫었던 나의 소갈머리.

"누군데, 이 시간에 전화해?"

늦은 잠자리에 들었는데 아내의 휴대폰이 울렸고, 아내는 전화기를 들고 거실에 나가서 한참동안 통화를 한 후 다시 잠자리로 들어왔다. 머리맡의 흐린 전등불빛으로도 아내의 얼굴이 침울하다는 것을 알 수 있었지만 막 잠에 들려다가 깬 나는 짜증부터 냈다. 그런데 아내는 바로 말을 받지 않았다. 그게 나를 더욱 짜증나게 했다.

"누구냐니까. 왜 말을 안 해?"

"……. 오빠야."

"미친놈." 나도 모르게 이 말이 입에서 튀어 나왔다. 순간 아차 했지만 이미 늦었다.

"무슨 말을 그렇게 해. 오빠보고 미친놈이라니!"

아내의 목소리에 날이 서 있었지만 나는 내친김에 한 걸음 더 앞으로 나가고 말았다.

"그렇잖아. 밤늦게 남의 아내에게 전화하니, 미친놈 맞지 머."

"당신 정말……. 평소에 오빠를 싫어하는 줄은 알았지만 이 정도인 줄 몰랐네. 그래도 그렇지 왜 전화를 했는지도 모르면서 이 시간에 전화했다는 것만으로 그런 말을 할 수 있어?"

"당연하지. 이 시간에 남의 여자한테 전화하는 인간이 제대로 정신 박혔겠어."

"하긴, 자기밖에 모르고 이기심으로 똘똘 뭉쳐진 당신에게는 그렇게 보이겠지. 하지만 세상은 당신이 생각하는 것처럼 그렇게 어둡지만은 않아.”

　아내는 감정을 억누르면서 나직하게 저주의 주문을 외우는 것처럼 말했다. 아내가 목소리를 낮춰 잘못을 따지고 들 때면 언제나 소름이 돋았다. 나는 짐짓 태연한 척 이불을 덮어쓰고 돌아누웠다. 항상 싸움을 시작하고 마무리는 흐지부지 넘겨버리는 것이 내 특징이었다. 이런 식의 행동이 상대를 더 화나게 하는 것이었지만 현명한 아내는 더 이상 따지지 않았다.

　그런데 옷장을 여는 소리가 나서 돌아보니 아내는 외출복으로 갈아입고 있었다. 이어서 옷장 안에 있는 큰 가방을 꺼내서 자기 옷을 담는다. 이게 무슨 상황이란 말인가? 나는 당황했다. 부부싸움을 아무리 심하게 했더라도 아내가 다우의 방에 가서 자는 것으로 결말지어졌기에, 이 상황에 어떻게 대처해야 할지를 몰랐다. 당장 집을 나가겠다는 것인지, 아니면 일단 짐을 꾸려 놓은 것인지부터가 판단이 서지 않았다.

　집을 나간다면 어떻게 해야 하나? 붙잡아야 하나, 모른 척 해야 하나? 짐을 꾸리는 아내를 지켜보면서 내 머리는 수많은 가설을 설정하고 결론을 도출하기에 바빴다. 나의 복잡한 머릿속과는 달리 아내는 아무런 망설임 없이 가방을 들고 방을 나가서는 바로 현관문을 열고 나갔다. 나는 순간 멍해졌고 충격에 빠졌다. 내가 전혀 예측하지 못한 상황이었다. 아내가 나간 후 현관문의 디지털 도어락(Door Lock)이 전자신호음을 내면서 닫히는 소리를 냈을 때야 정

신이 들어 쫓아 나갔지만 아내를 태운 승강기는 이미 아래로 내려
가고 있었다. 계단을 뛰어 내려가서 붙잡아야 하는데도 나는 망설
였다. 언제나 예측 가능한 일이 아니면 연속적으로 행동에 옮기지
못하는 게 내 버릇이었다. 내 예측의 한계는 아내가 승강기를 타지
않으면 집으로 데리고 오는 것까지였다. 그런데 승강기를 타 버
린 돌발 상황이 벌어졌으므로 나는 적절한 방법을 모색하느라 허둥
댔다. 보통 사람이 0.1초면 판단을 끝내고 행동으로 옮기는 간단한
일에도 나는 30초 이상 생각을 해야만 행동에 옮길 수 있었다.

이런 나를 사람들은 행동이 둔하다, 혹은 멍청하다 우유부단하
다고 했지만, 오래된 버릇은 고쳐지지 않았다. 이런 약점을 가졌으
면서도 직장 생활을 할 수 있었던 것은 내 직업이 응용과학연구원
이라는 데 있었다. 하나의 가설을 설정한 후에 수없이 반복된 실험
과 검증을 통해서 결과를 도출해 내거나, 그 과정에서 돌발 상황이
생기면 그 상황이 생기게 된 원인을 다시 되돌아 짚어서 확인하는
것이 연구원의 일이었고, 내 하루하루의 일상이었다. 몇몇 사람과
주어진 가설에 대한 반복 또 반복의 실험을 하는 나의 일상에 미루
어 본다면, 돌다리도 두드려 보고 건너는 나의 멍청한 버릇이 연구
하는 데는 도움이 되는 것이기도 했다. 어떻게 보면 하는 일이 그
랬기 때문에 나는 이 멍청한 버릇을 고쳐야 한다는 필요성을 절감
하지 못하고 살아온 것인지도 몰랐다.

나는 망설이다가 결국 집안으로 들어갔다. 아내를 잡을 수 있는

기회를 놓친 거였다. 거실 소파에 쭈그리고 앉아서 왜 아내가 가출하게 되었는지 되짚어 보았다. 그동안 크고 작은 말다툼이 잦았지만 아내가 가출한 적은 없었는데 무엇이 원인이었을까? 아내에게 전화가 왔고, 전화를 한 사람이 오빠라는 말에 내가 미친놈이라고 말을 했고……. 그래서, 아내가 화를 냈는데……, 만약에 왜 전화가 왔는지 물었다면 어떻게 되었을까? 그 사람이 밤늦게 아내에게 전화를 할 이유란 장모님의 일뿐인데……? 그렇다면 장모님한테 무슨 좋지 않은 일이 생겼다는 것이잖아. 어디가 편찮으신 건가? 아! 맞아, 아내가 통화를 하면서 입원이나 병원이라는 말을 했었어. 오, 그럼 결론은 장모님이 아프신 거네. 그럼 그렇지. 장모님의 병간호를 위한 거였어. 내 말에 화가 나기는 했지만 그것이 가출의 주원인이 아니었던 거야. 그거였어. 나는 그런 결론을 얻자 편찮은 장모님에 대한 걱정보다는 아내가 나 때문에 나간 것이 아니라는 것에 위안을 느꼈고, 그날 밤을 편안하게 잘 잤었다.

입원한 장모님은 왼쪽 발목에 깁스를 하고 있었다. 처갓집의 높은 처마에서 내려오다가 발목을 심하게 접질려서 인대가 늘어난 까닭이었다. 장모님은 당신 때문에 '홑몸이 아닌 다우 어미가 직장 다니느라 피곤한데도 쉬지 못하고 병원에서 밤새우는 것'을 안쓰러워했다. 장모님의 슬하에는 아내와 처제, 둘 뿐이었다. 처제는 타지로 시집을 갔고, 장인은 내가 결혼하기 전에 세상을 뜨고 없어서 장모님이 의지할 곳이란 맏딸인 아내밖에 없었다. 그래서 아내가 여러 차례 장모님을 모시고 살자고 했지만 나는 거절했었다. 더구나 아내가 다우를 낳고 육아와 직장 생활을 병행해야하는 초보 엄마로 고생을 겪을 때, 다우가 클 때까지 몇 년간 만이라도 같이 살자는 아내의 말도 들어 주지 않았다.

장모님과 같이 사는 것 자체가 싫은 것은 아니었다. 같이 살게 되면 지금껏 유지되어 왔던 나의 일상적인 리듬을 바꾸어야 할 것이고, 그에 따른 돌발변수가 수없이 생성될 수밖에 없을 것이다. 그러면 그것들을 가설과 검증을 거쳐 나의 일상으로 편입하여 나의 것으로 만들어 가야 하는데 그것을 감당해 나가는 게 두려웠다. 시행착오를 겪는 중에 장모님이나 아내에게 혹은 다우에게 나의 당황해 하는 모습을 보이기 싫었다. 피해의식에 따른 적극적인 자기방어였다. 애원하다가 실망하다가 나중에는 분노하는 아내에게 나는 나의 이 버릇을 밝히고 이해를 구하려고 하지 못했다. 누구에게라도 밝히고 싶지 않은 치부였다. 이 치부를 공개하면 나는 공기 속으로 분해되어 버릴 것만 같았다.

하나의 거짓말을 합리화하기 위해서는 일곱 개의 거짓말이 필요하다던가. 나는 나의 부끄러움을 감추기 위해 독선적이고 융통성 없게 행동을 해 나갔다. 아내와 아이에게 미안했지만 치부를 감추기 위해서는 어쩔 수 없었다.

물론 아내도 나의 행동이 굼뜨다는 것을 잘 알고 있었다. 하지만 그녀가 알고 있는 것은 본질의 극히 일부분이었다. 또한 그 원인을 나의 소극적인 성격에서 찾고 있었다. 그러니까 그녀는 나의 굼뜬 행동을 융통성 없는 것과는 별개의 것으로 알고 있었다. 내가 굼뜬 행동을 감추기 위해서 융통성 없이 고집을 부린다는 것을 모르는 거였다.

내가 치부를 공개하면 어떤 문제로 고집을 부리는 나를, 상대는 이해하는 척할 것이고, 고개를 끄덕일 것이며, 그의 눈빛은 동정의 빛을 띠고 있을 것이다. 동정이라니······. 내가 왜, 뭐가 못나서. 명석한 두뇌로 누구보다도 연구 실적이 뛰어난 내가. 어떤 문제가 주어졌을 때 처음에는 타인보다 민첩하게 대응하지 못하기는 하지만, 곧 그들보다 먼저 멋진 결과를 도출해 내는 내가. 능력에 대해서 누구보다도 뛰어나다고 생각하는 내가, 동정의 눈빛을 받는다는 건 죽기보다 싫었다. 차라리 비판을 받든가 싸우는 쪽이 나은 것이다.

나도 나의 치부를 감추기 위해 타인들에게 상처를 주는 고통스러운 일에서 왜 벗어나고 싶지 않겠는가. 사랑하는 사람들이 나로 인하여 아파하고 슬퍼할 때, 그들보다 더 아파하고 슬퍼하는 난데. 하지만 고백의 말이 목젖까지 올라 왔다가도, 아직은 살아갈 날이 더 많다는 이유와 나의 강한 자애심은 결정적인 순간에 나를 꽁꽁 묶고 놓아 주지 않았다.

나의 내면적인 이런 갈등을 알 수 없는 아내는 내가 상보님을 무작정 싫어하는 줄만 알고 있었다. 그래서 장모님과 관련된 일은 될 수 있으면 내게 알리지도 않고 자기 선에서 처리를 했다. 늦은 밤에 오빠란 사람에게서 전화가 왔을 때도 그렇다. 내가 평소 장모님에게 살갑게 굴었다면 내가 물어보지 않아도 먼저 말을 했을 것이다.

또한 아내는 그 오빠란 사람을 내가 싫어하는 것을 이해하지 못했다. 처가 옆집에 살고 있어서 아내와는 어릴 때부터 오빠, 동생 하는 남자. 혼자된 장모의 집안일을 많이 도와주는 남자. 아내의 과거를 다 알고 있는 남자에 대한, 흔히 남자가 남자에게 가질 수 있는 그런 경계심은 아니었다. 그와 나의 관계 설정에 따른 번거로움을 피하려다 보니 멀리하게 되었고, 자꾸 멀리하다 보니 안 만나는 것이 편한 사이가 된 것 뿐이었다.

다우가 없어졌다는 전화기 저쪽에서 들려오는 소리에 나는 순간 현기증을 느꼈다. 담임선생의 그 다음 말은 무슨 말인지 하나도 알아듣지 못했다.

허겁지겁 학교로 달려간 나에게 담임선생은 다우가 가방까지 메고 교문 밖으로 나가는 CCTV화면을 보여 주었다. 오전 수업 중에도 평소와 다른 점이 없었고, 점심시간에 배식판으로 음식을 받아서 친구들과 같이 먹는 모습을 보았을 때도, 다우에게서 특별히 이상한 점을 못 느꼈다고 한다. 그러면서 다우가 지금 꼭 가보아야 할 곳이 있는 것은 아닌지 물어왔다. 나는 담임선생의 물음에 대답할 준비가 되어 있지 못했다. 내가 우물쭈물하자 담임선생은, 무슨 이유가 있어서 잠시 나간 것일 수도 있으니까 기다려 보자고 위로의 말을 건넸다. 그런 말이 내게 위로가 될 리 없었다. 나의 머리는 이 돌발 상황을 해결할 돌파구를 찾느라고 수많은 가설로 쥐가 날 지경이었다. 답답한 마음에 교사(校舍)를 나왔다.

교사 바로 앞에 서 있는 우람한 은행나무는 잎을 하나도 달고 있지 않았다. 마치 모든 것이 탈의된 내 마음 같았다. 은행나무에 기대어 맑고 맑은 하늘을 넋 놓고 바라보고 있는데 다우라는 말이 귀를 때렸다. 아이들이 재잘거리는 소리가 들리는 교실 쪽으로 나도 모르게 걸어갔다.

"다우가 어디 갔는지 혹시 아는 사람 있나요?" 아까 그 담임선생의 목소리였다.

"점심 먹고 운동장에서 노는데 가방을 메고 나갔어요."

"어디로 간다고 했어요?"

"몰라요. 그냥 말없이 나갔어요."

아이들의 말은 한 사람이 하는 게 아니고 여러 아이들이 돌아가면서 하는 것 같았다.

"오늘 다우 기분이 어땠어요?"

"그냥 혼자 가만히 놀았어요. 오늘 만들기 준비물도 안 가져 왔고요. 내가 빌려줬어요."

"그건 잊어 버려서 그렇다고 하던데?"

"아니에요! 아니에요!" 여기저기서 아이들이 동시에 외치는 소리였다.

"아빠가 늦게 들어오시는데, 준비물을 준비해 달라고 하면 다시 아빠가 밖에 나가야 하잖아요. 미안해서 아빠한테 말을 안 했대요. 다우는 엄마가 없잖아요."

"다우 엄마가 없다는 것을 어떻게 알아요?"

"우리 다 알아요. 어른들이 그러던데요. 이혼했다고." 그 말에 또 다른 아이가 말을 했다.

"아빠와 싸워서 작년에 이혼했대요."

또 누군가가 소리쳤다.

"다른 것도 알아요!"

"뭔데요? 선생님도 알고 싶어요."

"다우한테는 이야기하면 안돼요. 다우 동생이 생기다가 없어졌대요. 다우 엄마가 아이를 가졌는데 이혼해서 아이가 없어졌대요. 이혼하면 아이가 안 태어난대요."

"누가 그래요?"

"어른들이 하는 이야기를 들었어요."

"근데요. 다우는 자기 동생이 생기다가 없어진 걸 몰라요."

"우리만 알고 있어요. 다우가 그걸 알면 아빠를 원망할까 봐서요."

"다우도 동생이 있으면 좋다고 하던데."

아이들의 말에 나는 충격을 받았다. 한동안 멍한 상태에서 벗어나지 못했다. 극히 소수만 알고 있을 것이라고 믿었던 집안일을 저 꼬마들마저 다 알고 있다는 사실을 인정할 수 없었다.

이혼을 하면서 같은 아파트에 사는 누구에게도 그 사실을 알게 하고 싶지 않았다. 주변 사람들과 잘 만날 수 없는 맞벌이 부부라서 우리만 말 안하면 누구도 모를 것으로 여겼다. 그래도 혹시 다우 엄마가 안 보이게 되면 의아해 할까봐 이혼하기 직전에 이사까지 했었다. 마침 여덟 살 된 다우가 유치원을 떠나 학교에 들어가게 되었으므로, 유치원 친구들과 못 만나게 할 방편으로 살던 곳과는 멀리 떨어진 곳에 집을 마련했었다. 엄마 아빠의 이혼으로 인해 다우가 친구들에게 놀림을 받을지 모른다는 염려에 그렇게 한 거였다. 근데 세상은 알고 보니 참 좁았다. 내가 그렇게 비밀로 하려고 하였던 것을 초등1학년 꼬마들마저 다 알고 있었으니……

내 머리 속은 희고 검은 것들이 번갈아 네온사인처럼 명멸하며 돌았다. 그 현란하고 어지러운 정신 상태에서도, 아빠가 다시 밖에 나가야해서 준비물을 안 해왔다는 말이 전광판처럼 또렷하게 빛났다. 나는 다우가 별다른 투정이 없어서, 알아서 잘 챙기는 줄만 알았다. 투정을 안 했을 뿐이지 그 속은 언제나 따뜻한 사랑이 필요한 여덟 살의 어린아이일 뿐이란 걸 모르는 초보 아빠였다. 너무 미안해서 마음 한 편이 미어지는 듯 아파왔다.

아이는 일하고 돌아온 아빠를 다시 밖에 나가게 하는 것이 미안해서, 준비물도 안 해 가는데 아비는 아이를 맡기고 동창회에 갈 생각을 하고 있었다는 것이 정말 미안했다. 아이가 기다리는 걸 알면서도 시간 외 수당을 조금이라도 더 챙기려고 퇴근시간이 지나도 뭉그적거리다가 나오는 속물 짓도 스스럼없이 하는 내가, 아이의 마음을 이해하지 못한 것이 당연한 것인지도 모른다.

　장모님이 다리에 감고 있던 깁스를 풀고 혼자서도 보행이 가능한데도 아내는 집으로 돌아오지 않았다. 단단히 토라진 거 같았다. 한 달이 지나자 집안 꼴은 엉망이 되었고, 다우와 나는 엄청난 스트레스에 폭발할 지경이었다. 그런데도 아내는 요지부동이었다.
　"여보, 그만 집으로 와, 다우가 불쌍하지도 않아?"
　"조금 더 생각해 보고……."
　"생각해 보고 말 것이 뭐가 있어. 내가 잘못했다잖아. 그러니 그만 들어와 줘!"
　"조금만 더 엄마랑 같이 있다가 갈게. 마음 정리도 좀 하고……."
　처갓집 인근의 공원에서 만난 아내는 집으로 가자는 내 간절한 마음을 거절했다. 나는 울화통이 터질 것만 같았다. 장모님이 입원 중이었을 때 나도 나름대로 최선을 다했다. 주목적이 아내의 마음을 돌리는 것이기도 했지만, 그동안 무관심했던 장모님에 대한 죄송스러움으로 여느 사위들처럼 살갑게 굴기도 했었다. 정성을 다했으니 아내의 마음도 풀릴 수 있으련만.
　"한 달이나 떠나 있었으면서 집안이 걱정도 안 돼? 다우가 입을 옷이 없어서 옷 하나로 일주일이나 입는 것이 불쌍하지도 않아?"

"세탁기 돌려서 빨면 되는 간단한 일인데, 당신은 그것도 못해?"

"할 수는 있지. 당신처럼 안 되니까 그런 거지. 이제 장모님도 건강하신데 왜 안 오려고 하는데, 응? 뭔 미련이 있어서 그래?"

"그냥 좀 있다가 간다고 했잖아……."

"가서 집 좀 봐라, 그런 소리가 나오나."

"남자가 찌질하게 왜 자꾸 같은 말을 반복해. 좀 더 있다가 간다고 했으면, 뭔 이유가 있겠거니 하고 그냥 좀 넘어가 줘야지."

"그래, 그 이유가 뭐냐니까. 이혼이라도 할 거야, 그럼?"

"……."

나도 모르게 이혼이라는 말을 내뱉고 말았다. 그 상황에 이혼이라는 말이 왜 나오느냐 말이다. 그런데 이혼이라는 뜻밖의 말에도 아내는 별로 놀라는 것 같지 않았다. 별 반응을 보이지 않은 아내의 모습이 나를 더 화나게 했다. 그 모습이 마치 당신이 이혼한다고 해서 이혼이 마음대로 되나, 하는 것 같았다. 그 시큰둥한 모습에 나는 결국 아내의 아킬레스건 같은 그 오빠란 말을 또 입에 올리고 말았다.

"아직도 옆집 오빠에게 미련이 남은 모양이지?"

"그게 무슨 말이야, 미련이 남다니?"

"당신이 그랬잖아. 두 사람은 어릴 때부터 좋아하는 사이였다고."

"그러니까 당신 말은 우리가 그렇고 그런 사이고, 그래서 내가 여기 있는다는 거야?"

언제나 냉정을 유지하는 아내의 화를 돋우려다가, 나는 수습할 수 없을 만큼 화를 키웠다. 앓는 이 뽑으려다가 생니까지 뽑은 셈이 되고 말았다.

그로부터 일주일 정도 됐을 때 처제한테서 전화가 왔다. 아내가 스트레스성 유산을 했다고. 심한 좌절감과 함께 형부에 대한 원망이 크니 이혼해 주고 조용히 쉬게 해 줬으면 좋겠다고.

나는 충격에 빠져서 판단능력이 잘 서지 않았다. 다우를 낳고 7년 만에 다시 갖게 된 아이였다. 초음파 사진에 완두콩 같은 모습으로 생명을 키워가던 아이. 그 아이가 세상을 보지 못하고 사라져 버렸다는 사실에 난 세상 모든 것을 잃은 것만 같았다. 다 잃은 마당에 아내 하나 덤으로 잃는다고 뭐가 달라지겠는가. 난 그냥 이혼을 해 주었다. 아내도 감당할 수 없는 상실감에 심신이 피폐해졌을 것 같아서 쉽게 해 주고 싶었다.

학교를 나와 다우를 찾아 헤매던 나는 예전에 살던 동네까지 갔다. 그 동네에는 아주 멋진 공원이 있었다. 공원은 우리 가족의 놀이터였다. 어린 다우를 유모차에 태우고 아내와 산책을 하거나, 다우가 좀 컸을 때는 달음박질이나 공놀이도 자주 했었다. 다우의 어린 시절을 추억할 때는 빼놓을 수 없는 곳이었다.

공원에도 스산한 초겨울이 찾아와 있었다. 얼마나 다우를 불렀

던지, 이제는 다우야! 하며 부르던 목소리가 잠겼다. 그냥 두리번 거리면서 빠르게 주위를 훑었다. 겨울이라고 하기에는 이른 때라 포근한 날씨였지만, 평일 오후에 여유롭게 공원을 산책하는 사람은 그리 많지 않았다. 다우와 공놀이하던 작은 운동장을 지나 숲 안쪽에 있는 놀이터로 갔다. 거기 시소 옆의 벤치에 아이 하나와 나이 든 여인이 앉아있는 게 보였다. 조손간의 오붓한 풍경의 그들에게 맑은 햇살이 안겨들고 있었다. 그런데 아이의 모습이 눈에 익었다. 더 앞으로 가서 보니 다우였다. 반갑고 고마워서 달려가 안으려다가 나는 나무를 방패삼아 조용히 접근했다.

"엄마가 생각나서 여기 온 거구나. 여기 자주 오니?"

그렇게 물어보는 여인은 일흔 살 정도의 온화한 인상의 할머니였다.

"아니요. 작년 내 생일 때 엄마 아빠랑 같이 오고, 처음이에요."

"혹시, 오늘이 너 생일이니?"

"네!"

"아빠가 아침에 맛있는 것 차려 주었겠구나."

"아니요. 아빠는 몰라요."

"그럼, 미리 알려 주잖고?"

"아빠가 일 때문에 늦게 들어오시는데, 그러면 귀찮아하실 것 같아서요."

"아빠는 미리 알려주면 더 좋아하실 거야. 아무렴 아들 생일인데

귀찮아하시려고. 오히려 섭섭해 하실지도 몰라. 알면서 안 가르쳐
주면."

"나는 아빠가 알고 있을 거라고 기대를 해서 그래요. 내가 말하
지 않아도……."

"작년 생일 때는 어땠어?"

"여기서 엄마랑 아빠랑 같이 놀았어요. 그때 눈이 내렸어요. 눈
속에서 즐겁게 사진도 찍고 했어요. 그런데 얼마 후에 엄마가 떠나
갔어요. 아빠와는 더 이상 같이 살 수 없대요."

"그랬었구나……. 근데 학교에서 나올 때 선생님한테 이야기 안
하고 나와서 선생님들이 걱정하실 텐데, 어쩌면 아빠도 널 찾느라
돌아다니실 테고. 학교에는 안 들어갈 거니?"

"곧 있으면 마칠 시간이고, 학원에 가야 해요. 바로 학원 가려
고요."

"넌 참 똑똑하구나. 그럼 학원 가기 전에 전화부터 하자. 자, 전
화기 빌려줄게."

다우가 머뭇거리자 할머니는 휴대폰을 다우의 손에 쥐어주기까
지 한다.

다우는 먼저 학교에 전화를 하고 곧 내게 전화를 했다.

"아빠, 나 다운데, 학교에서 안 끝났는데 나왔어. 학교에 전화하
니 아빠가 왔다갔다고 하는데 날 찾으러 다녔어?"

"그래 이놈아. 찾다가 지쳐서 집 앞에 앉아 있다."

"······. 나, 학교에 안 들어가고, 바로 미술학원에 갔다가 집에 갈게."

전화를 마친 다우는 고맙습니다, 안녕히 계세요. 인사를 하고 할머니 곁을 떠난다. 자박자박 멀어지는 다우를 바라보는 할머니의 얼굴에는 그냥 보내도 될까 하는 염려스러움이 가득하다. 다우를 따라가려고 내가 나무 뒤에서 막 나오려는데 건너편 나무 그늘에서 한 여인이 나왔다. 아내였다. 아내는 자박자박 멀어지는 다우를 보면서 눈물을 닦았다. 아내의 눈물을 보자 내 눈에도 눈물이 고이는가 싶더니 이내 주르륵 흘러내렸다. 흐르는 눈물을 닦으려는데 누군가 몸을 흔든다.

아빠! 아빠! 자? 다우였다. 다우가 내 몸을 흔들고 있다. 차에 누워 있다가 깜빡 잠이 들었나 보다. 의자를 바로 세우고 밖에 있는 돌보미 아주머니한테 가볍게 목례를 했다. 꿈이었다니.

"다우야, 너 생일 아직 안 지났지?"

"응. 다음 주잖아."

그럼 그렇지. 내가 다우의 생일을 잊을 수가 있는가. 꿈은 역시 꿈일 뿐이야. 근데 너무 생생한 이 꿈의 정체는 뭐란 말인가.

다우의 입에서 고소한 양념치킨 냄새가 났다. 그 냄새가 지금은 꿈이 아니라 현실인 것을 상기시켜 주었다.

차의 시동을 걸려다가 나는 휴대폰을 꺼내 들었다. 기다리는 친구들한테 동창회에 참석 못한다고 연락을 했다. 누나한테도 다우를 데리고 가지 않는다고 알려 줬다. 다우가 놀란 듯이 바라본다. 그 눈빛을 받으며 코앞에 있는 우리 아파트 앞으로 차를 이동시켰다. 지금, 아니 앞으로 언제나, 나에게 가장 소중한 존재는 다우였다. 동창회에 간다고 남의 집에 맡겨서는 안 되는 아이였다. 함께 숙제를 하고 준비물을 같이 챙기고 보듬어야 하는 아이였다. 주말인 내일 강변으로 가서 자전거라도 타면서 즐거운 추억을 만들어야 하는 아이였다. 내 소중하고 소중한 아들이었다.

아파트 입구로 들어간 나는 승강기를 타지 않고 계단 쪽으로 갔다. 그리고 다우를 업었다.

"아빠, 나 무거운데 업고 집까지 올라갈 수 있어?"

다우의 말에 귀가 간지럽다. 말할 때마다 달콤한 양념 냄새가 났다.

"그럼, 올라갈 수 있지."

겨울 잠바를 입은데다, 다우는 등에 옷가지가 든 가방마저 메고 있어서 무게가 만만하지 않았다. 나의 보금자리는 5층에 위치하고 있었다. 계단을 따라 아래에서 올라오는 초겨울의 밤바람이 시원했다. 4층에 이르렀을 때 나는 다우에게 말했다.

"다우야! 너 엄마 보고 싶지?"

내 말에 다우는 아무 말이 없다. 아내와 헤어진 후 아내에 관한 말을 다우에게 한 번도 안 했었다. 그런 내가 아내의 말을 먼저 꺼내니 이상한 모양이었다. 미처 대답할 말을 못 찾는 것 같았다. 보고 싶지 그치? 내가 다시 물으면서 업힌 다우의 엉덩이를 손으로 톡톡 치자 다우는 그냥 응, 한다. 아빠의 속셈이 뭔지 헤아려 보는 눈치로.

"그럼. 네 생일에 엄마를 부르자."

"……."

"왜, 싫어? 엄마 안 보고 싶어?"

"아니."

"그럼, 왜?"

"아빠가 야단칠까봐 말 안 했는데……."

"뭔데, 그래? 야단 안 칠 테니 말해봐."

그래도 다우는 잠시 주저 하더니 뜻밖의 말을 했다.

"아까 엄마 만났어, 아주머니 집에서. 양념치킨은 엄마가 사 온 거야."

엄마를 만난 것이 왜 야단맞을 일인가. 어린아이가 이렇게 눈치를 보고 살아야 하는가. 누가 이 아이에게 엄마를 못 만나게 한 것인가.

"자주 왔었어?"

"응, 가끔. 올 때마다 치킨을 사 줬어."

그러고 보니 언제부턴가 다우가 돌보미 아주머니 집에서 치킨을 먹고 오는 날이 자주 있었다.

"근데, 아빠. 내 생일날 엄마를 정말 부를 거야?"

"왜, 싫어?"

"아니, 싫은 건 아닌데……."

"왜, 무슨 다른 이유가 있어?"

"아니, 그냥."

뭔가 할 말이 있는 것 같으면서도 다우는 집에 들어가서도 말을 안했다. 초등1학년생이지만 5층까지 업고 오니 숨이 찼다. 등짝에 땀도 났다. 하지만 참 오랜만에 업어보는 거라 힘들다는 생각은 안 들었다. 힘들다기보다는 즐겁게 더 높은 곳까지 업고 올라가고 싶었다.

"아빠, 연우 모르지?"

냉장고 속의 물을 한 잔 마시고, 소파에 앉아서 저녁을 뭐로 먹을까 생각하는데 다우가 조심스럽게 입을 열었다.

"연우? 연우가 누군데?"

"내 동생이야. 엄마가 낳은 내 여동생. 지난주에 백일이라면서 돌보미 아주머니 집에 데리고 왔다 갔어."

이게 무슨 자다가 봉창 두드리는 소리란 말인가? 아내가 아이를 낳다니. 지난주가 백일이라면, 그때 유산했다는 그 아이 같은데, 그럼 유산을 하지 않았다는 말이잖은가.

다우가 생각나는 대로 나열한 말을 정리하면 대충 이랬다. 임신 때문에 속이 안 좋은 줄 알고 참고 지내다가 병원에서 내시경을 받은 아내는 악성종양이 자라고 있다는 사실을 알게 된다. 악성종양은 하루라도 빨리 치료해야 하는데 태아 때문에 항암제 치료가 불가능하니 병원에서는 태아를 포기하라고 하면서 보호자와 같이 오기를 권한다. 산모의 몸이 건강해야 아이도 건강하게 태어날 것이니 아이는 후일을 기약하는 게 좋단다. 악성종양 때문에 산모의 생명이 곧 위험해지는 것은 아니지만 치료를 하고 아이를 다시 갖는 것이 산모와 아이 모두에게 좋은 것이라고 한다. 하지만 아내는 아이를 버릴 수 없다. 아이를 다시 갖는다는 보장도 없고. 무엇보다도 악성종양 때문에 당장 죽지는 않는다는 사실에 매달려서 아이는 낳기로 결심한다. 남편인 내게 말하면 아일 떼라고 할 것 같고 그 문제로 부부싸움이 일어날 것 같아서 이혼으로 위장하고 조용한 산사에 들어가서 식이요법으로 생활을 하면서 지낸다. 정기적인 검사를 할 때마다 종양은 더 이상 자라지 않아서 무사히 연우를 낳았다고 한다. 연우가 돌이 지나면 수술을 할 예정이고.

어떻게 해야 하지? 이 돌발 상황에서는 어떤 가설과 검증이 필요하지? 나의 뇌는 아주 복잡하게 돌아갔다. 그러나 나는 생각의 덫을 무작정 빠져나와 다우를 데리고 황급히 집을 나섰다.

"아빠, 어디 가는데?"

"엄마와 연우 보러…….."

아내를 만나는 것을 다우의 생일까지 기다릴 수 없었다. 더구나 내 딸아이도 있다는데. 사랑하는 가족을 만나는 일에 무슨 가설과 검증이 필요한가. 까짓것 본능대로 한번 움직여 보는 거다. 실패하면 실패하는 대로 얻을 것이 있지 않겠는가. 미리 걱정하고 예비하는 것에서 벗어나, 몸이 움직이는 대로 움직여 보는 거다. 굼뜬 내치부를 이제는 커밍아웃하는 거다. 나 하나로 인해 많은 사람들이 상처를 받는 것에서, 나 하나의 상처로 많은 사람이 행복하다면 그걸로 나의 행복을 삼는 거다. 당장 고치지 못하더라도 타인들과 같이 어울리면서 고쳐나가면 되지 않겠는가. 동정의 눈빛을 사랑이라고 보면 되지 않겠는가.

승강기를 타고 5층에서 1층으로 내려오는 짧은 시간에, 머릿속은 새로운 계획에 대한 희망으로 가득 차올랐다. 앞으로 내가 가야 할 길이 끝없이 펼쳐져 보이는 거였다. 40년 가까운 세월 동안 나를 지배해왔던 멍울이 펑! 하고 터져 버린 것 같다. 가슴속이 시원해졌다.

초음파 사진에 완두콩처럼 둥글게 보이던 연우에게는 굼뜨고 우물쭈물 대는 아비가 아니고 싶다. 처음부터 당당하게 기억되는 아비이고 싶다.

〈2014년 발표〉

어떤 환경에서든지 기회는 주어져.

그 기회를 갖는 것은

준비하는 자의 몫이긴 하지만.

닭은 새가 아니다

"정우야! 정우야, 그만 일어나라."

아직 일어날 시간이 안 된 것 같은데 어머니가 조용히 이름을 부르면서 내 몸을 흔들었다.

"에이……, 몇 신데?"

"어서 일어나라니까. 삼촌이 아직 안 들어오셨다."

삼촌이란 말에 나는 습관적으로 마루기둥에 걸린 시계를 보았다. 오전 6시. 아직도 안 들어왔단 말인가. 새벽 4시 반경이면……, 늦어도 5시 전에는 어김없이 집으로 돌아왔는데. 어머니의 재촉에 마루에 친 모기장을 빠져나와 주섬주섬 옷을 입었다. 모기장 안에는 두 살 간격으로 터울 진 동생 셋이 홑이불을 둘둘 말아

덮고 단잠에 빠져 있다.

이상하게도 몸이 덜덜 떨려왔다. 새벽공기가 찬 때문은 아니었다. 뭔가 큰일이 벌어질 것만 같은 예감. 내가 추측하고 있는 암울한, 결코 있어서는 안 될 일이 벌어졌으리라는 불안감.

"하마, 할머니하고 아버지가 아까 가셨는데 아직 안 오신다. 무슨 일인지 네가 가서 좀 알아보고 오너라."

그렇게 말하는 어머니의 얼굴에도 불안한 빛이 가득히 담겨 있었다. 집에서 오백 미터쯤 떨어진 정자 아래까지 어떻게 왔는지 모를 정도로 나는 정신없이 뜀박질을 했다. 숨결을 고르면서 왼쪽으로는 모래사장을 오른쪽으론 산을 두고 가운데 난 비탈길, 한 사람이 지나면 딱 맞는 좁은 길을 천천히 올라갔다. 무슨 일인지 확인하고 싶은 마음은 급했지만 확인하고 난 다음의 일을 감당할 용기가 없었다. 무겁게 발걸음을 움직이는데, 그 길가의 작은 바윗돌 위에 망연히 앉아 있는 할머니. 진정되었던 가슴이 다시 뛰기 시작했다.

"할머니, 삼촌은요?"

느리게 고개를 좌우로 흔드는 것으로 할머니는 대답을 대신한다.

"아버진요?"

"지서에 갔다."

아까부터 나를 혼란케 했던 그 불길한 추측이 맞을 것 같아서 내 가슴은 더욱 요란스럽게 방망이질해댔다. 앞에 보이는 정자를 향해 나는 미친 듯이 비탈길을 밟아 올라갔다. 정자 바로 앞에 섰을 때 온몸이 땀범벅이 되었지만, 난 보았다. 정자의 저쪽 마루 끝에 걸터앉아 이쪽으로 돌린 등을. 언제나처럼 그 자리에 앉아 있던 낯익은 등을. 그 등을 보는 순간 내 몸을 뒤덮고 있던 암울한 예감은 자취도 없이 사라져 갔다.

"삼촌!" 너무나 반가워 한달음에 마루로 뛰어올랐다. 그런데 내 목소리가 너무 컸던 까닭인가, 내가 부르는 소리에 그 낯익은 등은 사라져 버렸다. 아!

그 낯익은 등이 앉아 있던 자리에 앉아 보았다. 수개월 동안 그 사람이 앉았던 자리. 그래서 다른 곳보다 반질반질 윤기가 나는 자리. 방금까지 앉아 있다가 간 듯 따뜻한 온기가 스며 있는 자리. 그 낯익은 등을 가진 사람이 항상 바라보던 동쪽 하늘엔, 태양이 뜨기 전의 푸르스름한 빛이 퍼져 있었다. 그 동쪽에서 흘러 내려와서 왼쪽으로 꾸부정히 돌아, 내 발 아래의 정자 밑을 지나 오른쪽으로 흘러가는 낙동강 물도 하늘빛 같은 서기가 서렸다.

삼촌은 정말 갔을까. 그 하늘나라로⋯⋯, 새 되어. 닭이 아니라 새 되어. 자기 혼자만의 행복을 위해서 우리 가족의 가슴에 슬픔을 두고 갔을까. 자기 혼자만을 위해서 많은 사람을 슬픔의 고통 속에 빠뜨리는 것은 나쁜 일이겠지만, 삼촌이 정말 바라던 대로 되었다면 할머니도 그리고 우리 가족 모두, 그 고통마저 행복으로 받아들일 수 있으리라. 가족만이 내어줄 수 있는 행복한 의무로.

삼촌은 올해 삼일절 특사로 풀려나왔는데 사회로부터의 오 개월 격리는 삼촌의 정신과 육체 모두를 망가뜨려 놓았다. 작년 5·18광주민주화운동이 일어난 얼마 뒤에 체육관선거를 통해 11대 대통령으로 뽑힌 실력자를 반대하는 시위에 참여했다가 삼촌은 붙잡혔었다.

그냥 공부만 열심히 하면 안정된 직업이 보장되는 의과대학 2학년이었지만 삼촌은 당시의 그 암흑을 침묵하며 굴복하기엔 너무 젊었다. 결국은 이 땅의 모든 젊은이의 마음으로, 모든 정의로운 사람들의 마음으로, 돌멩이를 던지고 화염병을 던지길 몇 차례……, 어느 날 자취방에서 저녁을 먹고 있는데 신발을 신은 채 들이닥친 형사에게 끌려간 거였다. 대학생이면 누구나 한두 권씩 갖고 있던 마르크스와 레닌에 대한 책 몇 권이 책꽂이에서 뽑혀서는 동행을 했다.

그리고 보안법 위반이라는 붉은 딱지. 빨갱이. 얼마나 고문이 심했던지 풀려난 삼촌의 걸음걸이는 불규칙했다. 불규칙한 규칙도 규칙적이라 본다면, 보통사람들의 걸음걸이를 4분의 4박자라 했을 때, 삼촌의 걸음걸이는 규칙적인 4분의 5박자였다. 그것을 삼촌의 친구들은 분명히 고문의 후유증이라 했지만, 끌고 간 사람들은 끌려올 때 반항하다가 다친 거라고 했다. 그렇지만, 그렇지만 말이다. 어떻게 다쳤든 치료는 했어야 하지 않는가. 죄수라 해도 인간의 기본권이 보장되는데……. 정작 삼촌만 말이 없었다.

이미 뼈가 굳은 상태이긴 하지만 수술하면 바르게 만들 수 있다는 의사의 말에도, 삼촌은 별 욕심이 없었다. 당분간 그냥 놔두자고 했다. 자기 마음이 안정된 후에 치료해도 된다면서.

그랬다. 무엇보다도 마음의 안정이 문제였다. 출감한 이후 삼촌은 방에만 처박혀 있거나 강둑에 나가서, 풀린 정신으로 하염없이 강물만 멍하니 보는 것으로 시간을 보냈다. 그렇게 두어 달이 흐른 어느 날부터는 이상한 행동을 보이기 시작했다. 매일 밤 강가의 정자에 나가서는 새벽이 되어서야 집으로 돌아오는 것이었다. 뭐 때문에 나가느냐고 하니, 별을 보러 간다고 했다. 별이라면 집에서도 얼마든지 볼 수 있다고, 할머니와 아버지가 못나가게 말려도 막무가내였다. 워낙 완강했다. 라일락꽃이 흐드러지게 피는 5월 중순이었지만, 아직 바깥 새벽공기는 찼다. 더구나 강가의 절벽 위에 세워진 정자는 기둥만 있고 사방이 확 트인 구조라서 거기서 밤을 지새우는 것은 한겨울의 바깥 날씨 속에 있는 것과 거의 같았다. 하지만 삼촌은 거기 나가기 시작하고부터 지금까지 비가 오는 날을 제외하곤 단 하루도 빠지지 않았다. 그런 삼촌을 위하는 할머니의 마음고생은 이루 말할 수 없었다. 맏이인 나의 아버지와 그 아래로 딸 셋을 낳고, 마지막으로 얻은 아들이 삼촌이었다. 소문난 수재로 일류대학에 그것도 의과대학에 당당히 다니는 아들. 착하고 싹싹해 눈에 넣어도 아프지 않을 아들. 그 사랑스런 아들이 억울하게 교도소에 갔는데, 마음과 몸에 상처마저 입고 나왔으니 세상 어느 어머니가 마음 편하랴.

하지만 삼촌의 이상한 행동은 그뿐이 아니었다. 아주 계산적으로 서서히 식사량을 줄여 나갔다. 단식처럼 아예 끼니 자체를 거르는 것이 아니라, 아침, 점심, 저녁을 아주 계산적으로 줄여 나갔기 때문에 어느 정도 진행된 뒤에야 눈치 챌 수가 있었다. 맨 먼저 알아차린 것은 역시 할머니였다.

"너 요즘, 왜 밥을 그렇게 안 먹니?"

"안 먹어도 별 지장이 없어요."

"지장이 없다니, 너 몸 축난 것 몰라?"

"축난 게 아니라, 더 좋아진 거예요."

"살이 빠졌는데 좋아져?"

"그런 살은 제겐 필요 없어요. 이젠 난 닭이 아니라 새가 될 것이니까요."

"뭐, 닭⋯⋯? 네가 그럼 닭이란 말이냐?"

"네, 닭이었어요. 먹는 것에만 열중하는 닭이었어요."

"뭔 말이고 이게. 넌 닭이 아니라 사람이야, 사람!"

"알아요, 어머니. 그러니까 이제 닭처럼 먹는 데만 탐닉하지 않겠다는 거예요."

"이게, 뭔 말인지⋯⋯. 에고!"

할머니는 혼란스러워했다. 혼란스럽기는 할머니뿐만 아니었다. 아닌 밤중에 홍두깨도 유분수지 사람이 닭이라니. 그리고 새가 된

다니. 아버지도 어머니도 나의 사 남매도 어리둥절해 했다. 사 남매라고 해봐야 초등학교 5학년인 나나, 3학년인 바로 밑의 동생이야 어느 정도 말귀를 알아들었을까. 1학년짜리인 셋째나, 고명딸인 여섯 살배기는 어른들이 큰소리로 이야기하는 것에 무언가 잘못되고 있다는 본능으로, 어머니 곁에 바짝 다가앉아 두려운 듯 눈빛만 굴릴 뿐이었다.

"어머니, 제가 차근차근 물어 볼게요."

아버지의 물음에 답하는 삼촌의 말을 요약하면 이랬다.

닭은 처음엔 새였다. (지금도 물론 새다. 여기서 새라 하면 날아다니는 새를 말한다.) 그런데 날아다니면서 먹이를 구하는 것보다 가축으로 안주하면서 먹이를 구하는 것이 더 편하고 많이 먹을 수 있다는 것을 알게 된다. 그러자 닭은 날아다니는 것을 포기하게 되고, 결국은 비상의 자유와 가축이라는 신분은 맞바꿔지게 된다. 날개를 버리는 대신 다리만 좀 더 강하게 하면 새로운 환경에 살아가는 데 아무런 지장이 없었고 편했다. 언젠가 한 번은 죽을 몸. 편안하게 얻어먹는 대신 달걀을 낳아 주고 죽어서는 고기로 제공되는 것이, 위험한 환경에서 스스로 먹이를 구하는 자유보다도 더 매력적이었다. 차츰 날개는 퇴화되었고 다리는 튼튼해졌다. 이제는 순전히 이름만 새였지, 새라는 의미의 날아다니는 것을 뜻하지는 못한다. 여기서 잘 살펴보면 닭이 걸어 다니게 됨으로써 날개가 퇴화되었으니, 반대로 다리를 퇴화시키면 날개를 가질 수가 있다. 따라서 사람도 다리를 퇴화시키면 날개를 가질 수가 있다. 물론 나도 나 자신이 새가 될 수 있으리라곤 생각도 못했다. 그런데 어느 날, 별이 내게 이야기해 주었다. '넌 새가 될 수 있다. 새가 되고 싶다면 몸을 가볍게 하라. 그러면 날개를 주고 이 별나라로 부르겠다.'고. 그래서 밥을 먹지 않는 거다.

그 얼마 후, 현충일 연휴에 삼촌 친구 ㅎ이 잠시 고향을 다니러 왔다가 우리 집에 들른 적이 있었다. 삼촌의 대학 친구인 ㅎ은 그 이야기를 듣고 그것은, 다리를 다친 데 대한 충격 때문에 자기가 보통사람들보다 더 뛰어난 것으로 보이길 원했던 자기위안이 일시적으로 현실과 혼동된 데서 오는 정신착란일 수도 있고, 만일 자기가 새였다면 형사들에게 안 잡힐 수도 있었는데……, 그렇지 못했기 때문에 잡혔다고 생각하다가……. 이런 여러 가지 이유가 복합적으로 작용한 까닭이라고 진단했었다. ㅎ은 삼촌이 대학에서 같은 과 학생으로 만난 친구였다. 영주가 고향이라서 안동에 사는 삼촌과 고향이 가깝다는 이유로 친하게 지냈다. 방학 때나 고향에 내려올 일이 있으면 중앙선열차를 같이 타고 내려 왔고, 그럴 때면 삼촌은 ㅎ과 같이 영주에서 내려 ㅎ의 집에서 하루나 이틀 묵었다가 오곤 했다. ㅎ도 일부러 안동까지 내려와서 며칠 놀다가 가기도 했다. 이제 그는 본과 1학년. 그 ㅎ을 보는 할머니의 눈빛엔 부러움이 실려 있었다. 한 사람은 이제 본과 학생인데, 자기 자식은 아직 예과 2학년 휴학인 채로 마음의 안정을 찾지 못하고 있으니.

ㅎ은 올 때마다 삼촌을 어서 병원에 입원시키라고 했다. 정신적 박탈감 때문에 심한 우울증에 걸린 상태라면서, 정신과 치료를 집중적으로 받을 필요가 있다고 했다. 학교에서도 언제든지 도움을 준다고 하더란다. 하지만 삼촌은 여길 떠나지 않으려고 했다. ㅎ이 보기엔 정신병의 일종인 삼촌의 그 행위를, ㅎ은 의학적인 입장에서만 보려고 해서 만날 때마다 둘이서 심하게 논쟁을 했다. 삼촌은 ㅎ을 전형적인 닭이라 했다. 먹는 것에 목을 맨. 거기엔 ㅎ이 자신과 같이 시위에 참여를 하지 않았던 데 대한 배신감이 짙게 깔려 있는 것 같았다. 삼촌의 말을 들으면 이제 ㅎ은 삼촌의 친구가 아니었다. 무언가 염탐하러 온 첩자일 뿐. 지금까지 몇 번이나 왔으면서도 ㅎ은 옛날처럼 자고 가는 일은 없었다. 삼촌도 바라지 않는 눈치였고.

그러나 삼촌에게는, 한 달에 두어 번씩은 주말에 찾아와서 삼촌과 함께 정자에서 별을 보면서 밤을 꼬박 새우고 가는 사람이 있었다. 나를 제외하고는 정자에서 삼촌과 같이 밤을 새운 유일한 사람. ㅁ이란 여학생. 삼촌의 대학 후배라는 여자. 삼촌이 교도소에서 나오던 날 처음으로 우리 가족이 보게 된 여자. 시골에서만 살아 온 내 눈에는 무척 세련되고 아름답게 보이던 도회지 여자. 그 ㅁ은 나흘 전에도 왔었다.

그녀에 대한 삼촌의 마음은 물에 물탄 듯했다. 경상도 사람들이 애정표시에 미숙하긴 하지만 삼촌의 그것은 미숙함을 떠나 무관심에 가까웠다. 와도 그만 안 와도 그만. 하지만 ㅁ은 삼촌의 마음을, 정신을 다시 현실세계로 돌려 보려고 애썼다. 할머니나 우리 부모님들은 그런 ㅁ이 마음에 드는지 ㅎ보다 더 칙사 대접했다. 어쩌면 그녀로 인하여 삼촌이 현실세계로 돌아올지 모른다는 기대감 때문인지 몰랐다. 그리고 보면 분명 삼촌에게 방해가 될 텐데도 삼촌은 적극적으로 ㅁ을 거부하지는 않았다.

나흘 전에 왔던 ㅁ이 그 다음날에 떠나면서 어머니에게, 삼촌이 좋아진 것 같아 보인다면서 내년에는 복학할 수도 있을 것 같다고 했다. 어머니 옆에 있던 삼촌도 그 말에 수긍을 하는 건지 고개를 끄덕이며 입가에 옅은 웃음을 머금었다.

ㅁ이 그런 말을 한 것은 그냥 우리 가족들을 위로하기 위한 빈말이 아니었다. 삼촌은 얼마 전쯤부터 다시 밥을 먹기 시작했었다. 몸무게가 더 는 것 같지는 않지만, 얼굴에 혈색이 돌고 몸 전체에 이상스런 활기가 돌았다. 가족들도 새로운 기대를 하기 시작했다. 그런데 이상하게도 나는 삼촌의 그 웃음이 마음에 걸렸다. 뭐라 꼬집어 말할 수 없는 기분을 느꼈는데, 그 웃음은 뭐랄까……? 인간이 기쁠 때 웃는 웃음도 아니고 비웃을 때 웃는 비웃음도 아닌, 오래된 부처님의 입가에 번져 있는 그런 웃음 같았다. 해탈한 자만이 지을 수 있는 무한한 포용력마저 담겨 있는 것도 같았다. 그 웃음의 정체가 궁금해서 그날 저녁 삼촌을 따라 이 정자로 와서, 그날 밤을 함께 지새웠는데, 그것이 여기서 보낸 나와 삼촌과

의 마지막 밤이 되었다.

"삼촌, 따라 가도 돼?"

"허, 겁보가 어인 일로?"

"치, 내가 왜 겁보야!"

"겁보가 아니면, 겁 대왕마마인가?"

"놀리지 말고. 가도 돼, 안 돼?"

"세상 모든 것이 마마의 것이 아니오리까. 마마의 정자에 마마가 가신다는데 누가 말리겠나이까."

"그럼, 김 승지는 짐을 안내하라."

"요런, 쥐방울만한 게."

"허허, 짐을 보고 쥐방울만하다니 너무 무엄하지 않…… 아얏!"

언제 날아 왔는지 내 머리통에 딱 하며 삼촌의 주먹이 부딪히는 소리가 났다. 열두 살 차이의 삼촌과 조카 사이는 아버지와 같은 항렬의 어른으로보다는 형제처럼 가까울 수 있는 틈이 많았다. 나와 삼촌 사이도 그 틈으로 인해 막역했다. 아버지와 어머니 사이에서 내가 어려울 때, 언제나 내 편이 되어줄 같은 세대였다. 부모와 자식 사이에 직접 하기 힘든 일을 가운데서 처리해 주는 해결사이기도 했고, 탄력이 좋은 완충지대이기도 했다. 자연스럽게 위계질서를 배우게 하는 현실적 교사이기도 했다.

삼촌이 대학에 들어가기 전만 해도, 나와 바로 밑의 동생은 삼촌과 같은 방을 사용했었다. 한 이불을 덮고 잔다는 것이 별것 아닌 것 같아도, 거기서 느끼는 정은 무엇으로 비견할 수가 있으랴. 삼촌이 수감되기 전만 해도 우리 집은 세상 부러울 것 없는 가정이었다. 아버지는 유능했으며 사과 과수원농사로 충분한 생활비를 벌었고, 우리 형제들도 별 탈 없이 잘 컸다. 또한 인근뿐만 아니라, 면소재지에서도 알아주는 자랑스러운 수재 삼촌도 있었고.

언뜻 보면 별 차이 없어 보이지만 4분의 5박자인 삼촌의 걸음걸이는, 왼쪽다리가 오른쪽보다 한 박자 늦게 움직였다. 그 양쪽 다리에는 발목 위로 10센티 정도 덮이는 장화가 신겨 있었다. 장화라기보다는 단화라 하는 편이 나을 것 같은 그 신발에는, 삼촌에 대한 할머니의 마음이 담겨 있었다. 삼촌이 매일 저녁 정자로 나가자, 할머니는 여름날의 가장 위험한 존재인 뱀에 물리지 않도록 장화를 신을 것을 원했었다. 정자에는 옛날부터 뱀이 많기로 소문이 나 있었고, 정자로 가기 위해서는 으스스한 전설이 서려 있는 뱀숲을 거쳐야 했으므로, 할머니의 염려는 그냥 단순한 노파심만은 아니었다. 그래서 장화만은 꼭 신고 가게 했는데, 못 가게 말리지만 않는다면 삼촌은 할머니가 하라는 대로 했다.

삼촌에 대한 할머니의 마음 씀씀이가 어찌 그것뿐이랴. 밤바람이 찼던 지난봄에는 직접 손으로 솜을 누벼 만든 옷을 입혔고, 장화를 신기고도 혹시 뱀에 물리까봐, 일꾼들을 시켜 뱀숲과 올라가는 산 비탈길의 수풀을 쳐내게 했으며 그 위에다 아예 풀이 나지 못하도록 제초제를 뿌렸다. 그러고도 뱀이 싫어한다는 담뱃가루 푼

물을 주위에 뿌려서 뱀이 아예 발을 못 붙이도록 만들었다. 한두 번으로 그치는 것이 아니라, 한 달에 두어 번씩 지속적으로 그렇게 했다. 농번기가 되어 일꾼들이 바쁠 때는 환갑 넘긴 할머니가 직접 분무기를 지고 약을 쳤다. 여느 어머니가 아들 사랑하는 것 같은 그냥 평범한 사랑이었다. 그런 평범한 사랑마저 삼촌은 거부할 수 없었으리라. 슬리퍼도 벗어던지고 싶은 삼복더위에도 고무로 만든 장화를 신고 다녀서 발등이 온통 땀띠로 덮였어도 아무렇지 않는 척 신고 다녔다. 삼촌 또한 그 어머니에 그 아들이었다.

해가 지고 이내가 끼기 시작했지만, 낮 동안 달았던 아스팔트 위를 걷자니 땀이 그냥 등줄기를 타고 흘러내렸다. 4분의 5박자이긴 했어도, 이미 규칙을 마련한 삼촌의 발걸음은 내 발걸음보다 더 경쾌했다. 가느다란 두루미의 다리처럼 살이라곤 없어 보이는 삼촌의 다리 어디에서 그런 활기가 뿜어져 나오는지 알 수가 없었다. 믿기지 않았다.

어느새 우리는 뱀숲에 도착했다. 정자에 가기 위해서 꼭 거쳐야 하는 숲에 들어서자 서늘한 기운이 갑자기 기습해 왔다. 몸을 숨긴 채 매복해 있다가 일시에 덮쳐 오는 복병처럼 섬뜩했다. 수백 년 묵은 노송들이 백여 그루 빼곡히 서 있어서, 여름 한낮에도 서늘한 바람이 이는 곳이었다. 그냥 서늘함이 아니라 귀기스러운 으스스함마저 있었다.

한 여자가 정자 근처의 절벽에서 떨어져 죽은 다음날, 남자 둘이

뱀한테 물려서 시퍼렇게 독이 퍼진 모습으로 뱀숲에서 죽었다. 알고 보니 그 남자 둘이 그 여자를 겁탈했고 여자는 죽어서 뱀이 되어 복수한 것이었다. 그때부터 숲은 온통 뱀의 천지가 되어 버렸고 그래서, 뱀숲이라 불린다는 옛날부터 내려오는 이야기가 있었다. 하지만 말 그대로 옛날얘기일 뿐 요즘엔 눈을 씻고 찾아보아도 뱀은 없었다. 뱀이 많다는 이야기를 듣고 땅꾼들이 수년간 겨울잠을 자는 것까지 잡아가더니 아주 씨가 말라 버렸는지 안 보였다. 더구나 할머니가 혹시 뱀이 나올까봐, 풀이 자라지 못하도록 제초제를 뿌리고 뱀이 싫어하는 담뱃물까지 뿌려댔으니, 뱀은 최악의 환경을 만난 셈이었다. 나도 올해는 뱀숲에서 아직 뱀을 보지 못했다.

그런데 뱀숲은 묘한 이중적 성격을 갖고 있었다. 낮에는 더위를 피해온 주민들이 숲 가운데 마련해 둔 평상에서 오수를 즐기거나 장기나 바둑을 두는 쉼터가 되고, 내 또래들의 놀이터도 되어 주었지만, 밤이 되면 그렇게 만만하지 않았다. 전혀 다른 모습으로 사람을 위압했다. 바둑과 장기에 열중하던 주민들도 해만 넘어가면 이내 자리를 떴고, 그러고 나면 숲에는 정적이 감돌았다. 깜깜한 밤에 뱀숲을 지나 정자에 다녀오기란 웬만한 담력으로도 혼자서는 힘들었다. 밤이면 그 세 남녀의 혼령이 떠돌았기 때문이었다. 그래서 초등학교 5학년인 내게는 아직 범접할 수 없는 벽이었다. 얼마 전에도 삼촌을 따라 정자에 가서 잠깐 머문 후 돌아가려다가, 이제 겨우 어스름이 깔리기 시작한 초저녁인데도 그곳을 통과해서 집으로 가지 못했다. 그것을 약점 잡아 삼촌은 날 겁보라 했지만 그것 때문에 겁보라면 우리 동네에 겁보 아닌 사람은 없을 것이다.

숲을 벗어나자 시야가 확 트이면서 깎아 세운 듯 우뚝 솟은 절벽과 그 절벽 위에 장난감 같은 정자가 보였다. 정자는 강을 향한 산의 끝부분이 물과 마주하는 곳에 있는 절벽 위에 있었는데, 그 절벽은 오랜 세월 강물에 의해 다듬어진 듯 거의 수직으로 반듯했다. 땅에서 수직으로 약 이십여 미터 높이. 밑에서 수직으로는 올라갈 수가 없어 오른편에 있는 산기슭의 오솔길을 이용해야 했다. 우리가 천천히 밟아 올라가던 오솔길 주변의 풀들이 할머니의 정성인지 제초제 때문에 누렇게 죽어 있었다. 코를 가까이 대면 뱀이 싫어한다는 담뱃물 냄새도 났을 것이다.

정자에 올라서자 거칠 것 없이 시야가 확 트였다. 언제나 여기에 오면 말 탄 장군처럼 큰소리로 호령하고 싶은 욕구가 일어났다. 세상 모든 것이 내 발 아래 있는 것 같은 느낌. 저 멀리 내가 사는 동네도 조그맣게 옹기종기 모여 있었다. 사람들이 산에 올라가는 것은 이런 기분을 느끼려는 이유가 아닐까.

"삼촌! 정말 내년에 복학할 거야?"

떠나기에 앞서 ㅁ이 하던 말에 고개 끄덕이며 웃던 삼촌의 웃음이 마음에 걸려서 급한 마음에 확인하려 했지만, 삼촌은 침묵으로 일단 내 말을 무시했다.

"아까 ㅁ이 갈 때 고개 끄덕였잖아, 삼촌."

"그러고 싶어도 이젠 안 된단다. 곧 여길 떠나게 될 테니…….”

"떠나다니, 삼촌의 별로?”

"그래, 이젠 얼마 안 남았단다.”

"그래서 먼 길을 가게 될 거니까, 밥을 많이 먹는구나.”

"이젠 밥을 많이 먹고 안 먹고의 한계를 벗어났단다. 내 몸은 이제 새처럼 근육과 뼈, 내장 등이 경량화되었어. 전에 밥을 안 먹었던 것은 내 몸을 경량화하기 위해서였지만, 이젠 경량화되었으니 많이 먹든 적게 먹든 상관이 없단다. 일단 새처럼 경량화된 이상 다시 몸이 불어나지는 않거든.”

"그럼 삼촌의 몸은 새처럼 되는 거야? 날개도 달리고?”

"그래.”

"그렇다고 별까지 어떻게 가? 비행기도 못 간다는데…….”

"비행기나 자동차는 다 한계가 있어. 세상의 모든 물질은 한계가 있지. 한계를 갖지 않는 유일한 것은 정신뿐이지. 그 정신으로 간단다.”

"정신으로……?”

"너도 읽어 봤지? 갈매기 '조나단 리빙스턴'. 가장 높이 나는 새가 가장 멀리 본다는.”

"응.”

"그 갈매기가 결국엔 어떻게 날아? 생각처럼 빨리 날게 되지? 내가 저기에 이미 도착했음을 앎으로써 날아가는……. 나도 그렇게 난단다."

"하지만 조나단 리빙스턴이야 그토록 힘겹게 연습을 하고 배웠 잖아?"

"나도 배운단다."

"누구한테 배워?"

"별. 별이 내게 나는 방법을 가르쳐 주고 있단다. 그리고 나는 연 습도 하지."

"날개도 없이 어떻게?"

"물론, 별이 하는 이야기를 듣고서……. 우리는 필요한 모든 이 야기를 나눈단다. 그 이야기를 바탕으로 나는 열심히 비행 훈련을 하고 있지. 보여 줄까?"

내 대답도 듣지를 않고 삼촌은 정자 마루에 올라서서 움직였다. 학춤 비슷한 동작을 보고 있으려니, 사람이 움직이는 것이 아니라 새가 날아가려고 날갯짓하는 것처럼 보였다. 그때만은 삼촌의 발 걸음도 4분의 5박자가 아니었다. 경쾌하고 발랄한 4분의 2박자였 다. 곧 날아가 버릴 것 같이 한동안 나를 조마조마하게 하던 삼촌 이 동작을 멈추고 다시 내 옆에 앉았을 때에야, 날아가 버릴지도 모른다는 염려에서 벗어날 수가 있었다.

"정말 날아갈 것만 같았어."

"이제 거의 다 배웠단다."

그렇게 말하는 삼촌은 숨찬 기색도 없었고, 얼굴에 땀 한 방울

솟아 있지 않았다.

"언제 가는 거야, 삼촌?"

"곧."

"곧 언제?"

"그건, 나도 몰라……."

"갈 때 되면 미리 말해줄 거지?"

"……."

"왜? 아무도 몰래 가만히 가야 하는 거야?"

"아니."

"그럼, 왜?"

"그냥."

"말 안 해줄 거야, 그럼?"

"말해줘야지. 네게만은."

"고마워……."

우리 앞에 펼쳐진 동쪽 하늘엔 어두워짐에 따라 더욱 빛나는 별들로 가득했다. 저기 삼촌의 별이 있는 것처럼 내 별도 있을 것이다.

"내 별도 있을까, 언젠가 나를 불러 줄?"

"그럼 있지. 있고말고. 단지 말이야, 그 별이 널 불렀을 때 네가 그 목소리를 들을 준비를 하고 있느냐가 문제지. 세상 뭐든 마찬가지지만 준비하는 자에게만 기회가 주어지거든."

"뭘 어떻게 준비하는데?"

"열심히 사는 거지. 깨끗하게, 정의롭게. 그러면서 항상 최선을 다하는……. 그러면 별이 널 불러 줄 거야."

"나도 그럼 삼촌처럼 몸을 퇴화시켜야 해?"

"새가 되기 위해선 당연히. 인간의 입장에서 보면 퇴화지만 새의 입장에서 보면 발전이니까. 우리가 체육대회를 열어서 더 빠르게, 더 높게, 더 멀리 등의 슬로건을 정해 놓고, 더욱 억세고 강한 신체를 갖도록 유도하는데 그런 것은 바보짓이지. 언제인가 먼 옛날 우리 인간들이 갖고 있었던 날개에 대한 희망을 자꾸 엷게 하는 거거든, 타조처럼. 날아다니던 타조가 어느 날, 날아다니는 것보다는 걸어 다니는 것에 열중하게 되자, 뭐 하나 적들을 공격할 무기가 없다는 것을 깨달았지. 철저한 약육강식의 법칙이 적용되는 정글에서 살아남기 위해서는 어떤 길짐승보다도 더 빨리 달리는 것밖에 없었어. 그래서 타조는 매일 죽자고 달리는 연습을 했고. 결국엔 날짐승이었던 것이 어떤 길짐승보다도 더 빨리 달리는 길짐승이 되어 버렸지. 지금이라도 늦지 않았어. 다리를 퇴화시키고 다시 날개를 가지려고 하면 돼."

"그러다간 다른 짐승들한테 다 잡아 먹혀 버릴 텐데?"

"어떤 환경에서든지 기회는 주어져. 그 기회를 갖는 것은 준비하는 자의 몫이긴 하지만."

달이 있었던 것 같았는데 우리가 보는 동쪽 하늘엔 보이지 않았다. 별만이 더욱 반짝거렸다. 초등학교 5학년짜리가 이해하기에는 삼촌의 말은 어려웠지만 나는 대강은 알아들을 수가 있었다.

　나는 삼촌과 여기서 밤을 새울 계획이었다. 여름이 오기 전의 몇 번은 밤기운이 너무 차서 삼촌이 뱀숲을 지나 한길까지 바래다주면 먼저 집으로 돌아갔었지만, 여름방학이 되자 나는 이미 댓 번을 여기서 삼촌과 같이 밤을 지새웠고, 오기 전에 어머니한테 정자에 간다고 살짝 귀띔을 해 두었다.

　오후에 떠난 ㅁ이 다시 생각났다. 나를 제외하곤 여기서 삼촌과 밤을 지새운 유일한 사람.

　"삼촌은 ㅁ을 싫어해?"

　그렇게 말하면서 삼촌을 바라봤지만 무언가 깊이 생각하느라 삼촌은 못 들은 것 같았다.

　"삼촌!"

　좀 더 크게 부르자 그제야 "응?" 한다.

　"ㅁ 말이야……."

　"……."

　"삼촌은 ㅁ이 싫어?"

　"왜, 싫어하는 것 같니?"

　"좋아하는 것 같지도 않고."

　"좋아하지도 싫어하지도 않는단다."

　"그런 게 어딨어."

　"그럴 수도 있는 거지."

"특별한 마음이 없다면, 좋아하지도 않으면서 왜 힘들게 서울에서 여기까지 오게 해?"

"내가 왜 그걸 말리니. 그녀가 오면 우리 집에 활기가 넘치는데. 안 그래도 나로 인해 침울한 가정인데, 내가 가족들의 그 기쁨을 뺐을 권리가 없잖아."

"그건, 이기주의야."

"그렇지 않아. 그녀가 날 좋아한다면 좋아하는 사람 곁에 잠시나마 머물러 있을 수가 있으니까, 그녀로서도 행복한 거야."

"상대는 본 체도 않는데?"

"사랑은 말이야. 서로가 주고받고 하는 사랑만 있는 것이 아니야. 한쪽은 사랑하는데 한쪽은 받아들이지 못하는 사랑도 있어. 상대는 전혀 모르게 혼자서만 속 태우는 짝사랑도 있고. 상대가 좋아하든 싫어하든 자기만 좋아하면 그만인 일방적인 사랑도 있어. 유명 연예인을 무작정 좋아하는 것과 같은 거지. ㅁ의 사랑도 일방적인 사랑이야. 보통 사랑이란 상대가 받아주지 않으면 이내 그만 두기 마련인데, ㅁ은 아직도 포기하지 않잖아. 내가 자기를 좋아할 여지가 조금도 없다는 것을 알면서. 이런 식의 사랑에서 제일 슬픈 게 그 일방적인 사랑이나마 상대에게 전하지 못하는 것이야. 그런데 나는 그 기회를 그녀에게 주고 있는 거야."

"ㅁ도 삼촌을 이해 못 하는 거구나."

"그건, 차원이 다른 문제지……. 이 세상에서 누구나 남을 이해

294

못 해. 아픔이나 기쁨을 서로 나눈다고 하지만 실상은 그렇지 못하지. 당사자가 아니면 몰라. 그리고 내가 그녀에게 이해를 바라고 말고 할 처지가 아니잖아. 이제 곧 떠날 텐데."

"삼촌도 그럼 ㅁ이 아주 싫은 것은 아니구나?"

"조ㄲ만 게 뭘 안다고……."

가볍게 내 머리를 툭 치고는 삼촌은 다시 깨알같이 깔린 별들을 바라보았다. 그 중에 삼촌의 슬픈 별도 있으리라. 그 꿀밤이 아프다기보다는 마음 깊숙한 곳의 슬픔을 불러들였다. 삼촌이 정말 떠난다면 우리 가족의 슬픔은, 자식을 가슴에 묻어야 하는 할머니의 슬픔은, 똑똑한 동생을 항상 자랑스러워하던 아버지의 슬픔은, 밝고 명랑한 시동생 때문에 시집살이 고생 모른다던 어머니의 슬픔은, 큼직하고 단단한 방패를 잃어버린 우리 형제들의 슬픔은, ㅁ처럼 2차적인 관계로 맺어진 슬픔의 질과 양과는 비교할 수 없이, 더 아프고 오래가며 힘들게 할 것이리라.

코끝이 찡해지면서 한기가 들었다. 준비해 간 여름 잠바를 입으면서 삼촌을 보니, 뭐 그리 볼 게 많다고 지극히 평범한 표정으로 동쪽 하늘에 시선을 박고 있었다. 친구들이 네 삼촌 미쳤다며 놀렸을 때, 정신병원에 집어넣고 다시는 보고 싶지 않았던 얼굴.

해가 떠오르고 있었다. 붉은 빛으로 동쪽 산 위가 물들기 시작했다. 모래톱 위의 대여섯 채의 텐트에도 붉은 물감이 스며들고 있었다. 생각에서 깨어난 내가 고개 돌려 보니 할머니는 아직도 비탈길 바위 위에 주저앉아 계셨다.

할머니를 모시고 집으로 가서 방에 눕히자, 모기장과 이불이 말끔히 치워진 마루에서 놀고 있던 동생들이 따라 들어와서 "할머니, 아파?" 한다. 아이들은 어리둥절한 표정이었다. 하지만 할머니는 눈 감고 누운 채 말이 없으셨다. 아버지는 아직 돌아오지 않으셨다. 아버지가 오신 것은 아침식사 시간이 한참이나 지나서였다.

"김 순경하고, 방위들과 주변을 찾아보았지만 흔적이 없더군요. 혹시 캠핑족들과 무슨 불상사가 생기지 않았나 하고 조사도 해 보았지만 아무런 관련이 없었고요. 김 순경은 절벽에서 실족하지 않았나……."

"말도 안 되는 소리!"

아버지의 말을 자르면서 할머니는 목소리를 높였다.

"갸가 어디 하루 이틀 거기 갔나? 눈감고도 훤할 텐데 머 때문에 실족을 한다냐?"

이십여 미터 높이의 절벽에서 한길 넘는 강으로 실족한다는 것은 바로 죽음을 의미하는 것. 그러므로 실족이란 말은 실족사라는 말과 같은데, 그 말을 할머니가 곱게 받아들일 수가 있겠나.

할머니는 자리를 털고 일어섰다. 좀 전의 그 기운 없는 모습이 아니었다. 할머니 특유의 깐깐함이 살아나 있었다.

"정우야, 따라 오너라. 에미, 에비도 오렴."

"어딜 가시는데요. 어머니?"

아버지의 물음에도 할머니는 휘적휘적 걷기만 했다. 할머니는 정자로 향하고 있었다. 새벽에는 황망 중이라 제대로 찾아보지 못했지만 이제는 정신을 어느 정도 추슬렀으니 찾을 수 있지 않을까 하는 기대를 하시는지. 혹은 순경같이 직업적으로 일하는 사람들보다 가족의 정성으로 찾으면 무슨 흔적이나마 찾을 것이란 믿음을 가지시는지도 모른다.

우리는 정자 주변을 다시 샅샅이 훑고 정자와 붙은 야트막한 야산을 뒤졌다. 그 산을 다 뒤지는데 반나절도 안 걸렸다. 없다. 온몸이 땀투성이인 채인 우리는, 힘든 것보다 찾지 못한 데 대한 허무함으로 더욱 축 처져 내렸다.

그제야 늦잠에서 일어나 부산하게 취사를 하던 캠핑족 몇이서, 그런 우리들에게 다가와 이상한 말을 했다. 오늘 새벽 1시쯤, 정자에서 환한 빛이 보이더니 잠시 후 엄청나게 크고 눈부시도록 새하얀 새가 하늘로 날아가더라는 것이었다. 한 사람도 아니고 여러 사람이 다 같이 보았다고 했다.

아! 결국 삼촌은……. 나의 가슴은 심하게 방망이질했다. 그렇다고 삼촌과의 그 마지막 밤에 있었던 이야기를 할머니에게 말해 줄 수는 없었다. 사실 해줄 말도 없었다. 삼촌은 이미 오래전부터 새가 되어서 갈 것임을 말해 왔고, 우리 가족뿐만 아니라 동네 사람들도 다 알고 있었기 때문이다. 어머니가 삼촌과 정자에 있을 때

뭐 이상한 낌새가 없었냐고 물었지만 난 아무 말도 안 했다. 이상하게도 자꾸 눈물이 나오려고 했다. 그러면서 뭐라 표현할 수 없는 혼란한 감정이 가슴속을 헤집고 다녔다.

땀으로 범벅이 되어 있었지만 누구 하나 집으로 돌아 와서 씻으려 하지 않았다. 할머니도 곧장 방에 가서 다시 누우시고 아버지는 지서에 전화를 하고, 어머니는 아침이라면 너무 늦고 점심이라면 좀 이른 아침 겸 점심을 내놓았다. 늦은 아침인데도 모두가 밥을 제대로 뜨지 못했다. 어린 동생들도 무거운 분위기에 눌린 듯 조용히 눈치를 보면서 뜨는 둥 마는 둥 했다. 강가에서 그렇게 배가 고프더니 막상 밥상을 보자 내 식욕도 달아나 버렸다. 숟가락 들기가 귀찮아졌다. 냉수그릇에 두어 술 말아 후루룩 먹고는 밖으로 나갔다. 무슨 일인가 싶어 동네 어른들이 하나 둘 찾아오는 것이 싫었다.

어떻게 걸어왔는지 몰랐다. 누군가가 나를 부르는 것 같아서 정신을 차리니 어느새 뱀숲에 와 있었다. 숲 한쪽의 평상 위에 노인 서넛이 앉아 있는 게 보였다. 그들이 나를 부른 모양이었다. 나는 못 들은 체 그냥 숲을 지났다. 숲이 끝나고 정자가 보이자, 갑자기 뭔가 가슴을 쿵하고 때려 왔다. 아까부터 가슴속에 헤집고 다니던 복잡한 감정들이 하나로 뭉쳐 내게 말하는 것이었다. 어서 가보라고, 삼촌이 너를 위해서 무언가를 남긴 것이 있을 것이라고. 나는 순간 불에 덴 듯 달음박질을 했다. 나는 왜 그것을 잊었을까. 떠날 때 나에게 미리 말을 한다고 한 삼촌의 약속을. 그 약속을 이행하

298

지 못하고 갔다면 분명 뭐라도 남겼을 텐데. 목까지 차 오른 숨을 진정시키며 정자 앞에 섰지만, 텅 빈 정자. 아무것도 없었다. 나는 정자 마루에 올라가서 소리쳤다.

"삼촌!" 그리고 두 번 더.

내 애타는 부름은 허공에서 흩어지고 메아리도 없었다. 삼촌이 앉았던 자리, 다른 어느 곳보다 윤기가 나고 반질거리는 자리에 좀 전에 왔을 때처럼 앉아 봤다. 별이라도 있었으면 좋을 텐데, 아직 밤은 멀었다. 삼촌이 항상 바라보던, 삼촌의 별이 있다는 그 하늘에 도 흰 구름 몇이 떠 있을 뿐. 나는 그 하늘을 향해 다시 소리쳤다.

"삼촌! 정말 떠난 거야! 간다면 간다고 해야지!"

눈물이 와락 쏟아져 내렸다. 바보같이. 눈물이 원 없이 흘려 내 리길 한동안 그냥 두다가 나는 일어섰다. 힘없이 정자 마루에서 막 내려올 때, 그때였다. 반짝이는 빛 하나가 눈을 자극해 온 것 은. 집으로 내려가는 길의 반대쪽, 정자 뒤로 넘어가는 길섶에서였 다. 빛의 정면을 피해서 자세히 보니 가느다란 흰 쇠줄 같은 게 보 였다. 뭘까? 다가가서 줄을 들어 올리니, 아! 그건 삼촌이 목에 걸 고 다니던 목걸이였다. 500원짜리 동전 크기로 안쪽에 사진을 넣 고, 열고 닫을 수 있도록 된 펜던트. 언젠가 뚜껑을 열어서 보았는 데, 한 면에는 삼촌의 사진이 다른 한 면에는 우리 가족사진이 들 어 있었다. 근데 이게 왜 여기? 삼촌이 출감한 후 한 번도 걸고 다 니는 것을 보지 못했는데. 그때 내 머리에 솜뭉치 같이 부드러운 것이 떨어졌다. 나뭇잎 감촉은 결코 아니었다. 깃털이었다. 그것도 눈부시도록 새하얀. 내 팔로 한 발이나 됨직한 크기였다. 그러면서도 무겁다는 느낌이 전혀 없는. 나는 그걸 들고 새가 날아가는 것처럼 해 보았다. 그러자 오른손에 들고 깃을 치면 오른쪽이 둥실둥실 떠올랐다. 왼쪽에 들고 해보니 왼쪽이 둥둥 떠오르는 거였다. 하나만 더 있으면 충분히 날 수 있을 것 같았다. 그것을 들고 다시 정자 마루에 걸터앉아 나는 그 목걸이를 열어 보았다. 단단히 닫혀 있는 것을 열었을 때, 아! 아! 아! 눈부시도록 하얀 새 한 마리가 힘차게 나와서 하늘로 날아올랐다. 그러고는 두어 바퀴 내 주변을 돌더니 동쪽하늘로 사라져 갔다. 목걸이를 다시 보니 예전에 삼촌의 독사진이 있던 자리에 삼촌 대신 날갯짓하는 하얀 새 한 마리가 있었다. 그래, 삼촌은 해낸 거야. 그래, 해낸 거라구. 삼촌! 잘 가!

나는 기뻤다. 내게만은 이런 것을 남겨 준 것이. 정자 마루에 올라가서, 사흘 전날 밤에 삼촌이 했던 것처럼 나는 연습을 했다. 날자, 날자, 날아올라라.

• • •

16년의 세월이 지난 이야기를 이제 와서 여러분에게 하는 이유는 이 세상엔 아직도 삼촌처럼 보다 큰 자유를 위해서 몸부림치는 분들이 많다는 것을 알기 때문입니다. 그때 삼촌의 시신은 찾을 수가 없었습니다. 비록 낙동강의 수량이 많다고 하나, 시일이 지나면 시신은 떠오르게 마련인데도. 낙동강을 끼고 있는 모든 지서에 연락을 취해 두었지만, 지금까지 찾을 수가 없습니다. 결국 새 되어 날아 간 것이지요. 그때 그 확고한 증거물인 깃털과 목걸이는 아버지한테 빼앗겨 버려 여러분한테 보여 드릴 수가 없습니다만, 사람의 목숨이 전제된 이야기가 거짓말일 수 없다는 것을 여러분은 잘 아실 것입니다.

나도 아직 용기가 없어 삼촌처럼 새가 되지 못했습니다만 언젠가는 그렇게 떠날 것입니다. 마음은 있으나 결과를 확신 못하시는 분들은 이 글을 읽고 용기를 가지시기 바랍니다.

이 세상엔 아직도 편안한 닭의 삶을 거부하고, 힘들어도 새가 되기를 희망하는 분들이 많습니다. 그분들께 이 글을 바칩니다. 희망하시는 대로 이루어 나가시길 기원하면서.

〈1997년 발표〉

〈해설〉
상처를 쓰다듬는 마음들

한경희(문학평론가)

1. 사랑의 끈으로 인연을 맺어가고

소설 전편에 가장 강하게 드러나는 주제는 인연이었다. 사람의 삶이란 더불어 함께 어울리며 살아가게 되고 그 어울림 과정에서 무리한 일도 발생하는 것은 당연하다. 이걸 굳이 소설 주제라고 뽑게 되면 잔소리에 불과해진다. 작가는 이런 인연을 드러내 보여주고 싶어서 소설을 썼을까. 그건 모를 일이다. 소설 전편을 통해 관통하는 주제는 인연으로 보인다. 단편들 중에서 유독 〈닭은 새가 아니다〉를 제외하면 거의 가족과 그들의 지인들이 겪는 삶의 애환이 중심을 이룬다. 종교와 봉사활동이든 가족관계이든 개인 친분에서든 몇몇이서 벌이는 다양한 문제와 사건, 그리고 해결점을 향해 다가가는 인물들의 노력은 긍정적인 방향으로 진행된다.

소설 전반부는 배경을 짐작할 수 있도록 상세하고 구체적인 묘사가 등장한다. 계절과 풍경에 대한 섬세한 묘사는 소설 전개과정 이상으로 흥미롭다. 소설 전반부의 배경묘사에 작가는 어떤 상당한 의미를 두고 있는 것으로 보인다. 구체적인 사물의 내면도 묘사하면서 소설 속 인물들의 존재를 소설 전반에서 다 파악하도록 도와준다. 작가는 전반부 배경과 상황묘사를 통해 소설의 복선과 전지적인 작가시점으로 하고 싶은 이야기를 압축해두는 방법을 선택한 것일까. 인물 간 대립이 생기고 사건이 전개되면서 전반부의 정서와 입장은 거의 사라진다.

사람은 자신이 살고 싶어 하는 대로 살거나, 생각하는 대로 살기가 쉽지 않다. 주어진 그대로, 살아지는 대로 사는 경우가 많다. 전자의 삶을 실존적이라 하면 후자는 생존 그 자체의 삶에 해당한다. 도덕적으로 보다 나은 삶의 질에 대한 고민이 인간들의 본능적인 숙제이지만 사실 과거부터 지금껏 크게 나아진 것이 별로 없는 부분이 바로 이 대목이 아닐까 싶다. 그래서 작가는 항상 소설을 따뜻하게 마무리하고 있다. 김기덕 영화가 그 끔찍한 틀 안에서도 미래에 대한 긍정과 도덕적 믿음을 중심에 두는 것처럼 힘든 삶 속에서도 결국 긍정의 마음이 길을 밝힌다고 작가는 말하고 있다.

김진균의 소설 속 등장인물은 하나같이 우리 주변의 평범한 사람들이다. 더 정확하게는 어딘가 한 구석이 부족하거나 아프거나 상처받은 사람들이다. 실제 삶 속에서 상처 하나쯤은 누구나 가지고 있는 것 아니냐는 반문처럼 보인다. 결핍을 앓는 존재들이 꿈틀거리면서 찾아가는 삶의 방식은 작품마다 다양하게 등장하나 적대적이거나 극단적인 선택은 하지 않는다. 심각한 사태와 마주하면서도 대개가 지속적인 인내와 관망의 자세를 유지한다. 이들은 갈등 국면에서 전통적인 인간관계의 해법이라 할 수 있는 인연으로 이해하는 힘을 발휘한다. 사람들과의 갈등국면도 시간이 흐르는 것처럼 흐르는 인연에 맡겨둔다. 체념과는 분명하게 구분되는 이 행위를 통해 더 이상 집착하는 면도 보이지 않는다. 상대를 있는 그대로 이해하고 놓아주면서 미련도 내려놓으려 한다.

소설에서 인물 간 갈등이 심각하게 전개되기보다는 상대를 이해하는 공감이 강력하게 발휘된다. 갈등은 독자의 상상에 맡기려는 듯 말을 아끼며 서술을 자제하고 건너뛴다. 결국, 비루한 일상을 세부적으로 드러낼 때 소설적인 이야기 맛이 떨어질지도 모른다. 그 선택은 모조리 작가의 몫이므로. 어떤 갈등도 자신의 내부와의 갈등보다 큰 것이 없으니 작가는 소설 속 갈등을 재현할수록 작위적인 냄새만 날지도 모른다는 판단을 했을 수도 있다. 그래서 소설은 단선적으로 그대로 읽힌다.

2. 작품 속으로 들어가다

작품 속으로 들어가서 지속적으로 느끼게 되는 것은 인간관계에서 인연의 끈을 이어주는 진짜 힘은 바로 용서와 이해에 있다는 것이다. 갑자기 등장하는 아버지의 존재를 그대로 인정하는 딸이나, 뺑소니를 내고 사라진 친구의 형을 용서하는 일 등은 쉽게 일상에서 일어나는 일은 아니다. 작가는 이해와 용서의 힘을 근원적인 자기이해의 바탕으로 두면서, 그것이 타인과 내가 다르지 않음을 인정하는 일임을 보여준다.

〈엄마의 남자, 그리고〉, 〈목격자를 찾습니다〉

〈엄마의 남자, 그리고〉는 갈등을 일으키는 긴장 요소가 거의 없이 전개된다. 태어나서 한번도 만나보지 못한 누군지도 알 수 없었던 아버지를 스스로 만나러 가고, 그 아버지를 받아들이는 일에 거의 갈등이 없다. 매우 단선적으로 감정의 기복과 동선이 처리되어 그 갈등국면이 드러나지 않는다. 갈등 없이 문제가 해결되는 일은 무조건적인 이해를 바탕으로 할 때 가능하다. 이 소설의 인물 미나는 마치 인생을 오래 살아 달관한, 그래서 엄마보다 엄마를 더 잘 이해하는 범상치 않은 소녀로 설정되어 있다.

소설 도입부에는 고등학교 2학년이 되도록 아빠가 누군지도 모르는 출생비밀에 갇힌 미나가 등장한다. 외삼촌 호적에 올라 엄마와는 동거인으로 살아온 미나에게 아빠는 부재한다. 그 빈자리를 인정하면서 엄마로부터 자신의 출생의 비밀은 대학생이 되면 듣기로 했다. 그러나 이 빈자리는 엄마가 매달 만나는 남자가 누군인가

하는 호기심으로 가득 채워지면서 그 남자가 사는 집으로 봉사활동을 가장해 찾아가는 데 이른다. 이때 미나에게는 고2 여학생의 어린 모습보다는 무슨 일을 하기로 결정한 당돌하고 당찬 어른의 모습이 보인다.

안동으로 가서 무슨 일을 하고 돌아오는지 모르는 엄마는 다른 날의 봉사활동과는 차이 나는 모습을 보인다. 우연히 갈빗집에서 친구인 선아가 엄마를 발견하고 전화로 엄마가 낯선 남자와 함께 있다고 전한다. 그러자 미나에게는 그 남자를 찾아 무작정 가볼 수밖에 없는 호기심이 발동한다. 탐정처럼 친구 사촌언니의 도움을 받아 엄마가 만난다는 남자의 집에 봉사활동을 하러 다닌다. 미나는 그 아저씨를 통해 엄마의 흔적을 읽어내고 미지에 머물러 있는 아버지 존재를 직감한다.

미나는 엄마의 외출에 대해 특별한 느낌이 생기기 시작하고 그 남자를 찾아 가기로 마음먹는다. 후일, 시골 개척교회에 몇 개월 봉사하다가 정이 든 남자와 보낸 하룻밤이 미나가 태어난 출발점이라는 걸 엄마로부터 듣는다. 엄마의 솔직한 고백으로 자신이 엄마가 안동에서 만나온 그 남자의 딸이라는 사실을 알게 되어도 부정하거나 저항하는 일 없이, 순순히 그에게 선물도 보내고 혼자 아빠라고 되뇌어 보기도 한다. 아버지 부재의 시간, 내가 아빠라고 부를 사람에 대한 그리움은 거의 본능적이었을 것이므로 미나는 엄마의 예상과 달리 쉽게 아버지 존재를 받아들인 것이다.

306

작가는 〈목격자를 찾습니다〉에서 사람의 인연은 참 묘하다는 것을 확실하게 드러내고 있다. 재우라는 인물에 주목해보면 모든 관계성은 우연성에 기반을 두고 있다. 단지 길거리 현수막에 걸린 뺑소니차량 신고를 기다리는 사람의 전화번호를 보고 전화를 했던 거다. 소설에서 이 인물의 출현은 어떻게 설명이 가능할까. 사고 난 차의 사소한 부품과 재우의 차가 연결되었다는 것 말고는 연관성이 전혀 없다. 거기다가 재우는 시시비비를 가리는 사람이 아니다. 말그대로 죄만 미워하는 그는 차라리 왜 그렇게 뺑소니칠 수밖에 없었는지 헤아리는 입장을 가진 사람이다. 소설 흐름으로 본다면 재우라는 인물은 돌아가신 아버지의 영향을 받은 사람이라도 되듯이 피해자 가해자의 이분법이 아니라 상대의 입장을 충분히 이해하면서 적절하게 문제를 풀어가려는 의지를 발휘한다.

오규는 어린 시절 단짝 친구 만수를 잊고 살았으나 동생이 뺑소니를 당하게 되면서 만수를 만나게 된다. 만수의 형이 1톤 트럭으로 동생 차를 들이 박으면서 사고가 일어나게 된 것이다. 이때 이 사고를 해결하겠다고 다가온 사람이 있었다. 이 우연에 대한 설명은 소설에서는 보이지 않는다. 다만 교통사고가 난 차량의 우측전조등을 폐차장에서 구해 교체하고, 그 사고자의 꿈을 꾸기 시작했다는 우연성만 있다. 매일 같은 꿈이 반복되고 사고현장도 구체적으로 나타난다. 더구나 가해자인 듯한 뺑소니 차량의 차번호도 선명하게 보인다. 사람의 힘으로 해원의 방식이 작동하는 게 아니라

보이지 않는 자연의 힘으로 해원과 상생이 일어난다는 생각이 이 소설 전체를 관통하고 있다.

〈류〉, 〈가사도우미〉, 〈다우의 노래〉, 〈손티〉

사랑의 힘은 삶과 죽음을 넘어 절대적인 영향력을 행사하며 그 사랑의 힘으로 살아있다는 것을 보여주는 작품이 〈류〉, 〈가사도우미〉라고 볼 수 있다. 〈류〉에는 죽은 손자에 대한 사랑을 남의 손자를 살리는 데 아낌없이 바치는 할아버지가 등장한다. 할아버지의 대승적인 사랑이 가족들의 상처도 보살피며 조화를 불러온다. 〈가사도우미〉는 가사도우미의 당황스런 등장으로 사랑의 힘을 새롭게 깨닫고 죽은 연희의 마음을 달랜다. 작가는 〈류〉에서 '가슴 저민다는 표현은 아주 많은 사람들의 가슴 저밈이 만든 언어'일 거라 한다.

태어나는 아이는 사람들을 새롭게 연결하는 인연의 끈이 된다. 〈손티〉에서도 결혼을 결심하는 중요한 마디가 이웃집 아이를 통해서 이뤄진다. 자기중심적인 여성이 사랑을 선택하는 과정에서 아이가 중요한 역할을 한다. 이런 점은 주체적인 여성성을 가진 여성의 한계를 보여주며 꼬집는다.

〈다우의 노래〉에서는 가벼운 언쟁으로 아내가 짐을 챙겨 집을 나가서는 이혼까지 요구한다. 마침 임신 중이던 아이까지 유산되니 정신없이 '나'는 그 요구를 따라가는 데에만 급급했다. 그렇게 혼자 아들 다우를 키우지만 엄마의 따뜻한 손길을 대신할 수는 없다. 누구보다 자존심이 강한 '나'는 생각과 판단에 시간이 많이 걸리는 굼뜬 사람인 것을 숨기느라 감정표현도 제대로 못하는 성격임을 아내도 모른다. '나'는 차라리 이혼이 더 낫다고 생각할 정도로 자기 자존심에 매달려 산다.

그런데 이 부부의 갈등은 꿈으로 해결되어 나간다. '나'는 동창회에 간다고 아들을 누나에게 맡기려다가 꿈을 꾸면서 동창회를 포기하게 된다. 꿈에 등장한 아들은 너무 외롭다. 아빠인 '나'는 아들의 생일인 줄도 모르고, 아들은 학교에서 말도 없이 혼자 옛날에 엄마 아빠와 함께 살던 동네로 간다. 이 모두가 꿈속의 일이다. 이 꿈을 통해 '나'는 아들이 얼마나 힘든지를 깨닫는다.

그런데 갈등의 해결국면이 꿈으로 이어지면서 사건의 전개는 평면적이 되어서 별로 굴곡 없이 부부의 갈등이 풀린다. 갈등을 드러내는 방식이 아니라 상대를 이해하고 동감하는 인물들 특성의 결과이다. 또 유산된 아이가 사실은 태어난 반전을 통해 이혼한 부부의 재결합을 알리는 신호로 작용한다. 아이가 새로 태어난 사실에서 '나'는 그 하찮은 알량한 자존심을 내려놓기로 한다. 이 작품은 아이 앞에서는 솔직해지는 아버지를 보여준다.

〈가사도우미〉에서는 원룸에서 지내는 나에게 누군가 선불로 보낸 가사도우미가 등장한다. 음식이며, 청소에다가, 하룻밤을 보내고 아침까지 해주고 간 그녀는 음식도 분위기도 모두 내 마음에 무척 드는 아가씨였다. 그런데 그 다음날 아침에 남겨놓은 쪽지에 오래오래 기억해달라는 인사와 연희라는 이름이 적혀있었다. 그 이름을 보자 유치원시절부터 '나'를 좋아해서 결혼약속을 일방적으로 했던 연희의 존재를 기억에서 되살리게 된다. 그런데 연희는 집을 짓다가 기본 골조를 제대로 끝내지 못하고 사고로 죽었고, 연희의 친구가 연희의 아쉬움을 대신해 가사도우미를 자청했던 것이다.

어린 시절 첫사랑이 갖는 순수함, 무한한 사랑에 대한 믿음을 잘 드러내는 소설임에 틀림없다. 아이들의 순수함처럼 사랑에도 그 간절함이 묻어 있을 때 반짝거린다. '나'는 그 아름다운 사랑에 감동받고 연희의 사랑에 감사함을 어쩌지 못한다. 소설 후반부에는 죽은 사람의 영혼을 상징하듯 새가 등장한다. 새가 빈 건물을 찾아와 구슬프게 울고 날아간다는 설정은 연희를 더욱 안타까운 인물로 떠올리게 한다. 이 소설 첫 장에서부터 등장하는 비 오는 배경은 연희의 죽음과 연결되어 있다.

〈3월의 부활절〉, 〈아주 사소하나 그렇게 가볍지 않은 이야기〉

삶은 오해에 오해를 거듭하더라도 결국 오해는 이해로 이어진다는 믿음을 보여주는 작품들이다. 〈3월의 부활절〉에서 주인공은 언니의 첫사랑 남자를 괴롭히려 했으나 그 남자도 역시 상처로 힘들어하고 있다는 걸 확인하고 미움과 원한이 풀린다. 〈아주 사소하나 그렇게 가볍지 않은 이야기〉는 사랑하는 남자와의 사소한 오해로 헤어지게 되는 비운을 맞지만 우연한 계기로 오해가 풀리는 이야기이다.

〈3월의 부활절〉의 주인물 미주는 우연히 부활절 선물로 받은 과자를 신문을 펼쳐놓고 과자 부스러기까지 입으로 먹다가 립스틱 자국을 신문에 묻힌다. 그 자국을 가만히 보다보니 얼굴 사진에 묻어 있었다. 자세히 보다가 그 사진이 언니의 첫사랑 남자라는 것을 알게 된다.

보육원에서 총무일을 하는 미주는 언니를 잃은 슬픔이 크다. 가난한 집 맏딸로 태어나 대학도 못 가고 시설과 공장으로 돈 벌러 다닌 언니가 일찍 세상을 떠나서 더더욱 그러하다. 미주는 언니가 여고시절 통학버스에서 반한 남자 한창수를 미워한다. 그런데 우연히 보육원에 한창수가 치과치료를 위해 봉사를 온 것이다. 더구나 한창수는 보육원이 있는 동네 치과에서 병원개업을 배운다는 것이다. 첫눈에 한창수임을 알아차린 미주는 언니의 첫사랑에게 어떻게든 복수를 하리라 마음먹는다.

그의 하루 동선을 다 체크하고 평소 친하게 지내는 병원 수간호사로부터 창수의 정보를 캐낸다. 드디어 결전을 위해, 우연을 가장하고 서점에서 부딪힌다. 책값을 창수가 대신 치르자, 미주는 커피 한 잔을 제안하고, 커피는 다시 맥주로 이어진다. 미주가 솔직히 자신의 존재를 밝히자, 창수는 반갑고 놀라워한다. 대학생과 여고생이 버스에서 알게 되어 몇 번의 조심스러운 만남이 전부인 스토리에서도 창수 역시 그 추억을 곱게 간직하고 있었고, 고향친구를 통해 미주 언니가 죽은 것까지 알고 있었다.

대화를 통해 미주는 창수가 언니에 대해 매우 안타까워하고 있다는 것을 알게 되면서 복수를 하겠다던 마음은 사라진다. 미주는 복수를 꿈꿨으나 창수 역시 하반신마비의 아내와 살면서 아이도 없는 처지였다. 시간이 지나서 아이를 입양하겠다며 보육원을 찾아온 창수에게 미주는 언니의 아이가 형부도 죽고 나서 보육원에서 자란다는 사실을 밝힌다. 우연이지만, 이미 창수는 보육원에서 혜지라는 아이를 눈여겨 보고 입양하고 싶어했는데 그 아이가 언니의 딸 혜지였다. 마치 어떤 특별한 인연에 의해 우리가 만나고 헤어지는 것처럼 미주의 조카는 창수에게 입양될 운명인가. 미주는 혜지를 입양시킬 것인가를 놓고 갈등하며 그것이 인연인가를 묻는다.

〈아주 사소하나, 그렇게 가볍지 않는 이야기〉 이 소설 인물들은 세례명으로 불리는 특징이 있다. 안젤라와 미카엘은 성당의 성지순례 여행에서 만난 연인관계이다. 서로가 첫눈에 반해 영혼의 몸살을 앓고 그 사랑이 더욱 성숙해져 가는 상황에서 갈등이 일어난다. 청년회 활동에서는 연인관계를 숨기고 활동을 하니, 요한은 속사정을 잘 모르고 안젤라에게 좋아한다고 꽃다발을 바친다. 안젤라의 오랜 친구, 젬마는 미카엘과 특별한 관계처럼 정답게 보인다. 젬마 집에 가다가 미카엘의 차를 보고 놀라 돌아오거나, 산부인과 병동에 미카엘과 젬마가 나란히 앉아있는 모습을 보고 안젤라는 의심과 분노를 끌 수 없었다. 미카엘과 젬마에게 산부인과에 둘이 있어야 할 이유를 물었지만 그 둘은 시간이 필요하다며, 사실을 밝히지 않는다.

안젤라는 미카엘의 믿어달라는 말에도 마음이 흔들리면서 요한을 만나기 시작하더니 결혼까지 이른다. 그렇게 진행된 결혼이 행복하기 어려웠던지 5년 만에 이혼을 한다. 부활절, 서로가 사랑을 확인했던 사이였지만 사소한 오해가 그들의 사랑을 흔들어버린 셈이다. 그런 나날 속에서 안젤라는 10년을 훌쩍 넘겨 미카엘을 우연히 만나게 된다. 아주 오래 오해가 그대로 묶여 있다가 풀리면서 안젤라와 미카엘은 다시 만나게 된다.

〈닭은 새가 아니다〉

열편의 작품 가운데 가장 개성이 강한 작품이 〈닭은 새가 아니다〉이다. 고문후유증으로 신경증에 시달리다 죽은 삼촌이야기를 비극적인 최후로 그리지 않고 삼촌이 새가 되어 비상했음을 상상적으로 그렸다. 물론 다른 작품에서 꿈을 통해 갈등을 푸는 국면이 없지 않으나 작가의 기발한 상상력으로 주인물의 신비한 존재성을 부각시켜낸다. 존재한다는 것은 왜 사는가의 의미를 묻고 어떻게 살 것인가를 고민하게 하는 과정이므로 삼촌이 물었던 그 진지한 존재의 물음은 새의 비상으로 연결되는 것이다.

〈닭은 새가 아니다〉는 존재의 문제를 묻는 소설이다. 이 소설을 읽으면 실존과 생존 사이에서 어느 쪽으로 기울어진 삶을 사는가를 물어볼 수 있는 시간과 만난다. 닭과 새는 바로 이 실존, 생존의 문제와 닿아 있다. 생물학적인 인간으로 사는 일과 철학적으로 왜 사는가를 묻고 물으며 삶의 의미, 살아있는 경험과 체험의 거리를 실감하게 한다. 소설 속에서 삼촌이 추구하는 새 되기는 바로 인간다운 삶에 대한 의지이자 확신이다. 또한 심한 고문으로 정신적·육체적으로 망가진 삼촌이 내면의 자신을 찾아 떠나는 이야기이다. 닭으로 살고 있는 일상의 우리들에게 닭도 새였고 새가 될 수 있다는 걸 몸소 보여주는 사람이 바로 삼촌이다. 이런 점에서 보면 삼촌은 고문의 여부와 관계없이 사람의 정신을 깨우고 이끌어주는 역할을 한다. 현실과 일상의 삶이 얼마나 덧없으며 한계에 놓여있는가를 삼촌의 새 되기를 통해 은유적으로 표현한다. 삼촌이 큰 새가 되었고, 캠핑족들이 그 새를 본 것인지 아니면 진짜 새가 그때쯤 날아간 것인지 알 길이 없지만 삼촌은 소설 속에서 새가 되어 비상했다.

삼촌의 하루하루 삶이 힘겹게 보였으므로 삼촌의 죽음까지 가족들이 받아들일 수 있을 것 같다는 조카의 마음은 삼촌을 진정으로 이해한다는 표현의 다른 말이다. 새벽마다 강가의 정자에 나가 늦은 새벽에 돌아오거나, 새가 되기 위해 식사량도 조금씩 줄여나가 마침내 먹지 않기까지 하고, '넌 새가 될 수 있다. 새가 되고 싶다면 몸을 가볍게 하라, 그러면 날개를 주고 이 별나라로 부르겠다.'는 말에서 삼촌의 존재가 부각된다. "가족만이 줄 수 있는 것"이라고 썼지만, 엄밀하게는 누구도 알 수 없는 개별적인 자아를 실현하고 있다.

〈귀신 붙은 딱지〉

〈귀신 붙은 딱지〉에는 이야기가 중층적으로 존재한다. 수몰민의 애환을 가진 주인공과 친구 삼촌의 딱지는 인간에게 정의감이 얼마나 중요한가를 반문하게 한다. 마을이 통째로 수장된 애환이 있는 삶과 정의를 부르짖다 억울하게 죽은 청년의 열정이 그렇다. 수몰민의 아쉬움이 큰 줄기로 흐르는 소설이지만 청년의 정의감과 자유와 평등에 대한 가치도 크게 작용한다.

수몰민인 '내'가 기억하는 수몰과정은 기가 막힌다. 비도 억수처럼 쏟아지고 담수도 시작되어 이사 못 간 집들은 한밤중에 물벼락을 맞고 물속을 헤엄치며 세간을 겨우 건져 도망치듯 떠나갔다. 신문사 기자인 '내'가 당시 16세 나이의 수몰 상황을 떠올리는 장면은 정말 눈 깜짝할 사이이다. 밤새 비가 내리고 담수가 되어 다음날 아침 동네풍경을 보자니 모두 물속에 잠겨버렸다. 마치 아주 먼 옛날부터 호수였던 것처럼 너무나 자연스럽게 모든 걸 수장시켜 담담하게 출렁거리는 푸른 물만 있었다.

기자인 '내'가 고향에 내려와 식당 주차장에서 우연히 만난 정 의원. 정 의원 입을 통해 친구와의 사연이 풀려나가면서 수몰 동네에서 만난 승기라는 인물을 떠올리게 된다. 대학시절 같이 하숙을 했던 승기와 정 의원은 친한 친구가 되어, 정 의원은 이 동네 승기의 집까지 와서 놀다가곤 했다. 그러나 승기는 학생운동을 하던 중 모진 고문의 후유증으로 죽게 되었고 기일이면 정 의원은 죽은 친구를 아쉬워하며 이곳에 잠시 들렀다. 죽기 전 승기는 고문 후유증으로 폐소공포증이 있어서 집 밖으로 돌아다니다가 어두워지면 집으로 돌아오곤 했다. 승기의 조카가 승기의 책으로 딱지를 접어 내또래 친구들과 딱지치기를 했는데 절대강자였다. 그래서 아이들은 이 딱지를 귀신 붙은 딱지라 하여 겁먹고, 재수 없다 도망간다.

3. 나를 비추어 볼 곳을 알아야

〈닭은 새가 아니다〉에서는 작가의 특별한 상상력이 돋보였다. 다른 모든 소설은 이 소설을 쓰기 위해 이어지던 전주곡이라고 해도 좋을 거 같다. 삶에 대한 진지한 탐구의 결과는 자기와의 만남에 있고 그것을 실천해낸 청년의 의지가 빛나고 있다. 물론 심한 신경증에 시달리고 그 결과 죽음에 이르렀다고 써도 될 내용이지만 신비한 상상력을 빌려 새의 비상으로 마무리한 것이 매우 독특하고 새로웠다. 닭은 한 번도 새라는 사실을 잊지 않았지만 인간만이 닭을 새로 볼 줄 모르는 근시안임을 새의 비상을 통해 생각해봐야 한다.

작가는 소설 등장인물을 통해 주변의 이웃, 가족과 이해하며 살자는 메시지를 전달한다. 모든 인연의 끈은 이해의 노력 없이 이어지지 않았다는 걸 보여주고 싶었던 것 같다. 이해한다는 것은 자신을 양보하고 비우고 상대를 받아들이는 일이다. '감어인'이라고 나를 상대의 마음에 비춰보고 그 상대의 마음을 헤아릴 수 있을 때 이해할 수 있게 된다. 모든 갈등이 그렇듯이 상대를 미워하고 인정하지 않을 때 일어난다. 그 미움과 부정은 사실상 매우 주관적인 판단일 뿐이다. 제3의 시선으로 그 부정적인 대상을 다시 읽게 되면 결과는 분명 달라진다. 그러니 작가는 객관적 시선을 갖자는 이야기를 소설을 통해 하고 싶어 한다. 객관보다 사랑의 힘이 이해의 마음을 키운다고 말하고 싶어 한다. 분명한 것은 자신을 먼저 낮추면 이 세상 어떤 오해도 풀리지 않을 수 없다는 것이다.

그러나 우리의 일상은 들끓는 갈등과 남에게 무조건 이겨야 하는 승부근성과 내가 남보다 훨씬 뛰어나다는 속 좁은 심보로 강을 이룬다. 한 호흡 천천히 내쉬며 일상의 소용돌이를 한발 거리 두고 볼 수 있는 마음의 눈이 필요하다. 소설 속 긴장관계나 갈등이 최소한 전개되는 것은 우리 일상의 삶을 긴장 풀고 살라는 작가의 새로운 당부의 표현이다. 이해하고 용서하고, 화해하면 지금 내가 있는 자리가 바로 그대로 행복해진다는 것을 소설 속 인물들을 통해 새삼 확인할 수 있다.

수록 작품 발표 지면

① 륜(輪) ⋯ 미발표작

② 가사도우미 ⋯ 2008년 한국장애인문학상 수상집

③ 엄마의 남자, 그리고 ⋯ 2008년 솟대문학 가을호

④ 3월의 부활절 ⋯ 2007년 한국장애인근로자문화제 수상집

⑤ 아주 사소하나, 그렇게 가볍지 않은 이야기

⋯ 2007년 안동작가 5호

⑥ 목격자를 찾습니다 ⋯ 2012년 민들레문학상 수상집

⑦ 손티 – 싱글마더를 꿈꾸는 여자 ⋯ 2001년 솟대문학 여름호

⑧ 귀신 붙은 딱지 ⋯ 1997년 솟대문학 겨울호

⑨ 다우의 노래 ⋯ 2014년 민들레문학상 수상집

⑩ 닭은 새가 아니다 ⋯ 1997년 곰두리문학상 수상집